锦衣总宪

（第一季）

谢奉生◎著

北京燕山出版社
BEIJING YANSHAN PRESS

图书在版编目（CIP）数据

锦衣总宪 / 谢奉生著. --北京：北京燕山出版社，2022.4（2023.11重印）

ISBN 978-7-5402-6436-9

Ⅰ. ①锦… Ⅱ. ①谢… Ⅲ. ①长篇历史小说—中国—当代 Ⅳ. ①I247.5

中国版本图书馆CIP数据核字（2022）第013218号

锦衣总宪

著　　者　谢奉生
责任编辑　金贝伦
装帧设计　尚世视觉
出版发行　北京燕山出版社有限公司
社　　址　北京市西城区椿树街道琉璃厂西街20号
电　　话　010-65240430
邮　　编　100052
印　　刷　三河市祥宏印务有限公司
开　　本　710 × 1000　1/16
字　　数　240千字
印　　张　21
版　　次　2022年4月第1版
印　　次　2023年11月第2次印刷
定　　价　88.00元

序

毛佩琦*

明代锦衣卫，对于许多人来说，是一个神秘的存在。冷酷、凶残，是其固定不变的形象。又由于锦衣卫与宦官执掌的东厂的密切关系，更使得锦衣卫的形象增加了几分丑陋。人们热衷于感受锦衣卫故事带来的刺激，乐于品尝那些曲折怪异的噱头，于是各类文艺作品的编导、写手们，纷纷发挥他们的想象力，创造出一个更比一个新奇的锦衣卫故事，供给他们的欣赏者，而真实的锦衣卫是什么样的，反倒被人淡忘了。

其实，要了解真实的锦衣卫，也不太困难。锦衣卫是皇帝的亲军卫之一，《明史》记载说，锦衣卫的职责是“掌侍卫、缉捕、刑狱之事……盗贼奸宄、街涂沟洫，密缉而时省之。凡承制鞫狱录囚勘事，偕三法司。”（卷七十六）也就是说，锦衣卫的职责包括侍卫皇帝；缉捕盗贼奸宄；奉皇帝的直接指示审理各种案件，要与三法司相配合。“三法司”，指刑部、大理寺、都察院三个司法部门。皇帝直接交办的刑狱案件叫诏狱，归锦衣卫的北镇抚司管，直接对皇帝负责。（卷

* 中国明史学会首席顾问，中国人民大学历史系教授，博士生导师，北京大学明清研究中心研究员，央视讲坛名师。

七十六）锦衣卫和东厂的关系,《明史》宦官十二监记载：东厂由宦官衙门司礼监秉笔太监的第二人或第三人担任提督，下设贴刑二员，掌管“刺缉刑狱”之事。贴刑官，则由锦衣千百户担任（卷七十四）。

当然，考证历史真实，不是文艺作品必须的功能，但文艺作品不应该出现史实错误。好在我们的史学工作者近年来有不少关于锦衣卫的研究专著，为我们揭示了锦衣卫的种种真相，使作者们编写历史题材的文艺作品时，有了更充分的依据。我认为，历史剧与古装戏不同。历史剧不是简单地穿着古装而演出的戏。历史剧的基本品格是真实，是历史的真实，是历史本质的真实。在不违背历史本质真实的前提下，依照文艺创作的规律去进行创作。我把它概括为这样四句话：大事真实，细节精致，剪裁生发，不失本质。在给人以艺术欣赏的同时，也能给人以正确的历史认知，不能将“关公战秦琼”之类的错误灌输给观众和读者，在大事上不能错。任何在史实基础上的剪裁、发挥、润色，都不能违背历史的真实。文学上讲的“这一个”，就是人物的言行，必须与历史的真实背景相一致，必须符合人物的身份、个性，不能改变其本质属性。

谢奉生先生长期从事文化宣传工作，对家乡的历史文化充满了深厚的感情。他深入研究家乡的历史文献，奔走乡里，访问故老，努力追寻种种民间传说的历史真相。经过多年的辛勤钻研，奉生发掘出不少家乡历史文化的秘密，这是一批内容丰富的文化财富。出于对弘扬中华优秀传统文化的自觉担当，奉生决意用小说的文艺形式把它们介绍给更广大的人群，让更多人从中受益。

通过对各种文献的广泛搜求和深入研究，奉生系统地发掘、梳理了湖南新田骆氏锦衣卫世家的历史。明代新田京卫籍骆氏锦衣卫世家的先祖，在宋、元时期，就是湖广地区赫赫有名的大族，被誉为“楚南望族”。元末纷乱，各地反元势力蜂起，新田楚南岛馆洞（今骆铭孙村）骆氏先祖骆以诚，一度投奔过陈友谅，后来归附了朱元璋。明朝开国后，骆以诚以军功被授予指挥千户，后来随燕王朱棣分封到北平，担任了燕王护卫军燕山中护卫的千户。燕王朱棣夺得皇位，改北平为北京，骆以诚落籍北京顺天府。此后，京卫籍骆氏前后八代都在亲军卫任职，续出高官，前四代，任亲军卫千户，后四代任职锦衣卫，其中三代任锦衣总宪，执掌锦衣卫最高权力，效力大明一朝，直至清朝初年，长达二百八十多年之久。骆氏锦衣卫世家，是明朝兴衰的历史见证。至今在新田骆氏故里岛馆洞，还完好保存着“锦衣总宪”“楚南望族”“锦衣世家”“衣冠门第”“文武荣流”牌楼、匾额等等诸多文物遗存。如此系统的、连续不断的锦衣卫历史遗迹在全国范围是首屈一指的。其中所蕴藏的史学的、文化的价值更是极为宝贵。

谢奉生多年的研究成果集中反映在他的《新田骆氏锦衣卫世家》一书中。如今，奉生又在学术研究的基础上创作了这部《锦衣总宪》系列历史小说。小说分为《独乳夫人》《锦衣将军》《锦衣督帅》《锦衣之殇》四部，讲述了骆氏世代任职锦衣卫的故事，整个情节贯穿明朝始终。小说通过艺术手段再现了新田骆氏锦衣卫世家的历史变迁，他们的家国情怀，他们的忠勇敬业和爱恨情仇。也借以探讨大明帝国兴衰存亡，究问锦衣卫制度的是非得失。作为一部家族史，小说也表达了家风关乎家运，家运关乎国运的理念。各代骆氏是故事的主人公，同时期的许多重要人物，明成祖、建文帝、明武宗、明世宗、明思宗（崇祯帝）也都出现在故事中。一些明史上的重大事件，如建文帝踪迹谜案、陈九川案、商辂案，以及梃击案、红丸案、移宫案等等，都在小说中有所表现。小说以李自成攻破北京，崇祯帝自尽煤山，清军入关为终结。整部小说故事情节曲折，跌宕起伏，人物各具形态，生动逼真，可观性极强。故事中涉及到明朝的各项制度、社会风俗、生活情态，作者做了准确、精细的叙述和刻画，颇具知识性和观赏性。

这是一个以真实历史为依托的精彩故事，小说视野宏大，立意高远，结构巧妙，定将会吸引广大读者和观众，使人们得以赏心悦目，并得到历史的认知，启发历史的思考。

祝贺长篇历史小说《锦衣总宪》出版，并期待它早日走上银幕银屏。

2021 年 6 月 21 日于北京昌平之垄上

在岁月的皱褶中，打捞历史真相

——谢奉生长篇小说《锦衣总宪》代序

黄自华 *

事过境迁，时间不过数百年，不经意地转身，我们就能瞥见先人的衣袂飘浮在历史的天空，而撒落在这块土地上的那些人们熟悉或者不熟悉的历史碎片，则正是这块土地过往的记忆。在堆集如山的历史黄卷中，有关大明王朝锦衣卫的叙述或议论，一直是历史与文化沉重的话题。虽然它已经成为往事，无论我们愿不愿意提起，但记忆中的很多故事是不应该忘却或者被抹掉的，因为它承载了290年朱氏王朝的风风雨雨和那个时代所经历的潮起潮落的变故。

谢奉生先生怀着深厚的敬仰之情，从故乡湖南新田县历史文化极为丰富的山山水水间探寻锦衣总宪的足迹，追索锦衣文化生成的奥秘，感受文化历史的兴衰。根据其历史著作《新田骆氏锦衣卫世家》，创作出《锦衣总宪》四部系列历史小说，试图以历史的宏观视野，立体的多维时空，文学艺术的形象手法，通过艺术再造，形象地展示锦衣卫世家及其代

* 中国知名作家，全国著名文学评论家。

表人物的人生际遇、情感纠葛、矛盾冲突等，再现600年前新田骆氏京卫籍一支锦衣卫世家的人生变迁和演变轨迹及其独特的家教家风和人文精神。由此追溯探讨大明一朝的兴衰存亡，及其锦衣卫制度的是非得失，揭示家运连着国运、国运关乎家运、家运孕育家风的道理。小说《锦衣总宪》以广阔的时间空间跨度，强烈的思绪反差，歌颂与批判，赞美与追怀，理性的概括，情感的渲染，历史的沉吟，个体的经验，构织成了一部跌宕起伏，几十万言大气磅礴的叙事文本。

苏格拉底说："最宝贵的东西都是已经失去和即将失去的东西。"人类历史的足印，大部分都会被时光掩埋，当我们蓦然回首时，那些真实的存在已经了无痕迹。虽然如此，那一串串在大漠的鸣沙中，突兀回荡的事件，还是常常引发我们去回首聆听和抚摸这些尘封的记忆，了解历史真相的冲动。剥离百年风尘，在岁月的皱褶里，轻轻地抚去时光的尘埃，深情地抚摸历史的肌肤，细致地剥落包裹于往昔躯体上的坚韧外壳，娓娓动听地道出或精彩纷呈、或唏嘘叹息的历史细节。谢奉生先生引导着我们踏进那个往昔的时空，品味历史的味道，同时也承受着历史兴衰起落的震撼，反思我们中华文明历经五千年的风风雨雨而生生不息超常强韧的缘由。

阅读《锦衣总宪》，是一次与历史的对话，是一次站在记忆废墟上的叹息。于600年之后的当代，回望历史，我们看见了风尘仆仆的过往，一道道光芒，从废墟洒向历史，洒向天际，洒向未来。其实，我们这个历尽沧桑的民族，不缺历史，只是缺少一种站在历史的制高点上思考历史的人。没有思考，历史的风雨不会温柔。阅读《锦衣总宪》，一个真实的锦衣卫世家历史故事，一段震撼人心的隐秘历史走入我们的视野；一个个鲜活的历史人物进入我们的心灵；一幕幕精彩的历史图景激起我们回望的热情；一次次无奈的唏嘘和叹息，引发我们长久地沉思。历史应当感谢谢奉生先生的辛劳与智慧，是他还历史以真相，还生命以过程。

时间的力量，理应在大地上留下痕迹；岁月的巨轮，理应在车道间辗碎凹凸。历史的回忆与追踪，是传达心灵感受的博大行动。而所谓的文明精神、文化气韵以及种种与人生、与命运、与个体存在景况相关的意蕴，也经由这样的场所获得自然而然的体现。在我们看惯了标榜历史的精巧灵活之作之后，《锦衣总宪》呈现在我们眼前的是一道亮丽清新的风景线，它体现了一种沉甸甸的历史感和沧桑感，一种俯仰天地古今的内在冲动与感悟，一种涌动着激情与灵性的智慧与思考，字里行间充盈着越过漫长岁月的睿智和哲思。

纵横捭阖的宏观把握，情致深婉的微观体悟，流溢着历史诗情的沉郁柔丽，张扬着现代飞天的吟啸。《锦衣总宪》的作者，站在历史的高度，以严峻的理性，融入智性与情感，发掘文化的沉淀。通过追寻与发掘，既寄托了自己的文化关怀，又给读者以文化的启迪。因此在他的作品里，所有的历史细节，所有历史人物，所有山水胜迹都充盈着闪光的智慧，蕴涵着深刻的思考，饱蘸着丰盈的感情。谢奉生先生独特的视角，独特的站位，独特的叙事，就像磁石一般强烈地吸引着读者，引领着我们走进时间的隧道，体会历史的沧桑，品味文化的内涵。

谢奉生先生并非专业历史学者，然而多年以来，始终满怀对于历史，对于家乡的崇敬和虔诚之情，含辛茹苦，深入历史现场，在收集整理海量古籍资料的基础上，完成了大明王朝锦衣卫隐密历史的探索和考察。而小说《锦衣总宪》，则直接切入一个历史大时代，将锦衣卫这个重要的历史角色融入小说，从此生发开去，演绎出一连串似真似幻的传奇故事。其历史人物、事件，作者写来煞有介事，常能以假乱真。与其他历史故事最大不同的是，作者不是让读者于云里雾里中，去搜索被模糊了真实面貌的历史，而是对书中涉及到的大明王朝的历史事件和人物不进行任何粉饰或者歪曲，只是如实地呈现当时历史背景下的生活场景，以及作者所要表达的民族精神，想要传承的家国情怀。

小说《锦衣总宪》通过艺术拼贴和组装的方式，重现了历史的可感性和细节的真实性，疏离了正统历史叙述中形而上的抽象和枯燥，从而使读者摆脱了对历史叙述方式的“唯一合法性”的迷信，而且书中一幅幅鲜活生动的历史风俗画也让读者意外地获得了一份厚重的历史感、沧桑感和真实感。作者对史实的运用是结合真实的历史事件和时间，按照真实的历史发展线索编故事，按照人物的精神风貌塑造人物形象，并且还在书中展现了很多只看正史的人不得而知的轶事和民间传说、族谱记载的事件，增添了小说的趣味性和可读性。

谢奉生先生试图在一个小小的空间内将钩沉的历史碎片组装起来，仿佛一次自由的七巧板拼装游戏，同时制造了一个充满快感的阅读现场，一次由众多读者参与的历史断片回顾展。让读者感兴趣的不是作者的历史叙述能力，而是他呈现历史原初碎片、再将碎片重新组装的隐秘冲动，实际上就是一种将历史事件符号化的能力。它与其说呈现了历史发展的逻辑线索，不如说是呈现了历史原本的非理性结构。由于其具有较强的时空穿透力和思辨性，所以能够为我们的感性阅读提供一种理性的眼光。

一切历史都是人的历史，没有了人，历史就会变得单调和空洞。在小说《锦衣总宪》中，作者把人压缩到一个很适中的空间内，让那些平时依序和并列发生的事，都压缩在一个需要决定一切的短暂时刻表现出来。这使我们有了绝佳的机会来观察人性——极端状态下的人性。有时候，人的本性在正常状态下很难体现出来，只有极端状态下才得以暴露。

小说《锦衣总宪》不是空洞的历史概念的载体，作者在每个人物的身上都寄予了自己的情感，并且能够将一个老套的故事翻新，让读者感到“陌生”。“翻新”不意味着别出心裁，更不是像有些戏说历史的作品那样，把坏人写好、把好人写坏——那是另外一种简单化的编造。当然，历史本身是复杂的，而每一代人、甚至每一个人的视角也在变化，这使每个作家笔下呈现的历史都有所不同。不过，文学不是展现“同”，而是展现“不同”，展现作品的独特性和创造性，从而使逝去的历史不再干瘪和苍白，唯其如此，小说才具有感人肺腑、刻骨铭心的力量。

2021 年 5 月 18 日

自 序

告诉你一个真实的锦衣卫

谢奉生

历史是一条浩浩汤汤的长河。

一千年前，唐末五代十国时期中原兵乱，南北分裂，群雄并起。

后晋天福五年（940年），一个后晋御史中丞、广东宣抚使，告老还乡，返回原籍会稽（今浙江绍兴），途经临阳（今湖南临武县），为避中原兵乱，照“含沙而居”的祖训，选择在一个叫沙坪的地方定居了下来。此后这个宣抚使南迁的一支，人文蔚起，世代簪缨，文武荣流，十代以内八代高官，皇封“簪缨奕世”“楚南望族”。这个宣抚使即“楚南望族”始祖骆良相。

三百年后，偏居荆楚南蛮岛馆洞（今湖南新田骆铭孙村）之“楚南望族”始祖骆良相第十五代孙骆以诚，在元末纷乱时归附朱元璋。在朱元璋洪武元年（1368年），因功授职亲军指挥千户，此后转任燕山中护卫千户，占籍京都顺天府瓦窑头。从此，从偏居荆楚南蛮的岛馆洞走出的北迁京卫籍骆氏一脉，开创了冠盖大明一朝的赫赫锦衣卫世家！

据《明史》《明实录》《高拱文集》，清道光《湖南通志》《永州府志》，清嘉庆《新田县志》，《新田骆氏锦衣卫世家》《明代锦衣卫制度与新田骆氏锦衣卫世家学术研讨会论文集》以及骆氏族谱等记载，明代新田京卫籍骆氏锦衣卫世家先祖，在宋、元时期，就是湖广楚南赫赫有名的地方大族，享誉“楚南望族”。元末纷争，楚南岛馆洞（今新田骆铭孙村）骆氏家族先祖骆以诚，先是投奔陈友谅，后归附朱元璋。朱元璋开国后，以军功授指挥千户，后随燕王朱棣分封北平，任职燕山中护卫千户，落籍京都顺天府。此后京卫籍骆氏锦衣卫世家，前后八代，续出高官没有断代，前四代任亲军千户，后四代易职锦衣卫，其中三代任锦衣总宪，执掌锦衣卫最高权力，冠盖大明一朝直至清朝初年，长达二百八十年之久。明代骆氏锦衣卫世家伴随整个明朝，是明朝兴衰的历史见证。

2019 年 9 月，中国明史学会组织全国六十余所大学院校、科研院所的明史专家、教授、学者，在新田召开了首次全国“明代锦衣卫制度与新田骆氏锦衣卫世家学术研讨会”。专家、学者一致认为：明代新田京卫籍骆氏锦衣卫世家及其史实，是有明一朝乃至中国历史上实属罕见的历史现象。其故里岛馆洞至今还保存着完好的“锦衣总宪”“楚南望族”“锦衣世家”“衣冠门第”“文武荣流”牌楼、匾额等文物遗存，是“国内仅存，没有第二”，骆氏锦衣卫世家史实和文物遗存及其背后所蕴藏的人文价值、史学研究价值和保护利用价值，“再怎么高估，也不为过”。

历史很真实，历史也很鲜活。家是最小国，国乃千万家。一个家族的兴衰际遇，始终与一个时代相联结。

我根据拙著《新田骆氏锦衣卫世家》，创作《锦衣总宪》四部系列历史长篇小说，试图以历史的宏观视野，立体的多维时空，文学故事影视艺术的形象手法，通过艺术再造形象展示锦衣卫世家及其代表人物的人生际遇、情感纠葛、矛盾冲突等。努力再现六百年前，新田骆氏京卫籍一支锦衣卫世家的人生变迁和演变轨迹及其独特的家教家风和人文精神。由此追溯探讨大明一朝的兴衰存亡及其锦衣卫制度的是非得失，揭示家运连着国运、国运关乎家运、家运孕育家风之理，给后人以启迪。

《锦衣总宪》四部系列长篇小说分别是：

第一部《独乳夫人》。首部以新田京卫籍骆氏锦衣卫世家始祖独乳夫人的传奇故事开篇，揭示明代骆氏锦衣卫世家的前世今生。故事以风云际会的明朝初期洪武、建文、永乐三朝为历史背景，以燕王朱棣奉天靖难篡位，建文帝不知所终成千古谜案为历史事件，以明代京卫籍骆氏锦衣卫世家为客观史实，以其始祖故里岛馆洞六百年来民间一直流传关于“独乳夫人曾经哺乳一位太子，太子落难后，曾经流亡到新田”的神奇传说故事为依据，以骆氏锦衣卫世家始祖独乳夫人、二世骆寄善、骆婆保等为核心主人公，以朱棣皇帝派心腹胡濙寻找建文帝为主线展开，多维度展示明代京卫籍骆氏锦衣卫世家先祖两代人的社会变迁、兴起渊源、人生际遇、矛盾冲突与情感纠葛，展示明代骆氏锦衣卫世家先辈们的家与国、大义与亲情的爱恨情仇和家国情怀。

第二部《锦衣将军》。此部以锦衣卫世家第五代首任锦衣卫指挥使骆安等为主人公，以大明中叶明孝宗、明武宗、明世宗三朝为历史背景，以明世宗嘉靖初年“大礼议”朝政事件等为依托，围绕骆安授命处理“大礼议”事件、“左顺门”事件、“陈九川案”、“商辂案”为主线展开。一场场君与臣、臣与臣之间的斗争，一段默默坚守的儿女情长与家国情怀，展示了骆安作为从龙之臣，怀有忠心、大义，秉公持法，却因臣僚、小人不容，无奈出局，嘉靖皇帝追念骆安从龙护驾有功，最终令以明威将军、锦衣卫指挥佥事死后荣身。骆安跌宕的人生，揭示了明嘉靖初期君臣之间、官僚之间险象环生的党争、宫斗的政治生态。

第三部《锦衣督帅》。此部以锦衣卫世家第七代任左都督兼锦衣卫指挥使、享太子少保、太子太保、太子少傅、太子太傅“三师之尊”的骆思恭为主人公，以大明皇朝走向衰落的万历、泰昌、天启三朝为历史背景，围绕万历末至天启初年，接二连三、一波又一波发生的东宫太子朱常洛“梃击案”、光宗皇帝朱常洛即位一个月内暴死的“红丸疑案”、光宗皇帝李选侍“移宫案”等“三大案”，表现骆思恭在暗流涌动、波诡云谲、皇权动荡变幻的危机四伏之中尽忠、捍卫朝廷，处变不惊，临危果敢的声威，展示已病入膏肓的大明皇室皇权争夺、宫闱争斗、党派恶争的惊险场景，以及大明皇朝不可避免走向灭亡的历史必然。

第四部《锦衣之殇》。此部以锦衣卫世家第八代任左都督兼锦衣卫指挥使、享太子少保、太子太保、太子少傅、太子太傅“三师之尊”的骆养性为主人公，以大明皇朝走向动乱灭亡的崇祯末朝至大清顺治初年为历史背景，围绕李自成攻破北京、崇祯皇帝吊死煤山、清兵入关、李自成败走北京、明朝灭亡等重大历史剧变，展示“贰臣”骆养性在明朝时局动荡、大厦将倾的紧要关头见风使舵，明哲保身，虽人性贪婪，而又尽忠朝廷，举荐贤良，庇护谏臣的双面人格。骆养性的传奇经历和凄凉结局，为新田京卫籍骆氏锦衣卫世家唱出了一曲凄美的挽歌，为大明皇朝和明朝锦衣卫制度的终结画上了一个哀叹的符号！本书收录了第一、二部。

农民出身的皇帝朱元璋开创大明帝国以后重典治国，创造性地建立了一整套行之有效的治国理政制度。锦衣卫及其制度作为明代的政治特产，为朱元璋首创，始于大明也终于大明。锦衣卫及其制度一经诞生，历来众说纷纭，大多为世人所诟病和非议。

我创作《锦衣总宪》系列历史长篇小说，遵照中国人民大学历史教授、博导、《百家讲坛》名师、中国明史学会首席顾问毛佩琦先生关于创作历史剧，要“大事真实，细节精致，剪裁生发，不失本质”之面提耳训，立足历史事实和民间传说，以历史逻辑和人物逻辑为准绳，力求再造再现一个真实的锦衣卫世家故事，告诉你一个真实的锦衣卫！

是为序。

谢奉生于2021年6月12日于新田

目录

第一部

独乳夫人

第二部

锦衣将军

附 录

第一部

独乳夫人

一个冠盖大明一朝的赫赫锦衣卫世家

一部终有明一朝的煌煌锦衣世家演绎史

一座全国仅见没有第二的锦衣总宪牌楼

一曲旷世神奇的独乳夫人凄美传说之歌

引子

大明永乐二十一年（1423 年）十一月。一场大雪来得突兀又急骤。细碎的雪花飘起时，塞北还是晴空万里。转瞬间，大片的雪花纷纷扬扬，铺天盖地。天灰蒙蒙难以望远。这是大明开国（洪武元年 1368 年）以来一个极其罕见的严寒酷冬。

大明塞北宣府（今河北宣化），是一个有一千多年历史的边塞重镇，因镇守总兵驻守宣化府得名。是明成祖朱棣设立的北部九边重镇之首，设置于永乐七年。宣府重镇历来是大汉民族与塞外民族兵家必争之地。明朝开国以后更是明王朝保卫北京、防御抗击逃亡漠北的北元蒙古残余势力向南侵犯的咽喉要冲。燕王朱棣发动靖难之役夺取皇位、从南京迁都北京以后，先后五次亲征北伐，北伐行辕都设在宣府。

此时是朱棣第四次北伐之时。一个天幕漆黑、伸手不见五指的夜晚，在戒备森严的北伐军营行辕，一个身着便服，脸色疲惫的人，高举皇帝特赐令牌，闯过行辕的道道警戒，直奔朱棣寝帐。

正在行辕军帐里酣睡的朱棣，被身披铠甲的锦衣卫贴身侍卫大将军紧急唤醒。被吵醒的朱棣正要发火，耳闻“胡濙”二字，一骨碌爬起来，喝退左右侍卫。胡濙进得帐来，被许免去君臣之礼，叫到朱棣近前。君臣结束谈话时天已微明。

那天早晨打扫行辕的小太监看着一路杂乱的雪脚印，感觉来者是连滚带爬。

第二天，礼部左侍郎胡濙，锦衣卫镇抚司缉捕千户赛哈黑，燕京亲军济阳卫千户骆寄善等，带领几个亲随锦衣卫校尉，避开人的耳目，快马加鞭，奔去湖广方向……

第一章　武当谜踪

中华山又称中华龙山，是湖广行省（明朝时辖今天的湖北、湖南两省）荆楚之南的名山。地处湖广南蛮与南粤之北交界的绵绵五岭群峰之中。相传远古舜帝南巡，站在巍巍九嶷山三分石之巅，望见中华山如一条条巨龙蜿蜒盘旋在九嶷山山脉之东，崇山峻岭，山峦起伏，绵延不绝，群龙见首不见尾，因此赐名中华龙山。

中华山山麓的春陵江，发源于荆楚之南与西粤交界的九嶷山三分石之腰，自西南向东北方向奔腾而来，蜿蜿蜒蜒，浩浩汤汤，奔湘江北去，汇入滚滚长江。春陵江水，是湘江之活水源头。传说舜帝南巡时，就是从黄河、经汉水、过长江、溯湘江、循春陵江，最后到达古属苍梧国的九嶷山，并最终“崩于苍梧，葬于九嶷”。

中华山麓、春陵江边的心安古渡，处在楚粤古道与春陵江江畔的交汇点上，楚粤古道穿行其中，跨春陵江溯江南下直达粤北连州。心安古渡自古以来商贾云集，车水马龙，是楚粤古道上一个商埠重地、官府津关布防要塞。从来就是湖广楚南向北西去长安、北上燕京、东至金陵的重要交通咽喉。一直都有“不到长城非好汉，不下心安不上京”的美誉，素称荆楚之南“第一渡”。心安古渡古称春陵渡，据说大明落难皇帝朱允炆避难楚南赛武当山，云游至此，见巍巍中华龙山藏卧其中，顿发大好河山在我心，去国还乡心已安的感慨，于是将春陵渡赐名为心安渡，从此心安古渡因为这个凄美的传说而代代流传。

心安古驿站，就坐落在中华山山南，春陵江右岸江畔，心安古渡与楚粤古道交汇的中枢点上。背山面水，坐西朝东，临江而建。心安古驿站，是朝廷设置在楚粤交界的重要交通枢纽，专供朝廷传递文书和朝廷官员往来住宿、停歇、补给、换马的重要之所。

在一栋靠近山边、三面临江、古树成荫的两层别致精美砖木客栈前，来了一队商贾。如此的风尘仆仆，人困马乏，应该是经过长途跋涉。走进客栈的，正是马不停蹄、千里奔涉的胡濙、赛哈黑、骆寄善。他们还没放好行李，心安驿站驿丞郑尚中就急急敲门而入，十分懊恼地向胡濙小声密报："胡大人，一个月前，小丞照大人吩咐，派出的三个小密探，前往赛武当山深山老林跟踪潜伏，至今未归，估计凶多吉少……"

犹如一个晴天霹雳，兴致勃勃的胡濙仿佛从高空一瞬间坠入谷底。

十五年了，他远涉千山万水，历经九死一生。就在两个月前刚刚得到的消息，又失落了。就如掉进深潭的一粒石子，荡开的涟漪瞬间又平复了。他曾经的付出，所有的辛劳都没了意义。

两个月以前，在离中华山约十华里的赛武当山最高峰的白面峰金顶玄帝殿内，胡濙意外遇到了流亡失联二十年的建文帝随亡大臣翰林院编修程济、侍卫所镇抚千户牛景先。

二十年前，明建文四年（1402 年）六月，燕王朱棣率领靖难之师横渡长江天险，兵临南京城下，镇守皇城金川门的朱元璋第十九子谷王朱橞、曹国公李景隆发动金川门之变，打开城门迎接燕军入城。南京京师陷落，皇宫一片火海，宣告了在位四年的建文朝的终结。年仅二十四岁的建文帝及其随亡大臣整体失踪，音信杳无。

年轻的建文帝及其随亡大臣不知所终，篡位之君朱棣始终不能安心。朱棣派人四处秘密寻找，却终无所获。有的说建文帝及其皇后死于皇宫大火，但发现被烧毁的皇宫只剩下几具烧焦的女尸；有的说建文帝及随亡大臣从地宫暗道逃出，削发为僧当了和尚云游四海；有的说建文帝及随亡大臣从地宫暗道逃出，经浙江过福建逃亡海外。于是，才有了后来朱棣派心腹宦官郑和七下西洋的壮举。据说郑和下西洋其中一个目的就是寻找失联的建文帝。建文帝之存亡也成了大明一朝乃至明朝以后中国历史上最大的一宗密案，史称“第一密案”。因为一个活生生的皇帝竟然跑路了，弄丢了，实在是天下奇闻！

十五年前，明永乐五年（1407 年）七月的一天，朱棣秘密找来时任户部都给事中的胡濙，私下授命胡濙密访建文帝下落。胡濙，武进（今江苏武进）人，曾为建文帝儿时的伴读侍讲。建文元年（1399 年）进士，建文二年（1400 年）授兵部给事中，建文四年六月金川门之变后，胡濙投靠了朱棣。永乐元年（1403 年）授户部给事中。胡濙以寡言内敛、意志顽强而深得朱棣赏识。

胡濙惶恐受命密访建文帝及其随亡大臣下落。从此孤身一人，形单影只，爬山涉水，风餐露宿，忍受常人难以忍受的饥饿、孤独和危险，吃尽常人难以承受的苦难。远离皇廷和家乡，远离老母和妻儿，远离亲人和朋友，甚至连老母亲离世都不能守孝。

十年前，永乐十年（1412 年）十一月，正在四川、云贵大山深处、衣衫褴褛、身心疲惫的胡濙，被朱棣紧急诏回南京皇宫。当面黄肌瘦、未老先衰的胡濙出现在朱棣面前时，刚武之君朱棣不禁为之动容。朱棣为感念胡濙几年来呕心沥血秘密寻访之劳，特升胡濙为礼部左侍郎，从七品上升到从三品，之后又赐令胡濙在湖广、江西、闽浙等地继续秘密查访建文帝逃亡踪迹。这一找啊就是十五年。整整十五年啊，他的人生在风餐露宿、希望与失望的交替中消耗……

第二章　武当奇遇

就在两个月以前，在那峭壁云霄“离天三尺三”的赛武当山白面峰顶，在四面临风一览众山小的金顶玄帝殿里，胡濙与程济、牛景先三个建文帝时同朝侍主的旧臣，竟然意外相遇了。二十年过去了，星移斗转，物换人非，三个老同僚面面相觑，喜极而泣。在这仙境般的神奇静谧之处，胡濙与程济、牛景先进行了一次推心置腹的长谈。

饱经沧桑、满脸皱褶但精神尚好的程济不禁唏嘘诉说：“吾辈此生还能在这南蛮荒野不期而遇，真真宛如隔世。说来话长啊。当年靖难之役，金川门之变，南京皇宫大火，建文帝君痛哭流涕、惊慌无措时，是老朽依太祖高皇帝朱元璋私藏密匣所言，亲自为建文帝君剃发为僧的。当时君臣商定，随从建文帝流亡大臣三十二人，紧随建文帝左右五人，其余四散开去，相互照应。此后免去君臣之礼，以师徒相称。并照高皇帝密匣约定：建文帝君为应文，法号文大师，在此地也称朱公子；老朽因名得号为济公，法号济公庵人；牛景先，也因名得号为牛仙人，法号牛仙道人……此后，建文帝君漂泊云游川、滇、贵、湖广、西粤、闽、浙、赣等地。在二十年的颠簸岁月里，老朽与牛景先等五位旧臣，始终紧随左右，不离不弃。二十年风霜雨雪，其他二十多位随亡大臣相继作古，离世而去，只剩下我、牛仙人、郭补锅、文大师了。郭补锅现随文大师远游，去了云南白云庵，约定一个月后返回。”程济还坦诚诉说，如今文大师已是心灰意冷，结庐草庵，寄情山水，浪迹天涯，天命之年只求安度……

真是皇天不负啊！踏破铁鞋十五年，苦苦寻来在眼前！胡濙万万没想到眼前这位建文帝时任翰林院编修的济公庵人，二十年的沧桑岁月早已是白发白眉白胡，满脸风霜，苍老憔悴。而且他毫无戒备之心，开口坦诚，直接解开了胡濙心心念念、苦苦寻找了十五年的谜团。明白无误说出文大师及其随从大臣的行踪和心迹。足见岁月的无情、世情的无奈与世态的沧桑，早已消磨了世事的纷扰、朝廷的纷争啊！他大感惊喜。

胡濙沉思良久，努力镇定住自己，掩饰住激动，缓缓地接过程济话题说道：“是啊，二十年前，南京皇宫那场大火，让我等君臣生死两茫茫！每每想起仁德怀柔孝友的建文帝君，音信淼淼，生死未卜，常常悲从中来。愚弟此次从鄂西武当山来，听闻此处也有山名赛武当山，道仙张三丰曾经在此炼丹修道，尚有迹可寻。我是为追寻张三丰踪迹而来，却不期与程公、牛公相遇，真乃天缘啊。倘如程公所言，能在此南蛮之野，有幸得见建文帝君文大师一面，了却余生夙愿，愚弟死而无憾啊。”

满头溜光、两眼凹陷的牛景先，缓缓接过胡濙话题说：“公所言极是。我与程公、郭补锅等追随建文帝君文大师二十年，颠沛流离苦不堪言。最后隐蔽落定到此也已经年。全得文大师奶娘及当地乡民悉心照料，周全备至。半年之前郭补锅随文大师远赴云南白云庵故地重游去了，下月即可返还。前些时日文大师奶娘还托家人来信，说奶娘七十寿庆，托信叮嘱文大师急盼归来。文大师是孝友，定会如期归来，履约共祝啊。”

说到奶娘，程济口中啧啧赞叹：“想来真是天缘呀。当年太祖高皇帝的太子朱标的长子早夭。方士向太祖高皇帝献言，如再得皇孙，当得找独乳之妇哺之方可长成。洪武十年（1377 年），朱标次子皇孙允炆诞生，襁褓之中昼夜啼哭不止，几近奄奄一息。皇宫御医使尽良方均无济于事。马皇后与朱标太子马妃心急如焚，寝食难安。

“太祖高皇帝望孙心切，信了方士之言，遍寻天下独乳妇人，终于南蛮赛武当山岛馆洞（今骆铭孙村），寻得一少妇邓茹鹅。邓茹鹅，当地人称邓三姑。邓三姑体格健壮容貌纯美，果然其中一乳硕大且长，可以拖至项背哺乳。如此奇特远近闻名。邓三姑当时已有一男儿九岁，名骆寄保，又刚生一男，名骆婆保。太祖高皇帝闻之，如获至宝，诏令此独乳妇人连同幼子进宫。邓三姑进宫以后，一同精心哺乳允炆皇孙和幼子婆保。说也神奇，允炆皇孙自吸吮邓三姑乳汁后从此安然，顺利成长。太祖高皇帝为感念独乳妇人哺乳皇孙之恩，特敕封邓三姑为‘独乳夫人’。尔后邓三姑携幼子婆保返回故里岛馆洞，高皇帝又赐建牌楼，以示旌表啊。”

不知是久病存身，还是偶感风寒，牛景先一直咳嗽。这会儿他一边咳嗽，一边接过程济话题："这夫人确不简单！夫人的娘家就在这赛武当山脚下，地处金羊古洞西边的厦源坊（今厦源村），'天下第一泉井'鹅井之水就绕村而过。独乳夫人的父亲是个采药郎中，远近十里有名。家中三个女儿，夫人排行老三，俗称邓三姑。邓三姑从小灵巧，女儿针线，琴棋书画样样粗通，十四五岁就已亭亭玉立，出落成个绝色大美人儿，尤其是那只高高耸立的硕大右乳，走路行事时便上下窜动，呼之欲出，格外引人注目，这方圆十里有名。当地一个测字先生曾云：'吮此乳者，必定飞黄腾达。'此地乡绅大户纷纷上门提亲。邓三姑家门庭若市。邓三姑刚满十六周岁，就被当地一个名门望族之家明媒正娶了。

"此名门望族之家啊，就是自后晋以来楚南这一带方圆百里，远近闻名的'楚南望族'骆氏之后。其始祖是后晋御史中丞、宣抚使骆良相。骆良相原籍会稽（今浙江绍兴），天福五年（940 年），从广东宣抚使任上，告老还乡，途经临阳（今湖南临武县），为避中原兵乱，照'含沙而居'祖训，定居临阳沙坪。此后骆良相骆氏一脉，人文蔚起，世代簪缨，文武荣流，十代以内有八代高官，因此被皇封'簪缨奕世''楚南望族'。'楚南望族'骆氏始祖骆良相之孙骆安邦，早年科举屡试不第，为谋生计，自北宋开宝初年，再迁赛武当山的岛馆洞，历经数代，亦成武当山一带方圆几十里之名门大族。

"邓三姑之夫，恰是临阳始祖骆良相的第十五代孙、岛馆洞开基始祖骆安邦的第十二代孙骆以诚。以诚高大英俊，魁伟勇猛。元末纷乱时带兵克敌，先是投靠了汉王陈友谅，陈友谅兵败江西鄱阳湖后又归附了吴王，就是咱们的太祖高皇帝。太祖高皇帝建立大明，骆以诚为太祖高皇帝开国时的指挥千户。”

胡濙与独乳夫人一个是朱允炆的侍读老师，一个是乳母，夫人的事情胡濙再清楚不过。但此时，他却很想听牛景先的絮絮叨叨。

咳嗽不断的牛景先停下来啜了几口武当山清茶，清清嗓子，又继续说道：“洪武初年，连年兵乱，局势一时难以稳定。太祖高皇帝为保大明江山稳固，一改历朝旧制，大权独揽，钦定废除丞相，独自总揽大小朝政，罢设中书省创设六部，改置十二省设立属，也是开历代帝王之先河了。同时为了消除群臣的不贰之心，太祖高皇帝重典治吏，先设置仪鸾司，又于洪武十五年（1382 年）创设了锦衣卫制度。锦衣卫官校在执行皇廷及后宫仪仗、朝日、值卫、朝会、祭祀等同时，赋权阴查缉捕不法之臣，汇报直达皇帝。洪武时期的‘胡惟庸案’‘空印案’‘郭桓案’‘蓝玉案’四大案杀人之重，老朽现在想想，还是心有余悸呀。”牛景先语罢，边咳边擦汗，慌恐之情溢于言表。

大明洪武初期，百废待兴，而逃亡漠北的北元残余势力仍然十分猖獗。此时北元残余势力尚有不下百万的强大武装，时时南侵，威胁着明朝统治。朱元璋为了扫荡元朝贵族的残余势力，又钦定实行荫子分封、藩王守边国策，派皇子们分藩守疆，镇边护国，并赋予皇子藩王们拥有王室卫队、节制朝廷军队、监视地方府州官吏的特权。洪武三年（1370年），皇四子朱棣被封元大都幽州燕王。洪武十三年（1380年），二十岁的皇四子燕王朱棣出藩北平时，朝廷遴选燕王府护卫指挥千户。时任职燕山中护卫千户的骆以诚有幸被朱棣选中。骆以诚从此随燕王朱棣落籍在顺天府瓦窑头。后来骆以诚又在北平娶侧室郭氏，生一男名骆寄善。郭氏乃朱元璋开国时功臣武定侯郭英妹妹。洪武二十九年（1396 年），朱元璋再次派遣武略最强作战顽强的燕王朱棣领军进行第八次北伐，也是最后一次北伐时，骆以诚随征不幸阵亡……

“楚南望族”骆家，确是将门虎子，个个了得。骆以诚长子骆寄保在岛馆洞长大，秉承骆家祖传，自幼习武，少年英勇，敢作敢为。其父从军离家，荆楚南蛮一带边民、瑶民起事频发，局势动荡不安。骆寄保以父名招募乡勇保乡卫邻，十里八乡群起响应。骆寄保十六七岁就被永州府知府特招为邑武生。父亲随燕王落籍燕京后，骆寄保从家乡投奔父亲。父亲北伐抗元阵亡后，朝廷遵照朱元璋“父死子承”诏令，骆寄保承袭了父职，袭职燕山中护卫。

洪武三十一年（1398 年），太祖高皇帝殡天，因懿文太子朱标洪武二十五年（1392 年）已经病逝，遵朱元璋临终遗命，皇太孙朱允炆即位，是为建文帝。斯文柔弱的建文帝即位时，逃亡漠北的北元残余势力仍然时时南侵，边患不断；镇守边疆的皇叔藩王们势力膨胀，拥兵自重。年轻的建文帝为了稳固皇位，采纳亲信大臣齐泰、黄子澄之议进行了大刀阔斧的削藩措施。势力最盛、虎视眈眈的皇四叔朱棣，在谋士姚广孝等人的精心策动下，以“奉天靖难”之名，发兵反击。武艺高强、被征召护驾的骆寄保紧随燕王朱棣南下，奋勇护驾，屡获奇功。朱棣经过四年的艰苦靖难，攻破南京，夺取皇位，篡改建文年号，建号“永乐”。朱棣大肆杀伐屠戮建文帝亲信大臣，创下了诛杀“读书种子”方孝儒株连十族的记录。而建文帝从此不知所终。朱棣皇位巩固以后，荫封靖难功臣，骆寄保因护驾有功，易职升授亲军济阳卫千户。永乐八年（1410 年），朱棣发动第一次亲征北伐，骆寄保护驾随征，只可惜在一次战阵中，为保护朱棣阵亡。朱棣追念骆以诚、骆寄保父子两代战阵而亡之功，照“兄终弟及”的祖训，特敕骆家世代承袭亲军卫千户之职，其同父异母弟弟骆寄善，因骆寄保没有后代，承袭了亲军济阳卫千户……

在这样的回忆中，久别重逢的三个建文帝旧臣渐渐敞开心扉，谈天说地。他们聊各自的见闻，聊各地的风土人情，聊民间传闻。他们曾是建文时同年进士，是同朝共主的同僚，自然也聊到了前朝旧事，聊到了在元末暴乱群雄并起时，太祖高皇帝文韬武略、武定天下的开国之功，也聊到了太祖高皇帝开国后，威猛治国、诛戮功臣的是非得失；聊到了建文帝君即位以后以文治国、仁厚宽柔的新政阳春，也聊到了建文帝君靖难之役时的优柔寡断。自然也少不了对削藩的利弊评说。他们甚至还战战兢兢地聊到了当朝，聊到了燕王朱棣奉天靖难时叔侄相争、株连屠戮的残酷与惨烈。至于朱棣夺取皇位以后南征北伐、文治武略他们也给予诚心夸赞。

胡濙在这幽静闭塞、景色迷人的赛武当山上，一晃度过了五六天难得的轻松时光。

但胡濙心里一刻也没有轻松过。他是带着使命而来，苍天不负，他终于可以复命了。胡濙选择一个最佳的场合，找出一个最恰当的理由，与程济、牛景先相约一个月后再见，就不露声色地揖手作别，马不停蹄地飞奔心安驿站。

马驻心安驿站，胡濙仰天长笑："苍天顾我，苍天顾我呀！"十五年了，他如同孤魂野鬼，四处游荡。这其中辛苦危险如今似乎都不算什么了。他得到了一种心理上的补偿。他在自满自得中兴奋了很久。胡濙终于冷静下来时，才想到，事情远不是这样简单。文大师及其左右长期潜伏在此，官府竟然毫无察觉？独乳夫人及楚南望族骆氏，在这南蛮荒野究竟有多大势力和影响？独乳夫人及其楚南望族骆氏与京都军籍骆氏，还有朝廷和地方官员，是否长期交通勾结，共同织成一张保护建文帝的网？胡濙又想到了程济、牛景先反复说到的独乳夫人，让他想起那个温婉、娴淑的皇孙奶娘。他的心重重地动了一下。那也是他曾经朝思暮想的人呀。胡濙不敢再想。事体重大，他负有使命，不可懈怠。他决定速速禀报皇上请旨圣裁！

第二天凌晨，天还未亮，胡濙向驿丞郑尚中简单交待几句，十万火急，策马向北，飞奔而去……

第三章　武当密谋

心安驿丞郑尚中离开后，胡濙不安了。“踏破铁鞋觅得机缘，是否会功亏一篑？心安驿丞郑尚中派出的小密探办事是否妥帖不露声色？程济、牛景先能否再次遁迹江湖？万一出了闪失，如何向圣上复命？”望着驿丞郑尚中匆匆离去的背影，胡濙在心安驿站的房中焦虑地走来走去，走到窗前，他停下来，凝视着窗外那明净而清澈的春陵江水，心中翻起了万卷波涛。

天将丑时，昏暗的油灯下，心事重重的胡濙背着双手焦躁不安地来来回回走动着，思索着。赛哈黑、骆寄善跟随胡濙马不停蹄，千里狂奔而来。一路上胡濙神情严肃，沉默寡言，没有向他们透露和交代此行的任何使命和消息。到达心安驿站以后，他们只看见一个年轻小伙急急忙忙进了胡濙房号，一会儿又急匆匆走了出去。此时面对胡濙焦躁、严峻的表情，赛哈黑、骆寄善面面相觑，空气凝固而沉重。

沉默一阵过后，胡濙第一次向赛哈黑、骆寄善透露了十五年来，胡濙的秘密身份、心事和行迹；吐露了两个月之前，胡濙在赛武当山的那场惊喜相遇和意外发现；吐露了一个月前，胡濙在朱棣皇帝塞北宣府北伐行辕与皇帝的密谈；告知了此次南来的临时使命；还坦言了下午接到驿丞郑尚中神色慌张的密报后，自己心中的焦虑和不安。赛哈黑、骆寄善闻听此言若晴空霹雳。他们都知道此次差役若出差错的后果。三人面面相觑，一时无言，个个表情凝重，彼此几乎都能听到对方的心跳声。

“胡大人，郑尚中如何？”赛哈黑来不及细细品味和思考这突降的重大使命。多年锦衣卫镇抚司缉捕千户的特殊身份、缉捕经历、思维惯性和职责敏锐，使他顿感事态严重。一双迷惑而冷峻的蓝色眼睛，直直逼视着胡濙。

一句话点醒梦中人。胡濙心里轰地一下，感觉危险近在咫尺。

“胡大人，必须立刻转移！”骆寄善的声音果断得不容置疑。

黎明前最黑暗的时刻，胡濙一行消失在浓雾之中……

白面峰是楚南赛武当山群峰主峰，赛武当山群峰一百零八座，白面峰为冠。白面峰核心峰群，九峰九岭，九凸九凹，九座道观庙宇。雄伟壮观的金顶玄帝殿，高高耸立在白面峰峰巅。极目远眺，直插云霄，宛如展翅高飞的雄鹰。东、北、西三面，三条锃光发亮的青石板古道，蜿蜒蛇形，通向金顶玄帝殿，自唐宋以来，道佛共融，晨钟暮鼓，香客蜂拥，香火不断。

白面峰界于楚南与南粤之际的五岭群山峻岭之中，楚粤古道穿越其中，商贾行人往来不断。这里汉瑶杂居，瑶民民风彪悍，山匪层出不穷。由于山匪盗匪出没横行，历来是行商走贾的惊悚之地，也是府、县衙门的心头之患。为防匪寇祸患，赛武当山一带的大多村寨，依山就势建有石垒城墙寨堡，有的垒在石峰之巅，有的建在石峰之腰，大的可容纳上千人，小的也可容纳几百人。寨堡一般只设进门，城墙高大坚固，大有“一夫当关，万夫莫开”之势，一旦匪寇出没，全村老小躲进寨堡之中，可保安然。

白面峰南北就有两个著名寨堡，白面峰之东南麓是石鼓寨，面朝金羊古洞，与厦源坊隔洞相望，为南二都（后改为金羊都）治所。

白面峰之东北麓是白面寨，为白面司治所。白面寨东北三里许，有山名万华山，山上有著名的道观殿。传说宋时当地两兄弟何崧何嶽，在此修道成仙，宋乾道元年（1165年），封其山名万华山，山因此得名，至今仍存道观殿遗址。

白面寨四面环山，诸峰罗列如城，中间开阔平坦。洪武初年，为防匪寇边患，永州府在楚南通往南粤的关津要塞之处——白面寨，特设巡检司，俗称白面司，也名北面司，设衙舍若干，配弓兵二十五人，隶属兵部，归永州卫管辖，专治巡察往来商贾、边民行人，缉拿搜捕匪寇逃犯，巡检司主官为司丞，官秩从九品，为大明皇朝设置在社会最底层的治理机构（类似于现在的公安派出所），一直延续到大清乾隆年间裁汰。

胡濙一行，连夜转移到了白面司隐蔽下来。

胡濙坐在那里脸色沉重。他为自己的粗心大意而自责不已。如果郑尚中包藏祸心，后果将不可想象啊！

骆寄善看着胡濙明白他的心思，走过去劝道：“胡大人且慢自责。情况也许不会那样糟糕。一来这里南蛮荒野群峰莽莽，奇峦险峻峭壁林立，交通阻隔闭塞，容易躲藏隐蔽。二来济公庵人、牛仙道人年事已高，亡命天涯已近二十年，早已是身老力衰心力交瘁，再逃怕是心生厌倦，力不从心了。三来文大师还在云南远游，此去茫茫千里，即便胡大人身份已经暴露，估计文大师一时半会尚不得知晓。四来独乳夫人是文大师奶娘，还曾得太祖高皇帝恩典，今恰逢七十大寿，文大师是怀柔孝友之君，定会如期归来，如约赴庆啊。

胡潆埋着头，一边细听，一边思索，方稍稍释怀。但当最后听见从骆寄善口中说出“独乳夫人”四个字时，胡潆忍不住抬起头来，向骆寄善投去了不易察觉的一瞥……

赛哈黑也顺着骆寄善话题开口说道：“骆千户所言甚是，文大师云游未归，济公庵人、牛仙道人断不会远走，他二人忠心耿耿，紧随文大师左右二十余载，忠心可鉴啊！眼下当务之急还得先速速查明济公庵人、牛仙道人去向行踪，再做谋划啊。”

胡潆找来永州府图舆，赛哈黑、骆寄善围过来，三人一边在图舆上戳戳点点地分析白面司、白面峰、白面寨、石鼓寨及其周边厦源坊、岛馆洞等地的位置、地理、形势、山川、交通等等，一边谋划下一步的行动计划。最后决定兵分三路，胡潆一人再上白面峰顶一探虚实；赛哈黑、骆寄善各自乔装成行贾商人，分头密访石鼓寨、厦源坊、岛馆洞等处。出发前的夜晚，胡潆又找来赛哈黑，进行了一夜长谈……

第四章　武当龙影

出发前赛哈黑、骆寄善约定，赛哈黑乔装成采药行医郎中，骆寄善乔装成采办古玩奇货行贾。白天分头探访入夜聚合。他们从巡检司精挑两个强壮弓兵，扮成挑夫分别作为向导，两个校尉也扮成小商贩殿后远远跟从。他们约定好暗号，一旦事发突然，互相呼应。待一切商量妥当，赛哈黑、骆寄善两伙人，由白面司出发，从白面峰东、西两路，朝事先约定的石鼓寨方向去。

赛哈黑、骆寄善来到白面峰南麓的石鼓寨已是傍晚时分。远远望去，估摸着有二三百户人家。一栋栋民居整齐排列，青墙黛瓦，鳞次栉比，巷道纵横，犬牙交错；村后一座奇峰突起，犹如平地涌出，陡峭挺拔，松柏葱葱，薄雾缭绕，云烟袅袅，美不胜收！在这之中，一片偌大显眼的典型楚南风格大院落，特别引人注目。

赛哈黑、骆寄善先后来到这里。赛哈黑问：“我想在此多停留几日，不知你这店可还宽敞？”听赛哈黑这样问，一个店主模样的人走来，吩咐店小二安置客人的行李，然后对赛哈黑说：“若问宽敞，两位客官请随我来。此处若不算宽敞，通常百姓人家怕也无处敢说宽敞了。”赛哈黑、骆寄善随店主前行。只见大门前耸立着一个木制门亭，门亭雕龙画凤，琳琅精致。门亭两边安放着一对雄悍的狮首泰山石敢当。大门正上方门楣中间，悬挂着一块做工精美的木制匾额，镌刻着颜体“武当龙影客栈”，字迹龙飞凤舞，飘逸隽秀。进入院里，中间是一个偌大四方天井，溜光条石铺就，正中镶嵌着一个巨大的圆形迎客松精美石刻图案；两边木制回廊一字排开，上下两层对称，屋面青一色黛瓦，单檐歇山顶翘角。客栈回廊尽头，又向外通向一座独体的偌大园林院落。走进园林，正中矗立着一座宏大壮观的汉白玉石雕牌坊，牌坊正中刻“将军府第”四个颜体大字，左右两边石刻一副对联：“进得其门孝悌忠信，出由是户元亨利贞”，对仗工整，寓意深刻。旁边安放着一对更大的泰山石敢当石鼓，正背两面分别雕刻着“鲤鱼跃龙门”“福禄寿喜财”精美瑞兽图案；园林后面，五级台阶拾级而上，一条青石铺就的宽阔石板路，通向一座气势恢宏的将军府邸，青砖绿瓦，重檐歇山顶，飞檐斗翘，煞是气派！将军府邸四周是一片园林，小桥流水穿流其中，亭台楼阁点缀其间，古木参天交相辉映，蔚为壮观！“客官可是满意？”赛哈黑、骆寄善赞不绝口。店主领他们来到回廊楼上东西两头的两个客间，店小二早已把他们的行李分别安置好了。

走了一天已是饿了，吩咐店主打理伙食。店主见两位虽是商贾行装，但身高体大，眉宇轩昂，气度不凡，不敢怠慢。立马溜回后院向告老还乡的永州卫千户、武德将军宋福禀报。这宋福是店主的父亲，叮嘱儿子好生伺候。

店主分别把两位请至大厅说：“二位客官既然都错过饭

点，不如两好并一好。”赛哈黑、骆寄善装作初识，一番寒暄，坐了下来。

店主亲自下厨使出看家本事，特别制作店里独家的金牌名菜，温上店里窖藏三年的自制地瓜烧酒。不多时，店主端上一个大食盘，大食盘内盛有一盘火烧金黄油亮猪头肉，一盘烧烤金黄小乳猪，一盘金黄块状豆腐，一盘红烧金黄腊鱼，一壶温热烧酒。店主笑容可掬，使出惯有的笑脸热情说道：“两位客官驾临，小店蓬荜生辉。小弟照父亲大人吩咐亲自下厨，略备薄酒，不成敬意。”

赛哈黑、骆寄善走了一日，已是饥肠辘辘，便不顾许多，狼吞虎咽起来。赛哈黑来自古波斯国，但自宋以后归附华夏已经好几代，早已习惯了汉人习俗。边吃边赞不绝口：“好吃，真好吃！”赛哈黑埋头苦干一阵之后兴致来了，边吃边打趣地问道：“这菜这酒啊，色香味俱全，味道绝了，但不知有何讲究？”

店主见骆寄善滴酒未沾，也不再让，只为赛哈黑续斟上酒。店主自己先干为敬，然后坐下来慢慢说道：“客官初来乍到，有所不知，此菜此酒是小店独有，一般喜庆佳节、贵宾重客才用。这菜啊确有来头。这猪头啊雅名‘朱大元帅’，家父当年跟从三姨父骆以诚从军，后来归附投靠了太祖高皇帝，高皇帝南京开国后，三姨父骆以诚升了千户，后来去了遥远的燕京。家父升了百户，因伤返回了永州卫，后来朝廷又特授家父千户。前几年家父年老体衰解甲归田，朝廷又特敕家父武德将军。家父感念皇恩浩荡特命此名，以铭皇恩以启后人。这乳猪啊雅名叫‘皇孙烤乳’，也称‘太子乳’，当年太祖高皇帝特诏三姨邓三姑进宫哺乳一个皇孙，后来这个皇孙当了太孙，再后来又当了天子，再再后来啊又被野心的四叔夺去了皇位。家父为了感念三姨美德，感怀落难天子仁德，特命此名啊。”赛哈黑想，刚才听他提到什么父亲大人吩咐，只顾吃喝，未曾留意，却原来这样来历。他看了一眼骆寄善，骆寄善埋头吃饭，似乎并未留意店主的话。

店主边介绍边夹起一块豆腐送到赛哈黑碗里，又继续说道：“这豆腐呢雅名‘金羊腐乳’，俗名‘醋水豆腐’，是山上大师来到这里以后，见当地有土豆叫“五月黄”，个小金黄味道鲜美，于是命随从以皇宫厨艺，用当地三年特制窖藏卤水秘制而成。此味惟此独有，天下一绝。这腊鱼啊雅名叫‘鹅泉喷香’，也名‘金羊腊鱼’，是取自这里金羊大洞天下第一泉眼——鹅井源头，从泉眼洞罅偶然浮游出来可遇而不可求的岩泉鲶鱼，经过三七二十一天精心腌制，又经过七七四十九天阴干。这鹅井之水啊，传说来自于遥远的西粤漓江一个巨大的溶洞，漓江之水通过这个巨大的溶洞，流进一条地下大阴河，弯弯曲曲穿过茫茫九嶷山地下深处，千里迢迢奔流到这金羊大洞上游的溶洞口喷薄而出，日复一日滋养着赛武当山一带方圆几百里的土地。‘旱焦黄土水不降，雨倒昆仑量不添’，这话传了千百年，真不是虚说。我们这儿的人都称之为神井。听传说远古苍梧国时期，一位神仙赶着一群山羊途经赛武当山，喝过清澈甘冽的溶洞泉水之后再也不肯离去，于是神仙将神鞭一挥，这群大大小小的山羊一夜间变成了一座座千奇百态、起伏绵绵的无数石峰，错落有致地罗列在金羊大洞四周，领头石羊就高高屹立在赛武当山白面峰之上，至今依然精心守护着金羊大洞这方山水。而跟随神仙放牧的牧童们则摇身一变，幻化成了泉波中大大小小形态可掬的一群石鹅，守了这里几世几代。所以也就把这泉眼叫了鹅井。”

店主一口气说完稍稍停歇了一会儿，又斟满酒，夹了两块腊鱼分别送到赛哈黑、骆寄善的碗里。见他们兴奋好奇，意犹未尽，店主双手捧起桌上玲珑精巧的酒坛，又眉飞色舞地说道：“这酒啊，是用当地上好精选地瓜原料，俗名叫红薯，用皇宫秘方兼用自制工艺精酿而成，然后再在院后山洞里窖藏三年方才取用。一般不作外用，只供家父日用，家人节日聚会偶用，贵宾稀客特用。山上大师每次来啊点名必喝此酿，每回喝了都赞不绝口，特意留下‘金陵玉液’‘金羊烧酿’美名呢。就在半个月前山上大师的两位随从道仙，还来此走动过，走时还带走好几小坛呢。”

赛哈黑、骆寄善饶有兴致地边吃边听，赛哈黑自斟自饮，骆寄善滴酒不沾以茶代饮。当赛哈黑、骆寄善最后听到店主反复说出“山上大师”“两位道仙”时，两人眼前一亮，联想起胡濙大人的话顿时抬起头来。赛哈黑不慌不忙小声地说道：“这菜啊酒啊，还真是奇了神了，样样都有来头，个个都有故事，敢问店主，刚刚说到山上三位大师，他们是何方神圣，又云游何处？”

店主见赛哈黑追问，更来了兴致，起身又敬赛哈黑一杯，轻轻掩上房门，靠近赛哈黑小心翼翼地说："说起山上这位大师啊也真个神奇，小弟曾听得父亲大人私下说过，这位大师啊曾经是咱大明当朝天子，年纪轻轻就当上了皇帝，这位年轻皇帝的爷爷啊就是太祖高皇帝。后来这位年轻皇帝落难了，云游四方，前些年到此才安定下来。这两位道仙啊与家父曾同在朝廷当差，交结甚厚。这两位长者都是高皇帝托孤老臣，年轻皇帝落难以后跟从左右一二十年，风餐露宿，鞍前马后，不离不弃，九死一生。这个忠啊天下第一啊。"

骆寄善边听边露出惊讶感叹的神情，为店主悠悠的表情所感染，也忍不住唏嘘。沉默一阵过后骆寄善直直地盯着店主轻声问道："那三位大师如今所在？"始终满脸堆笑的店主一听到骆寄善的追问，脸色陡变，立即小声正色回答："实不瞒说，小弟既不能相告，也确不知去处！家父反复交代于我，三位大师之事不可打问，来了只管好生侍候，所以小弟从未问过。"店主说完立马转移话题，只管劝菜敬酒。骆寄善见店主这般模样，知道也问不出什么，不再言语。

赛哈黑看见骆寄善、店主都低头沉默下来，也不再言语。心想，心急吃不了热豆腐，这一餐已是意外的收获。他借着酒劲开始畅饮，与店主杯杯相敬，你来我往。约摸过了个把时辰，两人似乎都已醉了，便借故退下席来，各自回屋睡去。

店主待两位客人分头回到房里，四顾无人，急急溜进后院……

第五章　武当邂逅

清晨。如纱的薄雾被晨曦染亮。

骆寄善来到客栈后院园林，一阵热身过后，熟练地打起骆家拳来。这是他打小养成的习惯，也是父亲骆以诚一惯的严格要求。

骆以诚严格教导骆家后人：楚南骆家本是习武之家，行伍出身。军卫之职应当以武立身，这是骆家的立家之技、立业之基和立功之本。起早练习，吸天地灵气练过硬之躯，以尽忠皇事、敬护皇室、报效皇廷。所以骆寄善无论身在何处，不管春夏秋冬，始终不忘家父教诲，早起早练不沾陋习，练就了一身过硬功夫。

“这位兄长，好功夫！”

正当骆寄善收起衣裳准备离开时，背后传来声音。

骆寄善一愣，甚是好奇，转身循声望去，看见一个陌生的姑娘正款款向他走来。姑娘约摸十八九岁，面容娇好，清新脱俗，身段袅娜，亭亭玉立。

姑娘大大方方走到骆寄善眼前，双手躬身作揖，甜甜脆脆地问候：“兄长黎明即起，好是勤奋，又如此身手，小女子实在佩服啊！”

眼前的姑娘一双眼睛清澈明亮充满真诚。如果说，鼻如悬胆唇若涂朱确也贴切，但骆寄善不愿意用世俗的词汇形容她。她身材单薄，眉宇间却有一股英气；她微微含笑，笑意中又有一丝娇羞。骆寄善心头一怔，竟面红耳赤，一时答不上话来。

骆寄善不满自己的慌乱，装作镇定的样子，匆忙丢下一句："过奖过奖！幸会幸会！"逃跑般飞身离开。

骆寄善身后是一串珠落玉盘般的笑声……

赛哈黑、骆寄善用过早膳，就一前一后分头出去了。此后一连多天，两人都是早上分头出去晚上分头归来，不时见他俩收些山货、古玩回来，没有人知道他们去了哪里，还要待多长时间。店主见他们每天早出晚归进进出出，也不细问，只是每天照他们吩咐备好晚膳。店主有时会过来陪赛哈黑喝上几杯，逐渐熟了，说起话来也不再生分。店主每每聊聊当地的山川地理、风土人情、民间风闻趣事，也偶尔聊聊他的心事、他的家世，关系也就越来越近乎了。

这天晚上，店主又来和赛哈黑对饮，因是喝高了些，兴致又来了。不无动情地介绍说他叫宋小保，家中排行老二，所以也叫宋小二。他原本也想考取功名，可是他家只一儿一女，家父不希求儿女功名，只愿膝下承欢。父命不可违，他也就只好安心在家打理客店了。他又说起他的身世：他本宋礼之子。伯父武德将军宋福常年从军在外，久不得子。照当地习俗过继了弟弟宋礼刚出生的二儿子。伯母感念宋礼割爱，对宋小二视若己出。他的亲父宋礼是金羊都一甲甲长，有三儿一女。继父宋福，中年才得一个独女叫婉珠，视为掌上明珠。自小和小保随伯父、伯母在永州府卫长大。继父解甲归来，赋闲乡野，怡然性情，不问外间世事，乐享山水田园。妹妹婉珠玲珑乖巧落落大方，生性活泼惹人怜爱，只是不喜女儿针线却偏爱舞棍弄棒，已是婚嫁之龄却拒谈婚嫁之事。伯母常常唠叨，伯父却偏爱顺从。

宋小保说他自幼长在伯母身边，视伯母为亲母也就叫母亲。他的亲母叫邓茹鸾，家中排行老二也叫邓二姑，娘家就是隔洞相望的厦源坊。母亲的大姐叫邓茹凤也叫邓大姑。邓大姑因娘家无儿，父亲照习俗选配了本村本族一户儿郎入赘。也许是母亲娘家命中无子。邓大姑成亲以后连续生下五个女儿，就是生不出儿子来，为此全家一脸愁云。为了能续上娘家香火，他家有个三姨叫邓三姑。三姑姨长得标致漂亮，长着一双大胸乳，尤其右乳又大又长，这山里十里八乡出名，十六岁就嫁给了楚南大家骆府。三姑姨从长计议，特召集家人商量，由三姑姨做主，把三姑姨的二儿子骆婆保过继给了大姨邓大姑。三姑姨又因看见婉珠自小乖巧懂事贤淑婉约，想许配骆婆保。找人算过，八字也相合。三姑姨甚是喜欢，做主定了娃娃亲。他父对此甚是满意。

骆家是望族，此举亲上加亲，皆大欢喜。我们家的三姑姨真不是一般见识。只可惜妹妹任性，不理婚嫁之事。

赛哈黑看见宋小保说起他的三姑姨称赞不已，眼睛为之一亮，因是熟了也就直呼其名，不经意似的好奇问道："小保，你说的三姑姨啊，是不是就是那个曾经奶过太祖高皇帝的皇孙，太祖高皇帝敕封的独乳夫人啊？”话一出口赛哈黑有些后悔。

果然宋小保立即反问：“这位大哥，你怎么知道啊？”

宋小保也后悔自己酒后多言，忘了父亲“家事不可外传”的叮嘱。他敷衍几句就离开了。

第六章　武当山盟

骆寄善依然每天准时早起，在客栈后院园林里晨练。

宋婉珠也每早准时在离骆寄善不远的地方使使枪舞舞棒，不时打个招呼交流交流。骆寄善见婉珠虽是个弱女子，又是个大家闺秀，但使枪舞棒有板有眼，娴熟干练，悟性很高，稍加点拨，顿时领悟，很是喜欢。两人一回生二回熟，一来二去，骆寄善便生了爱恋之心。宋婉珠注视中也是含情脉脉。两个人心照不宣，却也心领神会。

又过了些天，这日早上两人练了一阵之后，宋婉珠看了骆寄善一眼，就径直往靠近山边的亭子里走去。骆寄善似在观赏风景，不经意跟了过去，在离宋婉珠稍远一点的亭栏靠椅上坐了下来。

宋婉珠却大方地靠过来，悄悄拿出一对祖传精巧的刻有龙凤的心形金锁，红着脸把龙锁交到寄善手上，含羞低下头去。骆寄善被婉珠这大胆独特而深情的表白震撼了 。血在往上涌，心跳之声似乎在山野间回响。他努力把持着，却分明也听到了另一颗心的怦然。微风吹过，婉珠的体香与山野间的花草香气混杂出浓郁的味道。他的身体在香气中有些酥软。他这时才感觉到婉珠低垂的头就在他的肩侧。他一把揽过婉珠。他们的身体紧紧依偎着，两颗相伴的心轻轻重重的跳动声在山间回荡……

朝霞为树林涂了亮亮的粉色，被露珠浸润的草的香气弥漫着。一阵拥抱摩挲之后，宋婉珠依偎着骆寄善，双手轻轻抚摸着骆寄善厚厚的胸膛，双眼痴痴地注视着骆寄善英俊的脸庞。她妮喃地说道："哥哥此来为公为私，停留多久，可留下不走吗？"

骆寄善对望着心上人痴迷的眼神，聆听着昵喃的私语，竟一时不知怎么回答。是啊，这些时日他何尝不为这个问题困扰。他多想放弃一切，和她在这世外桃源双宿双飞。可是他留不下来，甚至不能让心上人知道自己此行的目的。他此番被皇帝临时征召秘密南来，使命特殊责任重大。他是护卫皇廷的亲军千户，尽忠是他的天职，保密是他的本分，泄露是要杀头的啊。

此番南来骆寄善从胡濙大人赛武当山的不期而遇，从宋小保几次的侃侃而谈里，回想起家父曾经多次说起过的家乡往事，他隐约感到，他与婉珠这个大家族，似乎有某种一时还难以厘清的关联。因为父亲曾多次说过，父亲来自湖广楚南南蛮，家里有个原配和两个儿子。后来大儿子骆寄保投靠过来，父亲吩咐他只管叫大哥，其他的一概讳莫如深，他也就不便多问。此番首次南来以后，骆寄善被胡濙大人告知临时受命的这些时日里，太祖高皇帝、皇太孙、当朝永乐皇帝、山上大师、程济庵人、牛仙道人、郭老补锅、独乳夫人、武德将军、骆婆保等等，这一串一串名字不断地从胡濙大人、从宋小保口中说出来。他们之间究竟隐藏着多少不为人知的故事，多少不为人知的瓜葛，多少不为人知的秘密，他始终模糊于心萦绕于脑，无法安心。

今天，在万物初醒的早晨，骆寄善面对自己怀中安安静静的婉珠，面对婉珠这双温温柔柔的眼睛，面对婉珠这番脉脉含情的柔情，面对婉珠呢呢喃喃的询问，他不忍心回避但又不能和盘托出；他不能昧心欺骗但又不能不有所保留和顾忌。骆寄善怔怔地迟疑着，思索着，过了好一会儿他才稍带伤感地悠悠说道：“婉珠啊，我们在此相遇难道不是天意？我多想就此长留下来，在这幽美山野与你携手相依，相伴终生啊。我啊来自顺天府，生长在京都行伍之家。家父来自湖广楚南叫岛馆洞的地方。在元末纷乱的时候，家父起兵从军归附了太祖高皇帝，家父后来又随燕王也就是当朝永乐皇帝落籍到了京都，再后来我的异母家兄投靠家父也来到了京城，家父和兄长都曾是皇廷的亲军卫千户，后来随当朝皇帝出征北伐抗元，却不幸先后战死在了漠北沙场。我秉承朝廷皇恩继承了家兄千户之职。家父和兄长生前曾经反复相告，家乡还有大娘和一个兄长，嘱托我有生之年回乡好生照看。现在我的亲母也已经过世，只剩我孤身一人了。因此此番南来，我一来受家父兄长之托，寻找我从来没有见过面的大娘和哥哥，了却我多年的宿愿，告慰九泉之下的父亲和兄长；二来受皇帝之命秘密寻找流失多年的朝廷宝物。我是临时受命而来，兹事体大，切防泄露。我有重任在身，此地岂可久居。”

骆寄善心里充满伤感。面对自己最心爱的人，他能说的也就这么多了。他第一次感受到面对心上人无法完全敞开心扉是这样痛苦。他仰望浩瀚苍穹，呆呆地凝望着多彩的朝霞久久沉默着。宋婉珠一边安安静静地倾听着，一边将少女柔软温暖的身体紧紧地依偎着骆寄善，头深深地埋在心上人宽厚、温暖的胸膛里。婉珠在骆寄善的经历中加入了自己的想象，他少小离家柔弱的身影；他少年仗剑驰骋沙场威武的身影；他背负王命，千里跋涉，孤单的身影一一在她脑海闪过。他的坚强刚烈隐忍与孤独让她崇敬又心疼。他的经历她感同身受，他的情义人品她深深信服。这是个可以托付终身的人。曾经，家长给她和骆婆保定的娃娃亲她是那样抗拒。她不讨厌婆保大哥，但那不是她心仪的人。现在她把自己的心捧给了这个人，她想的是永生永世。

婉珠深深依偎在骆寄善怀里。含泪许下心愿：她要用一生温暖呵护这颗孤独而悲苦的心，她要尽她的一切甚至生命去保护他。可是现在她又似乎什么也不能为他做。

这个早晨，两人就这样久久地久久地依偎着、依偎着，谁也不愿分开，两颗年轻的心啊就这样互相温暖着融化着憧憬着。朝阳穿透树林，林间万物清新地呈现着。骆寄善双手捧着婉珠送与他的龙锁对婉珠说："我此时虽然没有信物与你，可我的心留下了。待我……"婉珠握住他的手打断道："我不担心，我等你。"他们约了下一次见面的时间。

骆寄善返回客栈时，突然看见前方一个身影一闪就不见了……

第七章　武当惊魂

赛哈黑、骆寄善每天用过早膳以后，仍然一前一后分头先后从客栈出来，走村串户，吆喝买卖，傍晚回店。没有人知道他们的去向，宋小保也依然从不打听，只管好生相待。只是他们每次出得门去，他都要客客气气地送出门来，望着他们远去的方向愣愣地站一会儿，然后才回得客栈。

这一天，恰好赶集，金羊集场就在山下。山民趁着赶集的日子买卖山货，互通日用。赛哈黑、骆寄善分头早早来到集场，四处转悠。金羊集场三街六巷，店铺肆坊林立，青石巷道深深，山货林林总总。来自十里八村的山民来来往往，满街人头晃动，一个偌大的集场熙熙攘攘，好不热闹！

临近散场，已是接近傍晚，骆寄善突然发现一个十分熟悉的面孔领着三个随从从酒肆出来，嘀咕着向金羊古洞方向急急走去。这个熟悉的面孔左脸颊下方长着一个显眼的黑痣，黑痣上留着三根细细的长毛，骆寄善看得清清楚楚明明白白，他分明在哪儿见过，但又一时想不起来。

察脸识人这是骆寄善从小养成的习惯，也是侍卫的要求，更是家父的教诲。家父曾经教导兄长：眼力乃是习武精武之首。腿来腿挡，手来手挡，全靠眼力；眼力更是侍卫皇廷职责之要，容不得丝毫差池和闪失，稍有闪失是要掉头灭门的。定要练就一双火眼金睛，随时观言察色，看脸辨人，捕捉万变。

“是他，就是他！”骆寄善突然想起来，这个长着黑痣的熟悉面孔，就是在心安驿站匆匆一见的驿丞郑尚中！他在驿站时，虽然仅有匆匆一面，但郑尚中脸上的黑痣，黑痣下三根细细的长毛，深深地印在了他脑海里。

骆寄善疑云顿生，驿丞郑尚中为何会突然出现在这里，后面怎么还随着三个小随从？他不是说三个小密探失联了吗？骆寄善越想越感到事发蹊跷，立马交代跟从暗号给赛哈黑，悄悄尾随而去。

骆寄善悄悄跟着郑尚中从集场出来，前方是一片开阔的田原矿洞，这里俗称大洞。大洞远远望去四周群山罗列，高高低低错落有致；洞中五六个石峰，拔地而起，突兀耸立，形态各异；大洞四周几十个村坊散布在矿洞四周山边，傍晚时分，云雾迷蒙，炊烟袅袅，俨然是一幅优美的田园画卷。骆寄善跟从在一条自东向西、宛然蛇形、锃光发亮的青石板古道上，一边貌似漫不经心、若无其事地欣赏着路边田园风光，一边不紧不慢地远远跟随注视着郑尚中前行的方向。大约走了半个多时辰，一个约两百户人家的村落出现在眼前。

骆寄善只见村落后方两座高高起伏的石峰依依相连，恰似一对安闲自在的神仙老人，静静地守护着这片村落这方百姓。村前一条清清澈澈、汩汩流淌的河绕村而过，如飘带般拱卫在村落外围。村门口是一口六丈见方的长弯形月牙荷塘，一片片散落在水中的枯枝萎叶依稀可见。穿过荷塘的青石板道是一座两层八字形重檐歇山顶砖木结构门楼，门楼雕梁画栋飞檐斗翘，气派壮观；门楼上方正中悬挂着一块鎏金大匾，阴刻“厦源坊”三个行书大字；门楼两边大木圆柱悬挂着一幅意境深远的藏头对联：“厦对羊山纳两间秀气；源从鹅水挹万代恩波”。

骆寄善进入村坊巷闾里弄已是掌灯时分，天已经完全黑了。他稍稍加快了脚步跟过两条巷口，看见郑尚中四人直直进入了一栋大堂房里，进入后向外望了望确认无人后，又马上闭紧了大门。骆寄善正准备跟进，看到赛哈黑也到了。他们用原来商定好的暗号手势晃了一晃，各自拿出自己的绝技飞檐走壁，从两头迅速爬上了屋顶，悄无声响地钻进了屋内楼上，隐蔽了下来。

骆寄善迅速观察屋里环境，这是一栋三进六开间的大堂屋，屋内全是木制结构。进入大门两边是耳房，中间是三开门的照壁，也叫影壁或屏风墙。中门紧闭，左右小门敞开。穿过影壁，影壁与前厅后堂之间两个大天井，地面全是一个整块长方形巨大青石板铺就，从天井往下望去屋内一览无余。两边是厢房一字排开，中间是回廊连接前厅后堂，直通后面正堂，正堂后面是神龛。正堂两边对称的各摆放一套会客紫檀红椅茶几，中间是一张八仙桌一套八张靠椅，八仙桌上一盏油灯正在散发出昏暗飘浮的光。

八仙桌旁六个人围坐在一起，靠近神龛位置坐着一个高大壮汉，左边分明坐着的是心安驿丞郑尚中，右边背对着一个熟悉的背影。骆寄善望着这个背影煞是眼熟，一听声音竟然是宋小保。骆寄善大感意外。六个人个个表情严肃，窃窃私语。高大壮汉时而站起，时而坐下，显得焦躁不安。骆寄善屏声静气，凝神贯注，注视着他们的一举一动。

只听宋小保低声说道："婆保大表哥，情况是这样的，自从郑尚中大表姐夫哥捎信过来，说疑似京城来的三位京官半夜不辞而别以后，我忽然想起，前些时日店里突然来了两位操北方口音的高大汉子，年长的一个彪悍粗壮蓝眼钩鼻，年轻一点的英俊伟岸，生龙活虎，与大表姐夫哥说的一模一样。我立马警觉起来，速速禀报父亲，照父亲吩咐，好生伺候，静观其变。两人自称是京城来的走医行贾，来收买山药古玩杂货。他们白天出去晚上回来，已经来了好些时日了。他们每天出去我都客客气气送出门来，然后悄悄安排这三个大表姐夫派来的小密探远远跟着出去。他们每天回来，我都好菜好酒好生伺候，有意无意套套近乎，但他们始终未吐露出一丝真实身份和意思，也不曾说明什么时候离开，直到昨晚……"

宋小保端上面前茶碗喝了几口水停了一下，向对面郑尚中努了努嘴，郑尚中会意，接过话说下去："大舅子哥，我来补充一下。小保前些天托信过来说店里来了两位客官，与我在驿站见到的不相上下，行迹可疑，让我过来辨认。我趁着金羊集场赶集过来。我那天赶来小保店里已是晚饭时分，刚好两位京城客官外出采办回来，我快速闪进楼上一间房里，仔细一看，真真切切，果然就是京城来的两位京官。

可是，我又发现了另外一件事。前几天天还没亮，我早起外出，无意看见表妹婉珠一个人走出家门独自向山边走去。我心生好奇，不知表妹这么早悄悄出去干吗。我正琢磨呢，突然又看见一个年轻后生兴冲冲也往那里走去，仔细辨认竟然是京城来的那个年轻英俊的京官。我大感意外，悄悄尾随过去，竟看见他们在后院亭子里一见面就拥抱在一起，说起悄悄话。看那如胶似漆的样子，原来婉珠妹妹竟然有了心上人了。我想呀，这是喜事，省得姨父、姨娘操心了，于是就准备悄悄离开……"

骆寄善听着终于明白，原来驿丞郑尚中竟然是宋小保大姨邓大姑的大女婿，高大壮汉的大妹夫；而宋小保竟然是高大壮汉的二姨邓二姑的过继儿子，郑尚中内人的姨表弟！而那天早晨他和婉珠约会的事似乎被发觉了，那个身影竟然是驿丞郑尚中！骆寄善沉住气，继续屏声静气，紧张地听下去。

高大壮汉听说表妹婉珠恋爱了，一时也来了兴致。虽然他和表妹定了娃娃亲。看表妹不愿意，姨夫又娇惯放纵，知亲事无望，如今表妹有了心上人也是好事。他这样想着急急问道："后来呢？"

郑尚中向大舅子哥使了使眼色，高大壮汉会意地向三个小密探挥了挥手，叫他们退到前面耳房里去。待三个小密探离开以后，郑尚中四周望望确认无人以后，才附上身来小声地把京城年轻小伙给婉珠说的话，原原本本一字不漏地说了一遍。等郑尚中刚说完，高大壮汉愣在那里，一脸震惊。过了一阵儿高大壮汉突然站起来，在正堂里不停地来来回回踱步。口中不住地喃喃自语："怎么这么巧？怎么这么巧？怎么办？怎么办？……"郑尚中、宋小保见高大壮汉就这样来来去去自言自语，心慌意乱急躁不安，也一时没了话语。整个一大堂屋，空气像凝固了一样，只听见远处老鼠偶尔"叽叽"的叫声。屋里油灯的灯芯散发着昏暗的光。

正堂里的这一幕，赛哈黑也看得清清楚楚，听得目瞪口呆。虽然后面郑尚中三人嘀咕的窃语，他听得不甚真切，不甚明了，但高大壮汉、郑尚中、宋小保之间的关系，已经大致清楚了。从他们断断续续的窃窃嘀咕中，赛哈黑已经意识到他们的行踪已经暴露了！他心里惊惧着，事不宜迟，这里不可再留，必须立刻离开！

赛哈黑向骆寄善快速使个手势，立马起身，可稍不留神踩下一样东西掉在正堂屋下，刚好落在高大壮汉的脚下发出一声脆响。高大壮汉猛喝一声"谁"，旋即就吹灭了油灯。说时迟那时快，赛哈黑、骆寄善神不知鬼不觉地瞬间溜了出去。等高大壮汉、郑尚中、宋小保他们赶出大门来，赛哈黑、骆寄善早已消失在夜幕之中……

第八章 武当心绪

凌晨二更的白面司，夜空如洗，万籁俱寂。

一阵急促的敲门声惊醒了酣睡中的胡濙。赛哈黑、骆寄善等不及胡濙收拾，火急火燎地进了胡濙房间。赛哈黑顺手把门关上，小声而急切地告诉湖濙：他俩被盯上了！赛哈黑于是把这些天密访以来的经历，尤其是刚刚发生的情形大致说了一遍。赛哈黑满脸惊慌谜惑地说："胡大人，这里情形复杂，这趟水深啊。这里好像有一张看不见的网，稍有不慎性命难保，不得不防啊。"赛哈黑说完把头转向骆寄善，满腹狐疑地投去了一个狡黠的眼神……

面对赛哈黑突然投来的狡黠目光，骆寄善怔怔的咯噔了一下，这是他没想到的。刚刚晚上那突如其来的惊险一幕，也是他始料不及的。

因为骆寄善躲藏的位置靠得最近，听得也更明了些。他从郑尚中的话语中知道他与婉珠的悄悄约会被郑尚中发现了。更让骆寄善吃惊的是他分明看见了高大壮汉的胸前也挂了一块玉佩，与自己挂的一模一样！

骆寄善清楚记得，兄长骆寄保最后一次跟随当今圣上即将出师北伐的那个晚上，亲手把一块玉佩交给了他，说这是一块家传护身符，家母给他戴上后就再也没有离过身，还有一块给了家中的弟弟。兄长还特别交代，玉佩一定不能离身。万一他回不来了，你戴着它回去就能找得到你大娘和二哥。你要代大哥尽孝。骆寄善万万没想到，大哥此言竟然一语成谶，兄弟俩从此阴阳两隔。每每想起这一幕，骆寄善就不禁潸然泪下。骆寄善面对晚上刚刚发生的这一切，回想起这些日子以来所经历的一幕一幕，他明白，这个高大壮汉就是骆婆保，就是他虽从未见过面却朝思暮想的二哥！

骆寄善想起今晚离开二哥家以后，一路上赛哈黑始终没有说话，只顾一鼓劲地闷着头往前赶。骆寄善也一路紧赶，一路思考着矛盾着斗争着纠结着。他曾经想过把自己的怀疑和判断告诉给赛哈黑。

赛哈黑是锦衣卫镇抚缉捕千户，论官秩骆寄善与赛哈黑同级，都是正五品；可是论与皇帝远近，骆寄善又不及赛哈黑。赛哈黑离皇帝最近最直接也最威风。所以，自从这次临时领命以来，赛哈黑总是在骆寄善面前摆出一副居高临下的神气，总是若即若离，从不推心置腹。尤其是密访相处的这些日子里，赛哈黑还总是有意无意地躲避着自己，甚至暗中还窥视过自己。骆寄善好几次晨练返回时分明看见，赛哈黑躲在窗后偷偷地窥视。骆寄善始终不明就里，始终不明白赛哈黑肚子里究竟卖的什么药。

因此，骆寄善每每看见赛哈黑那一副拒人千里的面孔，他也就不主动多说多问。家父曾经多次说过：“与人相处做人做事，要懂得谨言慎行，逢人且说三分话未可全抛一片心。”作为皇室亲军侍卫，更是如履薄冰，步步小心。伴君如伴虎高处不胜寒啊！再想到赛哈黑刚才与胡大人结束谈话时的眼神，骆寄善告诫自己，要提防赛哈黑。赛哈黑应该也听到自己与婉珠的事情了。他没对胡大人说，不知是不是不想当着自己的面说？

一想起婉珠，骆寄善心里满满的柔情与思念，再也装不下别的什么了。那天深夜俩人分开时，本来是约定好今晚在老地方见面的。哪想到这突如其来的变故和不辞而别。婉珠见不到自己会怎么样？他似乎看到夜色里婉珠凄凉的身影瑟缩在寒风之中。他没办法用自己强壮的身体为她暖身，更没办法用温存的话语安慰她。他仿佛听到她的哭泣，感受到她的怨恨。骆寄善此时心如刀绞，却什么也不能做……

第九章　武当情愫

胡濙也看见了赛哈黑投向骆寄善那狡黠的一眼，但胡濙什么也没有说，脸上也没有显露出任何表情。过了一阵儿，胡濙对赛哈黑、骆寄善淡淡地说："时辰不早了，有劳两位千户了，大家都先散了回去睡了吧。"待骆寄善走出以后，胡濙突然想起京城来的一封信笺，又把赛哈黑叫了回来，顺手交给了赛哈黑，然后独自进入了里间继续睡去。

湖濙回房间躺下，却怎么也睡不着。

胡濙回想起赛哈黑刚才那惊慌迷惑急切的眼神，赛哈黑、骆寄善出去密访以来遇到的那些复杂惊险情形及其赛哈黑投向骆寄善那狡黠疑问的目光，还有自己再上白面峰金顶殿时，程济、牛景先早已人去楼空。痕迹消除得仿佛他们从未来过。程济、牛景先究竟去了哪里？会不会已经远走他乡？如果程济、牛景先不会远走，那又会躲藏在这茫茫大山的哪个地方？如果朱公子回来了，他们会在哪里汇合？如果赛哈黑、骆寄善密访到的情形是真切的，那程济、牛景先会不会就在郑尚中、宋小保、高大壮汉的手里，被他们秘密转到了另一个更隐蔽的地方？

胡濙又想到了那个高大壮汉。对武德将军宋福，胡濙虽然没有交结过，却也略知一二。但那个高大壮汉是不是就是独乳夫人的儿子？会不会就是当年那个在南京皇宫里与皇孙朱允炆一起长大的玩伴？那个虎头虎脑，活蹦乱跳的细小伢子？那个他当皇孙朱允炆侍讲老师时，总是跟在他屁股后面缠着要讲故事玩游戏捉迷藏的细小伢子？一想起当年这个细小伢子来啊，胡濙禁不住微微笑了起来。这个细小伢子啊，可是当年给他那战战兢兢枯燥乏味的皇太孙侍读生涯，带来了多少难得的快乐记忆和留恋啊。

更让胡濙朝朝暮暮留恋不舍、怀念牵挂的还是皇孙朱允炆的奶娘、高皇帝敕封的独乳夫人啊！当年在皇宫做皇孙侍读老师的岁月里，胡濙与独乳夫人常有接触。那时候的奶娘啊，一双大眼睛清澈见底，一双大脚健步如飞，一双大乳右乳高耸，身材高挑秀发乌云，肌肤丰润，风姿绰约。胡濙每每相见都会心旌摇荡。久在皇宫里的奶娘，偶尔发现英俊斯文书卷气十足的胡濙偷偷投视过来的痴痴目光，也总是脸颊绯红忸怩万端。因为相处时日久了，胡濙对奶娘自然而然产生了一种朦朦胧胧的爱恋之情，而奶娘每每遇到胡濙投来的异样目光，总是报之以心照不宣若即若离的嫣然一笑……

允炆皇孙过了六岁生诞后的某一天，奶娘和她幼小的孩子突然就不见了，没有留下一件信物甚至是一句话，就悄无声息地永远离开了南京皇宫，如同从大地上蒸发了一般。由于皇宫宫禁严苛，胡濙在与奶娘相处的几年里，他从来没问过奶娘的过往和身世，奶娘也始终守口如瓶。后来高祖皇帝敕令在奶娘家乡建牌楼以示嘉奖，胡濙才知道奶娘的去处。知道奶娘的身世，也知道她的夫君已然血洒疆场，命尽漠北。胡濙想照顾她，怜爱她，怎奈已是千里之隔。

胡濙此番南来，在这荆楚南蛮之野，从程济、牛景先的长谈里，从赛哈黑、骆寄善的密访中知道了他朝思暮想的奶娘近在咫尺，禁不住心潮澎湃思绪万千啊，她还好吗？

胡濙迷迷糊糊依稀进入了梦乡……

第十章　武当诡谲

这一夜，赛哈黑也是满腹心事久久不能入眠。赛哈黑从胡濙手中接过信笺回到房号里关紧房门，迫不及待地打开信笺看了起来，越往下看神情越凝重。这封信是他托京城锦衣卫镇抚司一个心腹百户秘密查询的回信。

镇抚司是锦衣卫下辖机构，是朱棣夺取大位以后突破朱元璋祖制增设的。因为朱棣深知自己毕竟是篡位之君，得位不正。其时朝中大臣大多是建文帝旧臣，江南士子和大多百姓身在曹营心在汉，人心不稳啊。而且北方北元势力和南方交趾国时时侵扰，南北交集边患不断，国内藩王们势力膨胀、虎视眈眈，内外交困，形势险恶。朱棣为了巩固皇权，防犯和镇压建文帝旧臣、江南士民和藩王们的不贰之心，于永乐初年，以秉承维护父皇高皇帝祖制之名，不仅重新恢复了朱元璋已诏令裁汰了的锦衣卫机构；还特增设了南北镇抚司，北镇抚司专门从事侦查逮捕审问等，专理皇帝钦定的大案要案密案，专治大臣士民的妖言谋逆等不法之事；并赋予独立的诏狱特权，进行不公开的逮捕刑讯处决，不必经过刑部、都察院、大理寺三法司机构会审，也不经过锦衣卫指挥使直接向皇帝负责，官位虽是五品但权威极大。

赛哈黑是镇抚司缉捕千户，掌管侦察缉捕和诏狱大权，官阶不高权威极高，朝廷大小官吏闻之惊悚见之色变。十几天前赛哈黑从金羊都邮铺向京城，特加急私递了一信函，私下指令一个心腹百户密查一个人物，并交代速速回复。

赛哈黑是古波斯人（今塔吉克斯坦人），据传是默罕默德第七代孙赛典亨之后，赛典亨原是一个部族首领。部族没落后归附了元朝。忽必烈派赛典亨去云南任平章知事成为封疆大吏，很得元大帝忽必烈赏识。明朝开国以后赛典亨家族一部分归附了太祖高皇帝，一部分跟随元顺帝残余去了北元。

洪武二十九年（1396 年），朱元璋派遣燕王朱棣率军进行洪武时期最后一次北伐，赛哈黑的父亲作为燕王侍卫千户也随军北伐。在战场上的父亲，被燕王内侍密探发现有私通北元军情之嫌。燕王知道后命令将其以军法立斩。据说被一个燕山护卫千户处决。北伐归来后，燕王感念赛哈黑父亲多年护卫之劳，仍命赛哈黑承袭父亲之职授予了王府内侍总旗。后来燕王起兵奉天靖难，在一次与朝廷明军的惨烈战斗中，赛哈黑拼死救出了被明军围困的燕王。燕王夺取大位以后，设锦衣卫镇抚司，特升授赛哈黑镇抚司千户。

多年过去了，父亲之死的阴影始终在赛哈黑心中挥之不去。后来赛哈黑又听说这个燕山中护卫千户，也在此次北伐中战死，才稍稍释怀，却又心恨难消。就在这次临时受命湖广一行，在这南蛮之野竟然再次触发了赛哈黑积压在心里十几年的恩怨。他在金羊都密访的这些时日里，从店主的无意吐露中，更从那一晚密访到的情况中看出了端倪。感觉到他与骆寄善的渊源。他暗中观察跟踪骆寄善，越来越坚定了心中所想。

尤其是胡濙大人吐露的重大机密更引起了赛哈黑极大的兴致。赛哈黑隐隐约约预感到这将是一次难得的机会。胡濙大人私授当今圣上的密旨苦苦寻找失踪的建文帝。十五年了，这是怎样的一份苦差啊，赛哈黑想想都心里发怵！但胡濙大人硬是做到了，否则胡濙大人怎么敢去见圣上？要知道欺君之罪是要满门抄斩的啊！

但问题来了，建文帝及其随从为何会选择在此，为何敢隐藏在此？这里有怎样的机关，自己这么小心隐秘的行动居然被察觉，被跟踪？多年锦衣卫缉捕的经历和职业敏感让他感觉到一张看不见的大网，正撒向他的头上。这张网里同样罩着胡大人和骆寄善，可骆寄善似乎与撒网人有着千丝万缕的联系。

当看完心腹百户信笺的最后一行，赛哈黑的心似乎松弛了，露出了不易察觉的狞笑……

第十一章　武当大爱

这一夜啊，还有另外一个人更是彻夜未眠，那就是惊魂未定的高大壮汉骆婆保。当骆婆保听到从楼上掉在他跟前那根木棍脆响的一刹那，他瞬间冲了出去，却已经不见了任何踪影。骆婆保头发直竖，毛骨悚然。待稍事镇定以后，骆婆保用双手卷起一个喇叭似的小圈，贴近郑尚中、宋小宝的脸，摸着黑近乎命令似的小声说道："你俩立即带领人马连夜赶回家去，尚中密切注意着驿站动静，小保继续小心照看着店里，照看好婉珠妹妹。"等尚中、小保离去以后，骆婆保回得大屋里，心仍然"咚咚"直跳。

骆婆保分明看到了落在他眼前的那一根木棍，分明听到了楼上那"嗖嗖嗖"的响声，但就是没看见一丝人影。难道是小偷小贼吗，骆婆保是这金羊大洞方圆十多个村坊的甲长兼粮长，小偷小贼从来不敢冒犯。这样的身手，他应该想到是什么人了。

但郑尚中、宋小宝提供的情形，还是引起了骆婆保极大的迷惑和警觉。他回到起居室思索着：为何京城官员千里迢迢会突然出现在这蛮荒之地。这可是大明开国以来破天荒的事啊。而且还化医成贾不露身份，他们究竟为何而来？难道仅仅是为朝廷宝物而来？还有婉珠表妹，一个名门大家闺秀，仅仅几面之交就钟情于一个素不相识之人，并且就私托终身，那个京城后生究竟有啥魅力？或者另有所图？骆婆保想不明白，却感觉事体重大。骆婆保突然想到了母亲，对，必须立刻去见母亲，母亲大事不糊涂！于是他换上行装，连夜飞奔赶往岛馆洞母亲家去……

岛馆洞距厦源坊约十华里，属南乡一都（后改为金盆都），骆婆保策马赶到，天已微微发明，但薄雾还未散去。偌大一个村坊依然笼罩在晨雾之中。骆婆保生于斯长于斯，老家的一山一水一草一木，一砖一瓦一老一少，他太熟悉不过了。要不是当年母亲作出的决定，他怎么会舍得离开自己从小长大的地方呢。

岛馆洞坐西朝东，四周群山环抱，左拥青龙右抱竹峰，前对天马岗后倚金盆岭，青山如黛绿树掩映美不可言。村前是一片广阔肥沃的田地。自始祖骆安邦北宋开创以来，三百年间岛馆洞这方山水，滋养繁衍了一代又一代岛馆洞人，所以村落因此而得名。岛馆洞与村落之间联结着五口月牙荷塘。两口甘甜清冽的古老清泉，源源不断地流进荷塘。一湾湾清清的荷塘水，仿佛五颗晶莹璀璨的翡翠镶嵌在村落面前。在荷塘与村落中间，矗立着三座气派精美的砖木重檐芜殿顶牌楼，牌楼铜铸铁瓦珍珠顶，玉石栏杆锦边丝，都是当年骆婆保母亲从南京皇宫回归故里后，太祖高皇帝特御敕建，分别悬挂着太祖高皇帝手御“独乳夫人”“楚南望族”“衣冠门第”“文武荣流”四块鎏金额匾。进入村内，巷道深深纵横阡陌，亭台楼阁林林总总。这方圆十里八乡流传着“岛馆洞宽又宽，两边是牌楼，门楼在中间，翡翠整五粒，甘泉恰一双”，“福禄桥下万兴大寺，福禄桥上云烟三百”，是永州府南乡一带远近闻名的大村坊。

但此时此刻骆婆保无心留连观赏。他穿过岛馆洞，走过“楚南望族”“独乳夫人”大牌楼，进入“衣冠门第”大门楼，走进“文武荣流”大门，回到了母亲宅院。他又直直穿过前堂中堂和正堂，迅速来到了母亲的起居室。这时母亲早已起来洗漱完毕，已经安安稳稳地坐在太师椅上。只见母亲左手竖在胸前右手捻着佛珠，双眼微闭念念有词，慈眉善目鹤发童颜，神态安然，仿佛是一尊慈祥的佛。母亲自皇宫归来，皈依佛心居家持佛，早晚修念习已成常。

骆婆保轻轻走到母亲身旁正要请安，母亲却先开口了：“娘知道保儿会回，想不到这么早就到了，保儿莫急，母亲都已经知道了。今早你叔过来请安，还特别交代过，让你莫慌，每临大事需静气。”直到这时，母亲才慢慢睁开双眼，让骆婆保坐在旁边，怜爱地看了好一会儿，才把郑尚中、宋小宝昨夜来过的事说了。原来郑尚中、宋小宝走后，看到大哥心烦意躁六神无主的模样，担心大哥一个人扛担不起，为了万全起见又连夜赶来向独乳夫人作了禀报。

看着母亲镇定的情形，骆婆保情绪安稳了下来。骆婆保有半年多没有回来看望母亲了，母亲又消瘦了些，只是精神还好。自从父亲骆以诚起兵归附太祖高皇帝去了南京，后来又随燕王朱棣落籍了北平之后，父亲就再也没回来过。父亲在骆婆保的脑海里早已没有音容笑貌，只剩下了一个概念。

母亲在南京做皇孙允炆奶娘的几年里，时值北元残余势力经常侵犯，北方局势不稳，母亲想到家中的大哥骆寄保，就没有北上寻找父亲，而是从南京又回了故里，含辛茹苦独自一人把哥俩拉扯大。大哥骆寄保长大后投靠父亲去了北平，就只剩下母亲与他相依为命了。再后来他尊从母亲之命过继落籍到了厦源坊大姨妈家，这里就只有母亲和一个随嫁家佣了。虽然前几年远在浙江金华府汤溪县任县令的叔叔骆以宾告老返回了故里，一家人终于有了照应，但母亲那颗孤苦的心啊，只有他骆婆保最懂得。所以骆婆保每每念及这些总是感到深深的心酸亏欠愧疚。在他心目中母亲永远是那么安定慈祥和威严，母亲是他此生最敬仰的人，也是他此生最大的牵挂！

独乳夫人看着儿子的倦容，明白儿子的心境，让家佣泡了早茶，亲手把冒着热气的茶杯轻轻放在儿子手上，又招呼家佣去准备早点，然后问道："他们现在在哪里？"

骆婆保喝了母亲端过来热乎乎的茶水说："您问的是郑尚中、宋小宝说的京城来的三位京官？说是来做买卖的，儿子一时还没见过。有昨夜之事想必他们不会再回原来住处，只能再去查访。"

夫人见儿子显然没有明了她的心思，缓缓伸出两个手指指了指儿子的心窝，稍稍加重了些语气又重复了一遍："'他们'现在在哪里？"

骆婆保这才明白母亲所指，原来母亲现在最关心的不是京城来的京官。但还是有几分糊涂，于是轻声问道："母亲为何不问京官，而首先问的竟是“他们”呢，他们与“他们”有何关系吗？

夫人看出了儿子满脸的困惑，刚刚还轻松的神情转而凝重起来，严肃而忧虑地说道：“关系大着呢！母亲一夜想啊，他们表面上来寻找朝廷宝物，找‘他们’才是真正目的啊！”

母亲一句话，点醒了骆婆保。骆婆保立马警醒起来。是啊怎么就没想到这上面来呢。“他们”不仅仅是他母子俩几年来始终悬着的最大的心事，更是当朝皇帝近二十年来的最大心病啊！骆婆保惊恐地问道：“那‘他们’怎么办啊？”

夫人立即反问：“‘他们’现在怎么样啊？”

骆婆保终于摸清了母亲的心思。原来，母亲现在最关心的不是今后“他们”怎么办，而是“他们”现在怎么样了。骆婆保明了母亲的担心，郑重说道：“母亲放心，儿子已经安排妥了，他们现在安好呢。事情是这样的，一个月之前的一个夜晚，程先生、牛先生闲来无事，下山来到家里喝酒，说起他俩前些时日在赛武当山上偶遇了在太祖高皇帝时一个同年中举同朝共事，后来又在朱公子君临天下时同朝共主的老同僚。二十多年不见了，特别留在山上住了些时日。当时我就顺便问道：“同僚为什么而来，来此地做什么，聊了些什么啊。程先生、牛先生就说：同僚是寻找道仙张三丰而来，因为是同年又是同僚，他们聊了些同朝时的旧事，自然也聊到了朱公子，聊了他们与朱公子的一些过往。我一听说聊到了朱公子立马就恼了：你们真是老糊涂了，怎么能提朱公子的事呢？家母不是反复交代过提醒过任何时候都不能提朱公子半句，打死也不能提吗？他们见我恼了才感到事体严重，犯了大忌……”

独乳夫人听了突然站了起来，没等儿子说下去便破口骂道：“坏了，大事坏了，就是坏在这两个老东西身上，真是两个老糊涂啊！那后来呢？”

骆婆保从没见母亲这样慌乱，马上起身扶母亲坐下，帮母亲抚抚胸捶捶背，给母亲续上热茶继续说道：“当时，我叫他俩立马连夜赶回了山里收拾所有物件，清理所有痕迹，又连夜转移到我们原先预备好的更隐蔽地方。这个地方母亲知道，也是母亲预定的，儿子陪母亲去查看过。为了万全，我第二天又上山细细查看了一遍，确认了没有任何遗漏，又封锁了转移之处所有进出的地方。并约定今后他们的日常供应由我全权打理，他们的互通往来由我全权监控。现在他们想是也怕了，再无走动。”

独乳夫人这才稍稍气缓了些，脸也舒展了些。儿子办事稳妥这点她知道，她相信自己的儿子。转移的地方她也知晓，那也是她经过周密考虑预定好的。因为赛武当山上香客往来多，担心容易走漏风声，还不稳靠。她知道娘家厦源坊后龙山方圆五华里，悬崖峭壁人迹难至，山顶有一岩洞口窄下宽，只能容一个人进去，下面可容几百号人，再往里面东西两条天然暗道深不可测，蜿蜒通向十几华里之外的两处石峰之顶。她小时候跟随父亲上山采药去过，那是个人迹罕至的地方。所以为了朱公子的万全，母亲把朱公子平常隐蔽在这一极秘之处，把朱公子的三位随从安排在赛武当山上。他们的交通全由儿子联络，朱公子的日常伺候和供给，全由儿子精心照理。为了万全起见，在这一极密之处方圆十华里周围，她又先后建起了龙池寺、景仙寺、万兴寺、三教寺、福音寺、龙会寺、洄龙庵等，便于朱公子隐藏往来。为了往来方便，以防外人猜忌，她还特别吩咐儿子，平常称儿时玩伴允炆皇孙为朱公子，称济公庵人、牛仙道人、郭老补锅均为先生。正是有了夫人的周全安排，骆婆保的悉心照料，自从朱公子冒着生死找到他的奶娘以后，四处流亡飘泊不定的朱公子才得以安定下来，五六年来一直相安无事。

虽然做了这么周密的安排，如今发生的事情还是让独乳夫人万分紧张。儿子做了补救，她仍不能完全放心。

夫人端了儿子递过来的茶杯抿了一抿，盯着儿子问道："那个同年是谁，程先生、牛先生说了吗？"

婆保想了想回答母亲道："具体名字忘了，好像程先生说是姓胡，还说是当过朱公子的老师呢。"

夫人一听是朱公子的老师，心知是谁，心里瞬间咯噔了一下，苍老的脸上露出了不易觉察的红晕，又突然站起来脸色陡变："啊？坏了，真的坏大事了。知道他是谁吗？他就是胡濙大人，就是朱公子的老师啊。你在南京皇宫时总是缠着叫他胡先生。听说朱公子当天子后为感念恩师，特封了胡大人为翰林，专为朱公子写诏书的。朱公子落难后胡大人不知去了哪儿。当朝皇帝得位后，有一年你大哥来信相告，当年朱公子的老师胡大人投靠了当朝皇帝，当朝皇帝私授了胡大人密旨四处寻访朱公子，你大哥还特别嘱咐我万一朱公子寻找、投靠他的奶娘来，万万不可接纳，以免引火烧身。哪知道一二十年过去了，胡大人还在找啊。京官这次突然出现在这里，应该是胡大人受当朝皇帝密令追捕朱公子来了啊。”

一说起朱公子，夫人更加急了。这才是她最最揪心的啊！想想当年，自己被莫名其妙千里迢迢地请去南京，她一路惊恐万状，总担心是不是在南京从军的丈夫犯了什么大事。她哪里知道到了南京，丈夫竟然没见着，却被直接带进了皇宫。经过内宫太医和女官的层层检查以后，最后被告知是来做奶母，而且是哺乳一个皇孙，她更加诚惶诚恐。但当第二天一个襁褓中肉嫩嫩病秧秧的婴儿被送到她手上，当婴儿肉肉的小嘴大口大口吸吮着她那只圆圆的硕大的右乳头时，母亲的天性让她立即安定了下来。望着吮饱了自己的浓浓奶汁安睡中的婴儿那粉粉嫩嫩的小脸，她感到极大的满足。就这样，她在南京皇宫，一待就是六年多，她亲眼见着一个纤纤弱弱的婴儿成长为一个活泼乖巧的皇孙，她是多么幸福多么自豪！

她知道自己的身份，她没有丝毫的奢望，她也知道迟早会离开皇宫，回到故里去。但一个母亲浓浓的血汁，曾经哺育过一个柔柔的小小生灵，滋养过一个活泼泼的小小生命，这就足够了，奶娘也是娘啊。所以，当五六年前一个月黑风高的夜晚，满脸沧桑憔悴的朱公子半夜敲门进来，突然在她面前跪下悲哭着一声声呼唤奶娘的时候，她是多么的震惊心酸和怜悯啊。她紧紧地搂抱着朱公子，就像当年怀中抱着皇孙一般，久久地搂抱着、凝望着，禁不住老泪纵横。就在那一晚，当朱公子向他的奶娘悲伤地倾诉了二十年颠沛流离之苦，以及对奶娘绵绵不尽的思念之后，她毅然绝然地决定，她要用自己的余生乃至这条老命，保护好她的朱公子，保护好她奶过的孩子！

骆婆保最懂母亲此时的心。母亲其实最悬心的就是朱公子啊。半年前，朱公子应弟子应慧的邀请，带领郭节先生远游去了云南白云庵，朱公子临行前来辞别母亲。母亲开始还极力反对，一来担心山高路远道路多艰。二来担心人来人往走漏风声，但拗不过朱公子的执着，加上朱公子生性好游山玩水，借此去散散心，也就勉强顺从了。但临别时母亲反复叮嘱朱公子，路途小心切莫贪玩，去去就回。朱公子一一应允，还特别约定赶在母亲七十大寿时一定回来。朱公子从小乖巧懂事柔性至孝，他一定会履约归来。母亲大寿再过些天就到了。可就在这节骨眼上发生了如此大的变故。世上没有不透风的墙，万一朱公子回来了，万一再在母亲七十的寿庆上发生点意外，后果将不堪设想。

母子俩草草地吃过早点，待家佣收拾后，骆婆保就着母亲漱口的当儿，向母亲试探性地说出了他的想法和忧虑。母亲没有接儿子的话，而是稍稍歪过身子往身旁地上的盂钵，慢慢吐出漱口水。过了好一会儿，夫人恢复了骆婆保来时的神闲气定，对儿子说道：“保儿，母亲这儿不用操心。等会儿你就安心回去。寿庆的事已经定了，就照你叔他们定的去办。郑尚中、宋小保那儿，母亲已经交待怎么应对，那几个京官母亲已托附给小保父亲，你二姨父自会料理。你回去后只管一门心思看好‘他们’。如果朱公子回来了就转告母亲的话，叮嘱朱公子万万别来，孝心奶娘心领了。你要带他速速离开。切记切记！”

母亲说完，怜爱地看了儿子好一会儿，就微微眯上了眼睛。母亲分明已是累了……

第十二章　武当悲歌

腊月初九。这一天恰是黄道吉日，冬日暖阳。独乳夫人骆府府里，张灯结彩锣鼓喧天，人来人往热闹非凡。临近晌午，独乳夫人七十寿庆正在府邸正堂举行，气氛庄重喜庆洋溢。只见正堂神龛正面和左右两边墙上，依次悬挂着四块光鲜夺目的鎏金大匾，上刻“萱花益寿”“永建乃家”“辉承敦厚”“寿庆维慕”，分别是永州知府陈行甲、桂阳州知府谢天衢、宁远县知县郑部、临邑县知县乐部的亲笔题赠。四位官府大人的亲笔赠贺，给独乳夫人七十寿庆增添了无限荣光。

神龛正中垂挂着两幅“松鹤延年”“寿比南山”长卷画轴，一幅是告老还乡的叔叔汤溪县正堂骆以宾题贺，一幅是解甲归田的姨父永州卫武德将军宋福题贺，格外引人注目；神龛下方安放着一张长条供桌，雕刻有神龙见首不见尾的“双龙戏珠”图案；供桌中央供奉着一对火光摇曳的大红高烛和三牲祭品；供桌两头摆满了琳琅满目的花篮和贺品，都是府县都甲里各级知府知县都长甲长里长粮长以及族中长老族中至亲敬献的贺礼。

独乳夫人邓茹鹅端坐在正堂中央一张高贵典雅的五扇圈形背靠紫檀太师椅上，神态安详，精神矍铄，神采奕奕，接受着众多达官贵人宾客和族亲的贺拜。她左手安放在太师椅手柄上，身子微微前倾，右手不断地微微挥着，始终安详地微微笑着。夫人看着一个个一对对一排排一群群依次跪拜络绎不绝躬身敬贺的客流，苍老的脸上写满了幸福。

面对众人的大礼贺拜，夫人言语间和众人应酬着，心里却回想这一生走来的不易，自十六岁嫁入了骆家，先后生下了寄保、婆保两个儿子。丈夫从军以后聚少离多，自己独自一个人苦撑着把两个孩子拉扯大。丈夫落籍燕京以后音书稀有，一面难见，再后来丈夫、长子相继于北国为国捐躯，可怜夫人连尸骨都未看上一眼，只落得她和婆保两人，孤寡一门相依为命。再后来夫人为了不使娘家断绝香火，又忍痛把唯一的儿子婆保过继给了娘家，就只剩下她一个人孤单地活着。这一生心中的悲苦岂是常人可知，只有她自己横下心肠、咬定牙关数着星星把日子过了下来。对于失子丧夫之痛及此后的百般艰辛她从未向外人流露丝毫，也从来不肯向命运低头！

夫人深知，自己一介村妇，不能像丈夫、儿子那样去为朝廷驰骋沙场，但总可以用她自己的一双手一双脚，一身骨一颗心，为丈夫为儿子为骆家撑起一片小天。她要对得起为朝廷死去的丈夫和儿子，对得起“楚南望族”骆氏一门的名望。她稳坐家中，族里大事，家族邻里矛盾，甚至婚丧嫁娶，都会听取她的意见，都信奉她的主张。她也因此受到了骆氏族亲至亲、街坊邻里以及这方圆十里八乡众人的尊重和敬仰！

但在这热闹之时，夫人用安详的面容掩盖着内心深深的牵挂。看着儿子婆保满脸笑容忙来忙去，堂前屋后接待客人忙碌的身影，她仿佛看到皇宫里两个幼童围在她身边嬉笑打闹。她下意识伸出手去抚摸孩子的头，才想到两个孩子如今已是顶天立地的汉子。而那一个此时身在何方，可否安全？

几天前，婆保又悄悄回来告诉她，朱公子为了赶上母亲的寿诞回来了。当婆保把母亲的话原原本本地传给朱公子以后，朱公子第二天立马就走了。朱公子临行前重重地托付婆保，务必郑重转交母亲一份贺礼。朱公子饱含着热泪说："乳娘哺育之恩天高地厚，倘若没有乳娘玉露恩泽，岂有我今日长大成人。如今活命之恩今生却不得回报，来世愿再为母亲尽孝膝前……"言虽未尽，早已泪眼凝噎。于万般不舍之间洒泪而别。朱公子走了，夫人的心也跟去了。

眼前的热闹离她远了。又重新踏上逃亡路的人在她心头。

"启禀母亲大人，曾经在小保客栈假装行商的那两个人带了一伙弓兵要闯将进来，现被家丁和族中弟子们拦住，敢请示下？"骆婆保急促的叫声惊醒了正陷入沉思的夫人。她盯住儿子问道："可说所为何来？"

"说是给母亲大人祝寿，看情形来者不善！"

"善与不善都放他们进来！"

夫人话音未落，赛哈黑、骆寄善带领手下已到堂前。

那日赛哈黑与胡濙密谋后，赛哈黑就独自返回了石鼓寨、厦源坊等地，另找他处隐蔽了起来。赛哈黑私通两个当地小混混，偷偷紧盯骆婆保的行踪，终于得到了今天独乳夫人寿诞庆典的确切消息。赛哈黑断定文大师定会亲自或派济公等人前去祝寿。于是赛哈黑迅速返回白面司，请求胡大人立即调派白面司弓兵，他可相机行事。胡濙立即同意了赛哈黑的请求，临行时胡濙还私授赛哈黑一道圣上密敕令牌，必要时可伺机专断，但尽力不要伤人，以生擒活捉为上，亦可解送京师向圣上复命。一切安排妥当，赛哈黑叫上骆寄善一大早急匆匆赶了过来。

赛哈黑未等独乳夫人回话，也不顾骆府家丁阻拦，高昂着头气势汹汹地带领兵丁闯了进来，迅速穿过人群直直来到了正堂夫人面前。骆寄善跟从赛哈黑进到里面，迅速巡视了一遍，在惊慌散乱的人群中，他分明看到了骆婆保，看到了郑尚中，看到了宋小保。正当骆寄善逐一分辨众人之时，突然人群之中闪出一个熟悉的面孔，正是他朝思暮想的宋婉珠！此刻宋婉珠也正在用一双惊愕惊喜的眼睛直勾勾地盯着他，四目相对，电光火石般的撞击令人目眩，骆寄善强迫自己定下心神，告诫自己身负圣命不可有半点差池。冷静下来的骆寄善越发觉得今日此来事关重大，可来时胡濙、赛哈黑却没有向他透露交代任何事情。可见自己已不被信任。

骆寄善迅速转过身来，只见赛哈黑先向独乳夫人稍稍弯了弯腰作了个揖，大声说道："夫人，在下京城皇家锦衣卫镇抚缉捕千户赛哈黑，知夫人大寿，特奉当朝皇帝口谕前来贺寿。"赛哈黑说完，顺手献上一份贺礼。喧嚣立止，人们的目光集中在此。

贺礼献上，赛哈黑忽然提高嗓门，面向众人厉声说道："诸位，据本官府密报，我们多方查访，朝廷追逃多年的'天字号钦犯'身携所盗朝廷御用之物，隐遁此地多年，现已查实钦犯此刻混迹于尔等之中。本官特奉圣上密旨缉拿凶犯。我等久闻夫人知书达理深明大义，还请速速交出人犯，以免搅了寿诞盛宴！"赛哈黑话音未落，众人早已个个惊愕、整个寿庆场面顿时变得异常紧张肃杀起来。

骆婆保、郑尚中、宋小保等见此情形飞快围了上来，迅速挡在了独乳夫人面前，府邸家丁和族中子弟也紧跟了上来站在了夫人一边，赛哈黑带来的京城锦衣卫校尉弓兵一字排开站到了赛哈黑身后，刚刚还欢声笑语的寿堂瞬间鸦雀无声，双方怒目相向，谁也不知道此后会发生什么，骤然紧张的气氛让人窒息！

独乳夫人见刚刚还热闹的场面竟突然旋风陡变，多年的经历告诉她是福不是祸，是祸躲不过。此刻夫人没有惊慌，她知道她若慌乱，场面将不可控制。对方拿着皇帝敕令，已占先机，她若慌乱，输赢立判。夫人上前一步，镇定地说："有劳赛千户大人屈尊寒舍为民妇祝寿，皇恩浩荡，恩泽草民，诚惶诚恐。至于赛大人所说朝廷钦犯、宝物实不知从何说起。我在座官绅、族中至亲、众邻亲友朝夕相处，从不知晓何为'天字号'钦犯？亦未见过失盗的御用之物。"独乳夫人说完，转向众来宾高声问道："尔等可有人知道？"

全场所有乡亲见夫人竟如此镇定从容，都被夫人气势所感染，群情激动，齐声回答："不知！"他们是山民，山高皇帝远，哪管什么皇帝什么圣旨，他们只相信夫人。夫人今天大寿岂容外人在此猖獗！众人怒向赛哈黑吼道："夫人所言甚是，千户大人无凭无据擅闯寿堂实属不敬，谢客谢客！"

在京师横行无忌的锦衣卫千户长赛哈黑万万没料在如此偏远之地会出现这种情形。为了弹压众怒防止事态失控，他突然从腰间抽出明晃晃的绣春刀，挥刀指向夫人厉声喝道："朝廷已得密报，前朝废帝朱允炆化作文大师，投奔他的奶娘潜逃至此，随从三人，证据确凿！您以朱公子之名把文大师隐藏到了赛武当山。"

接着赛哈黑又挥刀指着骆婆保继续对夫人说："您把自己的儿子骆婆保以过继娘家为名入籍金羊洞厦源坊，直接负责保护朱公子的对外联络、日常供应和暗中往来。"赛哈黑又挥刀指向郑尚中、宋小保厉声说道："还有你们俩心安驿丞郑尚中、武当龙影客栈店主宋小保，你们负责替骆婆保暗中侦查，打探外边往来情报通风报信。"赛哈黑又突然挥刀指向骆寄善。"气煞我也！你骆寄善，身为朝廷命官，亲军侍卫皇室的济阳卫千户，竟然千里之外私与家人内外勾结，上下串通往来，该当何罪！"

赛哈黑从怀里掏出胡濙给他的皇帝令牌，高举着大声喝令道："来呀！把他们几个通通缉拿归案！"随着赛哈黑一声令下，四个京城锦衣卫校尉迅速抽刀冲了上去。一场猝不及防的血斗将无可避免！

"住手！"

独乳夫人不怒自威，竟然镇住了锦衣卫校尉。赛哈黑一愣又猛然醒悟，独乳夫人占着天时、地利、人和，必须先发制人，擒贼先擒王。赛哈黑挥刀直奔独乳夫人。骆婆保乃行伍世家子弟，见赛哈黑飞扬跋扈早已按捺不住心性。现在赛哈黑竟然要伤害母亲。他操起长凳飞身上前，抵住赛哈黑的刀。大喊："拼了！"众家丁及族中子弟操起身边的家伙一拥而上。瞬间双方混战一团、大打出手，刹那间金属的撞击声、人们的怒斥声、伤者的惨叫声混杂在一起。刚才被这突如其来的混战惊住的宋婉珠猛然醒悟，刀剑无眼，别伤到独乳夫人。她左搪右挡，挤到夫人身边，要扶夫人离开。夫人说："婉珠呀，我在孩子们分心。你陪我离开这里，然后回来替我观望随时汇报。"

大约有半个多时辰，骆婆保及其家丁子弟人多势众，四个锦衣卫校尉被乱拳乱棍打趴地上。赛哈黑急红了眼，可更让他想不到的是白面司来的弓兵竟然个个一动不动。

赛哈黑哪里知道，白面司来的弓兵都是从金羊都地方招募来的，宋小保的父亲武德将军宋福早已通过永州府卫，查明了胡滃、赛哈黑在白面司，暗中指令司丞把胡滃、赛哈黑监视起来。真是螳螂捕蝉黄雀在后啊！赛哈黑一时蒙了，万万没想到竟成了孤家寡人。

骆婆保、郑尚中、宋小保，及众多家丁族中弟子，把赛哈黑困在中央、团团围住。赛哈黑见没有了退路，便横下一条心以死相拼。在赛哈黑想来，此战若胜，一来可以缉捕二十多年朝廷钦定案犯除去圣上心腹大患，如此多年悬案终可销案必定会得到圣上封赏；二来心腹百户回信密笺明白无误地确认，杀父仇人就是骆以诚，骆寄善就是骆以诚京城侧室的儿子，此仇不报更待何时，他要借机铲除骆寄善，绝了杀父仇人之后。

赛哈黑虽被众人围困当中，但并无怯意。凭着他高大粗壮的体魄力战不退，其残暴的血性为父报仇的决心激活了体内的潜力，只见他一把绣春刀舞得呼呼带风，缠头裹脑护住四体，猛然于防守之中出刀砍向郑尚中、宋小保，只听"噗噗"几声，郑尚中、宋小保猝不及防应声倒下。赛哈黑杀得性起，转身直扑骆婆保。骆婆保手中的板凳已经打散。他捡起一根木棍凭着骆家祖传棍法闪转腾挪与之周旋。双方你来我往，拼死拼活。赛哈黑毕竟身高力大，且兵器合手，几个回合下来，骆婆保招式变慢，渐落下风。

正在骆婆保险象环生之际，一个身影突然飞向赛哈黑。原来是宋婉珠挥起长棍，向赛哈黑后背狠狠打了下去，赛哈黑猝不及防猛地向后倒退了数步，转身定睛一看，竟是个弱女子偷袭于他，禁不住怒从心头起、恶向胆边生，大喝一声挥刀急向宋婉珠砍去。

骆寄善一直待在原地，下意识地抵挡着可能伤到他的刀剑棍棒。尽管赛哈黑已经明白无误地认他骆寄善为敌，尽管他早已知道胡濙对他的排斥，但他身负皇恩，肩负皇命，决不能临阵倒戈。可这里的人是与他血脉相连的亲人。是最疼爱他的兄长临终托付他寻找照顾的人。他怎么能挥刀所向。他一直在犹豫彷徨中。此刻，赛哈黑向婉珠挥刀，他的心被击中了。热血喷张的骆寄善以迅雷不及掩耳之势抽出父亲祖传柳叶飞刀，凭借他多年练就的非凡眼力和腕力，只一招梁下双飞燕，两把明晃晃的飞刀一前一后直奔赛哈黑咽喉和心窝而来。赛哈黑心说不好，一个铁板桥后倒身，躲过咽喉要害，却躲不过另一刀。只听“噗”的一声，锋利的飞刀插进赛哈黑心窝，赛哈黑只哼了一声，摇摇晃晃站立不稳砰然倒地，顷刻气绝身亡。

骆寄善这突如其来的爆发，闪电般的一击刚劲利落，惊呆了所有宾客乡亲，整个府邸恢复了死一般的寂静。空气中弥漫着血腥。

极度惊吓后的宋婉珠慢慢倒了下去……

第十三章　武当绵绵

骆寄善的双刀干净利落地结束了一场恶战。骆寄善把婉珠抱在怀中，正在呼唤。骆婆保走过来说，“妹妹是吓到了，我让人送去后堂，不会有事。”手下人送走婉珠。骆婆保一揖到底，被骆寄善扶住。“上官高义，救我族人于水火……”“什么上官，二哥，我是你的亲弟弟寄善呀。我早该出手，护我家人，无奈皇命在身，不敢忤逆，所以迟疑，几乎害了家人。该死，该死。”骆寄善说着从胸前衣服里面掏出一个玉佩捧给骆婆保，“这是寄保兄长留给我的。让我凭此物来找母亲和二哥。”骆婆保也掏出自己的玉佩说：“正是呢。”寄善笑说，“那日在哥哥楼上偷窥，已见哥哥的玉佩。”“诶呦，光顾了和弟弟说话，却不知母亲安好与否。”骆婆保想起好一阵没有看到母亲了。骆寄善听到“母亲”露出孩子般的笑容，拉住婆保，“二哥，快快带我去拜见母亲。”骆婆保吩咐人打扫厅堂，救治伤者，安葬死者。骆寄善说，“请哥哥安置好赛将军的尸身。他是朝廷命官，尸体是一定要带回去的。”

本该热闹非凡的喜庆寿宴，竟然以这样意想不到的结果戛然而止。独乳夫人未见婉珠来报告前面的情况，正忧心忡忡，却见婆保拉着那个和赛将军一起冲进院子的青年走进来。看儿子的神情，她知道灾难过去了。她看向同来的青年。见他胸前的玉佩已知来者是谁。那玉佩是她的陪嫁，是她亲手戴在寄保婆保胸前，如今物是人非，她的心不免酸楚。

独乳夫人正呆呆看着那块玉佩，却见青年走上前来，直直跪倒在她膝下："母亲，孩儿惊了您的寿宴，让母亲受惊，真真是罪该万死。母亲重重责罚孩儿吧。"夫人双手拉住寄善对婆保说："快扶你弟弟起来。"婆保一边扶起寄善，一边欢喜地对母亲说："母亲，弟弟不仅无罪还有功呢。您没看到，弟弟的飞刀闪电一般，赛将军好身手，却也躲不过前后两把。一命呜呼了。这身手怕是不输爹爹和大哥呢。"婆保的夸奖让寄善红了脸。夫人说："别站着说话，婆保、寄善快来坐在娘身边。"

三人落座，细说过往。

"夫人，有胡姓老人说是来给夫人祝寿。"有人进来禀报。

独乳夫人带着婆保寄善前往迎接。她低声说："是胡濙胡大人。你俩只听他说些什么。"

三人来到前厅，胡濙上前躬身行礼，口说"夫人恕罪"。独乳夫人正色道："胡大人何罪之有？""前面差役，皆是受我差遣，搅扰了夫人大寿庆典，实是我之罪过。""胡大人哪里有罪。你尽忠皇命是有功呀。""夫人，下官还敢说什么功劳。一边是旧主，一边是当朝圣上，我……"胡濙满脸愧疚，一时语塞。"胡大人想说什么，我或许明了。大人能否让老身先说？""夫人尽言。""婆保，给胡大人看座上茶。"胡濙落座，婆保、寄善站立一侧。

胡濙心绪难宁。今天早晨，当赛哈黑、骆寄善带领校尉弓兵急匆匆离开白面司以后，胡濙忽然万分后悔。自己求成心切，把圣上私授令牌转授给赛哈黑。虽叮嘱其不可杀伐，但赛哈黑满脸杀气而去。而且他曾提到独乳夫人的丈夫、骆寄善的父亲骆以诚是他的杀父仇人。此一去，刀剑不免，人命关天呀！胡濙打了个冷战。

胡濙一路追了下来。他到时，已是厅院狼藉。赛哈黑巨大的身躯浸在血泊中。晚了，完了。他似乎把一切事情都做错了：自己不是见利忘义之徒，更不是背信弃义之辈。建文帝是太祖高皇帝托付给他辅佐之君，更是他教导过又辅佐过的旧主。可正因为这样，他知道，他不是坐稳江山的明君。建文帝为人软弱，没有规划江山社稷的心胸；虽宽厚却轻信而少决断。削藩时自己苦口婆心，建文帝却一意孤行。燕王站在宫门面对大火痛哭失声。燕王只想“清君侧”的话他信。大明建国时日尚短，江山还不稳固。而燕王亲历沙场，为稳固大明江山呕心沥血也是他亲眼所见。为了大明江山社稷，他胡濙弃建文帝而转随当今圣上，真的没有半分私心呀。他见过程济、牛景先后，也曾劝说于当今圣上：建文旧帝已是方外之人，早已心灰意冷，无意世事。可圣上说，他寻朱允炆，是不想允炆流离失所。更重要的是朱允炆一日流落在外，域外觊觎之敌，民间心存反叛之人，皇族异心之人皆举其旗号扰乱江山社稷。所以允炆一日不归，朕心一日不定。胡濙急切想把圣上的话转告建文旧帝。所以他才……看如今事情在向相反的方向发展。他必须立即见到独乳夫人，找到建文旧帝，也许还来得及。

现在他想听听夫人所言，也许能得到建文旧帝的蛛丝马迹。

“胡大人此来有皇命在身，必无闲暇与老身长谈，我也就开门见山吧。”

“夫人何必如此见外，还是叫我‘先生’吧。”

“也好。老身相信先生还是以前那个仁厚正直的先生。我虽不懂江山社稷，却也经历过战乱，知道人心思治。我是建文旧帝的乳娘，而先生是他的老师。都知道他的脾性。他的确没有君王之相。建文旧帝五年前来了这里。他已是方外之人。他说，他从未觊觎皇位。当年是太祖高皇帝一纸圣谕硬把他推上皇位。皇宫一场大火，他是想烧光对尘世的一切念想。先生以为建文旧帝还会死灰复燃吗？”

“我当然知道建文旧帝无意于皇位。当今圣上又如何不知。可是……”

“先生可是要说，有人借旧帝旗号反叛朝廷？”

不是今天，当年在皇宫，胡濙就觉得这女人非比寻常。她实在太聪慧了。她长年居于乡野，却有如此见识。胡濙点点头。

“老身乡野之人，难以深思远虑。但我以为，老百姓哪个不想安居乐业，谁又喜欢动荡不安呢？秦末起义老百姓是打了公子扶苏的旗号。秦王虽是励精图治之君，但严苛的统治导致民不聊生。百姓想反，没有扶苏还有别人，一个旗号而已。唐太宗杀了兄弟手足，但他宽厚百姓，懂得让百姓休养生息。又有谁打了什么旗号？ 当今圣上所为，有目共睹。他继位以来，对外亦攻亦交，保得边土平安；对内恢复民生，蠲免赋税，让饱经战乱的百姓得以喘息，谁人不赞，何人会反？至于皇族异心，本是帝王之位人人可能，又何必非承建文之名？我想社稷安否，在圣上而不在建文。”

独乳夫人一席话说得胡濙连连点头。“夫人之意我已明了。此去回复亦知如何禀明圣上。圣上之德正如夫人所解，确是盛世明君。夫人之理，圣上自是明白，所以夫人尽可放心。”

“我话说出心已经放下。文大师留下的东西请先生斟酌处置。”夫人说完，让婆保从柜子里拿出一个包袱。是一幅道仙张三丰精心绘制赠予朱公子的长卷彩绘。长卷彩绘题名叫《武当龙影——通天桥》，描绘了上古时期一个部落首领满脸悲伤无奈脚锁着镣铐，一个彪形大汉凶面狼牙高高举着手握的玉玺，部落首领眼睁睁地抬头注视着彪形大汉那举过头顶的玉玺，彪形大汉怒目圆睁地怒视着落泊无奈的部落首领，首领最后被迫隐去武当山林……还有一把象牙朝笏，那是大明洪武时天方回回国国王派遣使臣，进贡给大明天国的朝拜贡物……

胡濙让骆寄善收好东西躬身说道：“我身负王命，不能久留。今日缺了夫人寿礼，来日方长。”

“区区小事，先生不必记挂。此一别怕又是天长地久。你我这样的年纪，再见恐难。先生保重吧。”独乳夫人言语间有了伤感。

“看夫人面貌，必是长寿。”胡濙说着，心里也知此生难见。“夫人，我要走了。您的儿子我也要带走。寄善将来必不输父兄。夫人尽可放心。”

胡濙又看向骆寄善，笑着问：“你可还有未了之事？”

骆寄善微微红了脸，摇摇头说：“无事。”摘下玉佩对独乳夫人说：“母亲原谅。我未得母命，接受了宋婉珠的龙锁，心已许她。望母亲成全。”

夫人笑着说：“儿呀，你的事娘已知晓。婉珠本来是我做主和婆保定了娃娃亲。可这孩子千推万辞，原来是缘分未到呀。我知你意。这玉佩娘亲手交给婉珠。可有话转告？”

骆寄善摇摇头。耳畔响着婉珠的声音：“我等你。”

最后骆寄善说：“母亲，兄长嘱我在母亲身前尽孝，可我负皇命，身不由己。母亲保重呀。二哥辛苦了。”说完他跪倒在地，叩了三个响头，含泪而去。

胡濙、骆寄善带着赛哈黑的尸身回去复命。

望着胡濙的背影，独乳夫人看到了另一个场景：那个严肃的先生拉着一个幼童，孩子挣脱先生的手向她跑来。

胡濙离开塞北行辕时，北国正是漫天大雪的严冬；现在他要回去了，身后已是南国充盈的春天。他忘记了奔波与劳累……

尾　声

胡濙、骆寄善携带宝物《武当龙影——通天桥》、象牙朝笏回朝复命。时间已是永乐二十二年（1424 年）七月。明成祖朱棣正在第五次亲征北伐归途中。八月，朱棣积劳成疾，暴卒榆木川。他在位二十二年，披挂亲征，安定了边土；削藩，建立了中央集权；派郑和下西洋，开展对外贸易，建“四夷馆”翻译各国语言文字，促进友好往来；疏通大运河；减免赋税，送土地、农具给失地的农民……开创了明朝的繁荣昌盛，史称“永乐盛世”。

建文帝朱允炆依然四海云游，不知所终。

据传，建文帝随亡大臣程济、牛景先、郭节等十余位葬于金羊都中……

骆寄善、宋婉珠终成眷属。其后世易职燕山羽林卫千户，一门八代世袭军籍，终有明一朝，尚跨清朝初年，前四代袭职亲军千户，后四代易职锦衣卫，其中三代先后任职锦衣卫总宪，执掌锦衣卫最高权力，冠盖大明一朝。

独乳夫人卒于明宣德十年（1435 年），享年八十九岁。正统元年（1436 年），英宗皇帝特谕独乳夫人为旌表烈妇，诰命一品夫人。

骆婆保在金羊都娶妻生子繁衍了下来，成为了厦源坊骆氏始祖，六百年来厦源坊骆氏与邓氏，兄弟相称和睦相处，亲如一家。

《武当龙影——通天桥》、象牙朝笏，据传后来从皇宫遗失，流落民间。上个世纪八十年代，政府征集民间文物，从金羊都收集到了一幅《武当龙影——通天桥》、一把象牙朝笏，分别被鉴定为国家一级、二级文物，现为政府镇宝馆藏。

谢奉生初稿成于2021年2月大年除夕，终稿成于2021年6月端午。

第二部

锦衣将军

一位矢心报国的从龙侍卫之臣

一场场波诡云谲的皇宫朝臣之争

一生默默坚守的坚贞情义之恋

一个赫赫锦衣卫世家首任指挥使惊魂的跌宕人生

引　子

历史的长河，奔流向前，永无止息。

大明江山，自农民出身的开创之君明太祖高皇帝朱元璋威猛治国，开拓之君明成祖永乐大帝朱棣武治文功，守成之君明仁宗昭皇帝朱高炽、明宣宗章皇帝朱瞻基奠定的“仁宣之治”以后，犹如一艘航行在没有航标的大江大河中的巨轮，跌跌撞撞、摇摇晃晃，倔强而又茫然地驶向未知的远方。

来自湖广楚南赛武当山南蛮大山深处的京都卫籍骆氏一脉，自始祖骆以诚、二世祖骆寄保落籍北京，先后随朱棣亲征漠北战死沙场，承袭父兄之职的二世祖骆寄善及其后代子孙秉承先祖创下的基业，踏着先辈亲军护卫的足迹，搭乘着大明江山这艘巨艇，一代又一代地延续着骆家的执着与忠诚、荣耀与辉煌。

一百五十年以后的嘉靖初朝，大明王朝自明太祖高皇帝朱元璋开国，历经恭闵惠皇帝朱允炆、成祖文皇帝朱棣、仁宗昭皇帝朱高炽、宣帝章皇帝朱瞻基、英宗睿皇帝朱祁镇、代宗景皇帝朱祁钰、宪宗纯皇帝朱见深、孝宗敬皇帝朱祐樘、武宗毅皇帝朱厚照十朝，到此时嘉靖朝朱厚熜，已经历了十一代。在一百五十年的风风雨雨中，大明帝国这艘巨轮早已是锈迹斑斑、千疮百孔，摇摇晃晃地飘荡在汪洋大海之中。

嘉靖皇帝朱厚熜生于大明正德二年八月八日，来自于湖广安陆州（后改为承天府），出身于安陆州兴王府，是兴献王朱祐杬唯一的儿子。自朱元璋建立明朝政权以后，明朝帝系发生过两次重大的变故。第一次重大变故是由朱元璋长子懿文太子朱标、朱标次子建文帝朱允炆一系，转入到明成祖文皇帝朱棣一系，这一重大转化是朱棣通过发动四年"靖难之役"实现的。第二次重大变故是由朱棣第五代孙明孝宗朱祐樘、朱祐樘唯一皇子明武宗朱厚照一系，转入到朱祐樘从子、朱祐杬之子朱厚熜一系，这次转化是在皇室勋戚和朝廷大臣共同迎立的一片和谐气氛之中完成的。然而和谐下面却是暗流汹涌，危机四伏，最终上演了一场场波诡云谲、惊心动魄的君臣之间、群臣之间的争斗。

久居京都的亲军卫籍顺天府骆府骆寄善后代子孙也随着明朝帝系的第二次重大变故，被迫卷入到一个个巨大的洪流旋涡之中，其家族命运和人生际遇也发生了重大变化……

第一章　皇威惊雷

嘉靖九年十二月二十二日，一个冷风刺骨、天寒地冻的日子。

凌晨四时，京都军卫籍顺天府骆府府邸已是灯火通明。骆府府宅是当年永乐大帝朱棣为感念骆家始祖骆以诚、二世祖骆寄保征战漠北、捐躯沙场之功而赐建的，到嘉靖朝的骆安已是第五代。今天，骆安早早起来，洗漱完毕，兴冲冲吃过义女高松仪为他准备好的早膳。高松仪为骆安穿戴好蟒衣飞鱼服、佩戴好冠帽和绣春刀，骆安再次整整衣冠，神采奕奕地迈上官轿，在浓浓的晨雾中，朝着大明皇宫紫禁城奉天殿而去。

骆安在京都顺天府瓦窑头的骆府府邸，离大明皇宫隔了好几条胡同，要穿过好几条街。骆安无论是回家住在骆府府邸，还是在皇宫里夜宿轮值，每晚都只能睡上两三个时辰，凌晨四刻左右就准时起来，已成习惯。骆安每天像一台不停运转的大风轮，神经总是时时刻刻地绷紧着，他的时间不属于他，他的身家性命也不属于他，因为他有一个十分特殊的身份，叫掌卫事堂上官锦衣卫指挥使，是执掌锦衣卫这个皇帝特别亲军部队的最高统帅。

骆安坐在柔柔软软舒适的轿子里，微微闭上双眼，脑海里思考着许多事情。紫禁城奉天殿，是整个大明皇宫的最高政治权力中枢和最大的政治旋涡中心，骆安作为掌卫事堂上官、锦衣卫指挥使，嘉靖皇帝身边近侍重臣，经年累月身处在大明王朝的政治旋涡里，高处不胜寒，凡事预则立，容不得有丝毫松懈和差池。骆安每天早早地行驶在这些通往大明皇宫既熟悉又陌生的街道上。他似乎随时都在思想，街市的热闹，季节的更替，他无暇顾及。一阵寒风吹动轿帘，他才想到，已经亥月，北京，早已天寒地冻了。

骆安对于北京，对于经年累月奔波劳碌的大明皇宫紫禁城，始终怀着深深的崇敬和眷恋。北京，远古称幽州，两汉、魏、晋、唐时都曾设置幽州，金辽时升为幽都府，又称燕京，元时改称大都，俗称元大都。明太祖朱元璋灭掉元朝，洪武元年开国时定都南京，将元大都改称北平。朱元璋洪武三年分封皇子们守藩卫国时，封皇四子朱棣为燕王，定北平为燕王府。洪武十四年，燕王朱棣正式就藩于北平。永乐元年，朱棣率兵南下发动靖难之役取得皇位以后，将他做燕王时的封地北平府正式改为北京。

奉天殿连同北部的华盖殿、谨身殿，是大明皇宫紫禁城建筑群核心“三大殿”，始建于永乐十五年，是明成祖朱棣于永乐十四年，一方面念念不忘他的“龙兴之地”，一方面更是为了有利于抗击北元残余势力的南侵祸乱，有利于稳固大明帝国的北部边疆，同时也为了掌控东三省女真部落，力排众议决定迁都北京，采用南京大明皇宫规制蓝本建造皇宫。开创了中国历史上具有重大而深远影响的历史大事件。

北京大明皇宫紫禁城于永乐十八年建成，永乐十九年元旦正式迁都北京，南京为陪都行在仍设六部，出现了中国历史上一朝两都的格局。

这一天早朝。奉天殿里群臣毕至，殿外寒风猎猎，殿里一派肃穆。

嘉靖皇帝面庞严峻，神情凝重，用他特有的习惯性动作不露声色地轻轻挥了一挥，削瘦英俊的脸庞始终冷峻而威严。

御用太监黄锦正在高声传谕："奉天承运，皇帝诏曰：今查明掌卫事堂上官、锦衣卫都指挥使骆安、指挥佥事刘宗武，邪恶不法，奸贪玩职！现着责令革罢骆安、刘宗武之职，着令骆安回家闲住，刘宗武离京还籍为民。朕叨念骆安从龙劳勋，诏降骆安为明威将军、指挥佥事。不得复议，不允妄议。钦此！"

御用太监黄锦宣旨完毕，整个奉天大殿内，空气凝固一般的窒息，大臣们战战兢兢俯首听宣。待听到"退朝"，大家诚惶诚恐地依次躬身退出大殿。他们来到外面，三三两两交头接耳，四散而去……

犹如一声惊雷，骆安如坠云里雾里，懵懵懂懂地跪谢皇上隆恩，失魂落魄地退出奉天大殿，孤身一人朝着紫禁城大明门落魄而去。

骆安走出大明门，忍不住再次回望了他恋恋不舍的大明皇宫一眼，仰天长叹，悲伤而绝望的眼泪滚落衣襟。这是他待了整整九年的奉天殿。在这里殚精竭虑地服侍着当朝皇帝主子朱厚熜。现在他却要永远地离开了，而且是这样屈辱地离开。惶惶如丧家之犬。

骆安回到家中，看家人聚集在门口，知道自己晚回让府里上下担心了。可是他的心沉重得无力言语。骆安沉默着，不看向任何人，也不说一句话，径直走进最北间的起居室兼书房，顺手把门紧紧关闭。

家人见骆安阴沉着脸回来，不知发生了什么事，心慌意乱地猜测着，面面相觑，或小声质询。事情发自朝廷，这是大家一致的想法。人们恐惧到会有灾祸降临，却没有人敢去询问。

灾祸似乎从天而降，所为何来骆安并不知道。

骆安想到上一次早朝结束时，有人递上密奏。当时看圣上凝重的神情，他还在担心有什么事情让圣上烦忧。那时候大臣们惴惴不安，议论纷纷。骆安却没有往自己身上想。他是圣上最信任的臣子。当今圣上还是世子的时候他就贴身侍卫。不要说他骆安是如此的忠心耿耿，尽职尽责，就算是他有什么疏漏，圣上也不忍责罚。到底是什么让圣上这样决绝。朝堂上的情景在他脑海中挥之不去：黄锦宣旨后，他匆忙地一瞥，看到的是幸灾乐祸。在朝堂里还战战兢兢的同僚，走出来如释重负时，神情已如路人，冷若冰霜。这些让他失落，却没有特别的伤心。在圣上身边的这些年，这样的场景反复出现，见怪不怪了。真正伤他心的，是圣上那威严冷酷的面孔。

皇恩浩荡，皇恩也寡薄啊！骆安知道这样的结局已成定局，他心心念念的尽忠皇帝报效朝廷的抱负，永远终结了……

第二章　松山情义

骆安把自己关在房间里不知多久，门外一个轻柔的声音："父亲，我可以进去吗？"骆安打开门，门外站着身体单薄，瑟瑟发抖的高松仪。"快进来。你这是来了多久了？"骆安心疼地说。"我不知道父亲遇到了什么事情，可父亲不能不吃饭呀。我来了好几次了，又不敢打扰。父亲，松仪害怕。"高松仪说着，眼泪扑簌簌滚落。"松仪不怕。我这不是好好的吗？""父亲，我不懂朝堂里的事情，父亲做不做官无关紧要，只要父亲安康，我们一家能在一起，我就不怕。"骆安知道，以松仪的聪明，她应该猜想到发生的事情。"松仪，没有什么事情。我饿了。"骆安让自己的口气尽量轻松。他不忍心让高松仪伤心难过。高松仪虽然是他的养女，却又是他最心疼的人。

弘治七年骆安从京师跟随父亲骆胜举家来到湖广安陆，来时骆胜只带走了妻子胡氏、长子骆安和骆安妻李氏，留下了骆安两个弟弟骆定、骆寅，在北京骆府陪伴照看年老的祖父骆广。其时祖父早已在弘治年间解甲归田，已是古稀之年，只能在顺天府骆府家邸颐养天年了。

来陆安时，骆安还是一个二十二岁的英俊小伙。由于南方山地荒蛮气候潮湿，瘟疫不断，早已习惯了北方生活的父亲母亲很长一段时期不适应南方阴冷潮湿的气候，随着年纪增长加上瘟疫侵扰不断，疾病缠身，身体每况愈下。骆安妻子李氏出身在北京顺天府大兴县一个习武之家，父亲是羽林卫百户，与羽林卫副千户高述庵是江西同乡，一同通过武举进入羽林卫，因为是同乡同年武举进京，两家情同手足，李氏自幼父母双亡，被高述庵收为义女。骆安父亲骆胜时任职羽林卫千户，骆胜与高述庵同僚情谊深厚。李氏初长成后，骆胜见李氏温文贤淑标致可人，于是两位大人做主指婚。骆安与李氏成年后择日喜结良缘，两家皆大欢喜。

骆安与李氏婚后不久就随父亲来到了湖广安陆州。骆安妻子李氏也不适宜南方气候，来安陆州后不久生下一女儿，就再无身孕。李氏为此暗暗着急。女儿出生后，一直怀念京都生活的李氏，做主给女儿取名望京，字归燕，意寓做一只守望北京盼归的燕子。骆安又何常不盼望能早些回到北京呢，只是人在他乡身在官府身不由己啊。骆安一家就这样在期盼和煎熬中，日复一日、年复一年地苦苦坚守着。

弘治十八年春天，是一个多愁多事之春。这一年，年富有为的中兴令主孝宗皇帝不幸英年殡天，整个南方地区又爆发一场五十年不遇的特大瘟疫，湖广荆楚地区犹为猛烈。这一年，身强力壮的骆安也不幸染上疟疾，一连几个月卧床不起，以致茶水难进，几乎奄奄一息，全家人心急如焚。这天，家人带了一个老郎中，告诉李氏：“老人是松山一带有名的采药郎中。或许能治大人的病。老郎中说，吃我三服药，若不好，我亦回天无术。”骆安吃过老郎中的药，真的日见好转，再加上饮食调理，不足一月已恢复如初。

骆安感恩戴德，去松山老林寻找高姓老郎中。在路人指引下来到松山深处，一座茅草屋子。却见一个衣不遮体的瘦弱女孩儿瑟缩在墙角。骆安怕随从惊了女孩儿，让随从等在外面。骆安走到女孩儿身边，蹲下来就说："孩子莫怕。高老郎中是我的救命恩人。我特来谢恩。老先生去哪里了？"女孩儿听闻埋头哭了好久才断断续续告诉骆安：老郎中，救得别人，却难救自己。老郎中夫妻在这次大瘟疫中相继病倒。没人采药又缺衣少食，先后离世。女孩儿是老郎中的女儿。爹娘去世后，她靠山中野果充饥也好多天了。骆安心疼地把女孩儿拉到身边问："你可愿意随我回去？"女孩儿抹着眼泪点点头。

骆安妻子李氏听骆安叙述，唏嘘不已。想到自己也是自幼丧失父母，很是同情怜悯，就把这孤苦可怜的小女孩收作义女。李氏吩咐厨房准备些软烂的食物，怕孩子饿太久，猛然吃多伤了胃口。又让人为女孩儿量体裁衣，又找出望京小时候的衣服。梳洗打扮后的女孩儿，如出水芙蓉，清新脱俗。本来家里小孩子就少，现在多了一个如此可人的孩子，骆安父母更是喜欢得不行。望京有了玩伴，每日都欢天喜地的。大几岁的望京像个大姐姐般的照顾起女孩儿来，亲如姐妹。

骆安很是高兴，还专门给义女取了一个很有寓意的名字叫高松仪，希望义女不忘松山高姓父母的生养之恩，长成一个仪态万方的女子。松仪在骆家健康快乐成长，到了十七八岁已是落落大方成举止得体亭亭玉立的俊俏大姑娘了。

骆安父亲骆胜与兴王府长史杨淳之父杨名，在京都就是世交，都是同一年跟随兴王朱祐杬来到湖广安陆，两家祖父早就约定结为亲家，将骆安之女许配给了杨淳之子。

望京二十岁出嫁给兴王府长史杨淳（后升为通政司使）之子杨化。骆安妻子李氏张罗完女儿婚事以后，就又张罗起义女松仪的婚事来。但松仪总是羞羞答答怎么也不开口，问得多了，松仪干脆回答，她宁愿一生不嫁，甘心情愿侍候父母大人一辈子，以报答抚养之恩。

李氏见松仪坚决她也就动了心思：莫非松仪对丈夫私下有了心意？李氏平时见松仪每每在丈夫面前流露出默默依恋的眼神悉心体贴的神态，每每看见丈夫对松仪无限的怜爱关怀，李氏既高兴又失落。高兴的是如果松仪与丈夫真的有情有意有缘，她愿意接受这桩好事，将来松仪可为骆家再生下一男半女，了却她多年的遗憾和心愿；失落的是骆安毕竟是她心爱的丈夫啊！

正德十一年，本已年老体弱的骆胜，在一次瘟疫中不幸染病。临终之际父亲把骆安、李氏、松仪叫到床前，父亲伸出干瘪瘪的双手，一手拉着李氏，一手拉着松仪，把李氏和松仪的手放在一起，混浊无力的眼睛久久地望着松仪，干瘪的嘴使劲张开却说不出话来，带着遗憾离开了人世。骆安、李氏、松仪三人都十分明了父亲临终时的最后心愿，父亲多么希望骆安能再续上骆家香火啊！

父亲去世不久，母亲胡氏也未能逃过那场大瘟疫。一年之中父亲母亲相继离去。在骆安丁忧的日子里，骆安与松仪的事就这样拖延耽搁了下来。

正德十四年，兴王世子朱厚熜赴京师入继皇帝大位。继圣是朝廷天大的事，骆安又是临时授命担负起护驾少年天子进京即位天大的重任，不能有一丝一毫的闪失！更容不得骆安有丝毫的儿女情长啊。所以骆安离开安陆时，暂时不能将妻子李氏、义女松仪带回京城。他和松仪的事情只能再次放下。

但是，现在骆安无暇考虑这些。

第三章　从王守藩

冥冥之中，难道真有宿命？十二月二十二是今天的日子，若不是他被弹劾，他还真没有注意到。二十二对于骆安原来有这样特殊的意义，是这样的与他的命运牵绊。下个月的二十二日，他刚好五十八岁！五十八年来，几个重大的事故和变迁，与这个特殊的“二十二”都有关联。这难道是巧合？

弘治七年九月，大明第九位皇帝“中兴令主”孝宗皇帝朱祐樘，照皇明祖制分封同父异母弟弟朱祐杬，远离京城到千里之外的湖广省安陆州当兴王，朝廷慎重选择兴王府护卫，时任京师羽林卫正千户的父亲骆胜，被授予兴王府群牧所护卫千户之职。骆安一家随父亲骆胜来到了千里之外的湖广安陆。这一年，他刚好二十二岁。他是那样的青春年少，神采奕奕！从此骆安依依不舍地离开了他刚好生活了整整二十二年的京都北京。他离开时依依不舍，不知道有生之年还能不能回来。

弘治十八年五月，年仅三十六岁的中兴令主孝宗皇帝朱祐樘突然英年归天，满怀希望的大行皇帝朱祐樘遗诏，传位给年仅十五岁的皇太子（也是唯一的皇子）朱厚照，翌年改年号正德。这一年，骆安父亲骆胜在安陆告老还乡，骆安承袭了群牧所护卫百户之职。正德十一年十一月，骆安父亲骆胜病卒于安陆州。兴王朱祐杬念及骆胜父子在安陆兴王府护卫之劳，照太祖高皇帝《皇明祖训》“父死子承”，呈朝廷兵部和正德皇帝朱厚照恩准，升授时任兴王世子朱厚熜伴读侍讲的骆安，袭职了父亲群牧所护卫正千户之职。从弘治七年到正德十一年，骆安随父亲从北京来到湖广安陆州，到袭职父亲群牧所护卫正千户，刚好经过了二十二年！这一年，他四十四岁，人生盛年，踌躇满志。

正德十六年三月十四日，“荒诞之君”武宗皇帝朱厚照暴死在淫乐的豹房里，年仅三十一岁。声色犬马一生的武宗皇帝没有一个儿子，也没有一个亲兄弟，武宗皇帝母亲张太后懿诏孝宗皇帝朱祐樘弟弟兴献王朱祐杬之子——世子朱厚熜伦序当立，入继皇帝大位。正德十六年四月二日，年仅十四岁的兴王府世子朱厚熜，在京城接驾大臣定国公徐光祚、吏部尚书梁储等护送下，由兴王府随行旧臣张佐、袁宗皋、骆安等四十余人日夜侍卫朝夕护驾，从安陆启程前往京师，四月二十二日到达京师，在皇宫紫禁城奉天殿里隆重举行了少年天子朱厚熜入继皇帝大位的大典。历史的机缘巧合，已是兴王府群牧所千户的骆安，以从龙护驾之身隆重而体面地重新回到了他已阔别二十七年的京都北京。这一天，又是二十二！这一年，骆安四十九岁，已近天命，历经风雨，老成持重。

朱厚熜继位后，少年老成的天子为了驾驭皇权，大胆起用兴王府旧臣，骆安以兴王府旧臣之身和从龙护驾之功，被朱厚熜破格特擢升为锦衣卫指挥同知，官秩从正五品一下子晋升至从三品，成为了新天子炙手可热的亲信近侍重臣。少年天子朱厚熜又追念骆安列代先祖亲军护卫京城之功，追封骆安高祖骆以诚曾祖骆寄保、骆寄善均诰命为一品，祖父骆广父亲骆胜均诰命锦衣卫指挥同知，骆安祖母胡氏母亲胡氏妻李氏三代女眷都尊诰封为“淑人”。骆安祖母胡氏就是大明仁宗、宣宗、英宗、代宗四朝重臣胡濙的孙女，母亲胡氏就是胡濙曾孙女，同时又敕令官府修缮骆安列代先祖坟茔，照朝廷礼制赐谕祭祀，骆安全家族的礼遇恩宠隆于朝野。

嘉靖二年正月二十五日，锦衣卫掌印指挥使朱宸因不法事遭兵部给事中张原弹劾，被嘉靖免职，骆安得以留用，从此骆安成了事实上的锦衣卫掌事统领。仅过了半个月旋即于二月十一日，骆安就擢升为锦衣卫署都指挥使，命令执掌卫事提督统帅锦衣卫官校，官秩正三品，正式受命代理执掌锦衣卫最高权力。嘉靖四年正月九日，骆安又以缉捕有功，被实授锦衣卫都指挥使，名正言顺成为了锦衣卫最高统帅，骆安从此走到了一生的权力峰巅，全面担负起了嘉靖皇帝及皇室侍卫宿卫、警务仪仗、缉捕刑狱、朝会巡幸、朝日夕月、耕藉视牲，以及盗贼奸宄街途沟洫等机要重务。城皇重地，职责重大。骆安侍从嘉靖皇帝鞍前马后，日夜操劳，直到今天——嘉靖九年的十二月二十二日，骆安这一干就是九年，加上骆安从正德三年任兴王世子朱厚熜伴读承奉十三年，先后整整二十二年啊！

这个特殊的二十二啊！他一生的喜怒哀乐，他的兴衰荣辱都与此相关。它似乎成了骆安人生一个不解的密码。

第四章 皇恩浩荡

接下来几天，骆安依然自禁在书斋里谢绝所有宾客来访，严禁家人打扰。骆安回忆着，思索着，纠结着，反省着。罢免诏谕上那“邪恶不法，奸贪玩职”，一直深深地刻在他的脑海里，刺痛他的心窝，隐隐作痛。

要知道“邪恶不法，奸贪玩职”这是顶天大的帽子啊。在任何时候，戴在任何人的头上，都是要招来灭顶之灾灭族之祸啊！想想大明开国近一百五十年以来，多少位锦衣卫指挥使被无情谪贬充边的悲凉下场，尤其是众多锦衣卫指挥使，被活活暴死惨遭灭门的凄惨结局。洪武时首任锦衣卫指挥使毛骧、第二任指挥使蒋瓛先后侦办“胡惟庸案”“蓝玉案”等明初四大案，诛杀四万余人，触犯众怒被朱元璋处死；永乐时锦衣卫指挥使纪纲被朱棣以“谋大逆”罪名凌迟处死；英宗时锦衣卫指挥使马顺在朝堂上被大臣们群殴致死。骆安想起这些就不禁心惊胆战不寒而栗！锦衣卫指挥使虽然位高权重，掌握着别人的生杀大权，其实自己的脑袋也是随时挂在腰带上的。

这样想来，骆安心里又稍稍宽慰了些，毕竟自己性命保住了，全族人性命也保住了；毕竟自己没有被谪贬到常年冰天雪地、荒无人烟的遥遥北国边陲，还好好地待在京城，待在自己的宅子里。骆安尤其感到庆幸的是自己没有像同僚刘宗武那样被革职还籍于民。自己还被嘉靖皇帝保留了京都亲军军卫籍，保住了骆家先祖世世代代承袭亲军卫籍之家的荣光，而且还以明威将军、锦衣卫指挥佥事（正四品）致仕归里闲住。骆安这会儿又觉得幸运。在心里感念起皇恩浩荡。

骆安回想自己大半生以来，特别是父子俩追随嘉靖皇帝父子三十八年来，嘉靖皇帝父子对京卫骆家，真是恩宠有加啊。骆安依稀记得，当年在湖广安陆州兴王府，年仅十八岁的兴王朱祐杬封国安陆州，骆安的父亲骆胜正任羽林卫千户，被兴王提拔为兴王府群牧所护卫千户。父亲甚得兴王朱祐杬信任。太祖高皇帝朱元璋祖制，为了防止皇子们分封藩国后势力膨胀、干预朝政，严禁皇子藩王们非皇帝亲赐诏谕不得进京面圣天子，不得参与宫廷政治，不得参与科举考试，不得藩王之间交通往来，遇有皇室重大活动如皇帝皇后圣诞，皇室宗族婚丧嫁娶等，只能派遣亲信僚属入京朝贺或举哀。那时兴王府每每有进京重任，兴王均是特派父亲全权代其前往；兴王府每年春秋收成，也是派父亲进京将安陆的“嘉鱼、香米”敬献皇室。

弘治八年四月，兴王母亲孝惠皇太后圣诞，兴王特派父亲先期行礼，甚得弘治皇帝、孝惠皇太后大悦，此后岁以为常。这份殊荣啊不只是父亲骆胜的荣耀，更是骆家的荣耀。

骆安更是清楚记得，正德二年八月八日兴王朱祐杬二子

（长子早夭）朱厚熜生诞。正德三年兴王就把世子朱厚熜的侍读供奉重任，交给了他，他没有辜负兴王的信任，悉心传道、授业、解惑，让世子愉快地度过了求学的少年岁月。正德十一年骆安父亲病逝，骆安承袭了群牧所千户重担。正德十六年三月，武宗皇帝荒淫而薨，武宗皇帝母亲张太后懿诏兴王世子朱厚熜入继皇位，骆安临危授命护驾世子朱厚熜进京即位。四月朱厚熜入继皇帝大位，五月朱厚熜立即升授骆安锦衣卫指挥同知；嘉靖二年二月朱厚熜又授命骆安代理执掌锦衣卫；嘉靖四年正月朱厚熜正式实授骆安锦衣卫指挥使，赐蟒服、绣春刀，并诰封骆家先祖，赠父祖同官，赠封三代家眷，修葺祖茔，赐谕祭，骆安和骆家的这份荣耀啊，恩宠甲冠于一时，也为众多同僚所羡慕和嫉妒。

骆安感恩戴德时，又想到自己和骆家的这份至高荣耀，不仅仅是依赖于骆家祖上的世代荫庇，也不仅仅是倚仗兴王府旧臣的君臣从属，更不仅仅是攀附嘉靖皇帝的龙鳞恩典。骆家的荣耀是他们几代人鞍前马后，出生入死赢得的。大明初期，骆家高祖父骆以诚、大曾祖父骆寄保跟随明成祖朱棣亲征北伐战阵而亡，亲曾祖父骆寄善追随明英宗朱祁镇又在“土木堡之变”中战死，一家两代三位先辈都先后在北伐抗元中战阵而亡，连尸骨都未找到。这是骆家列代先祖为大明王朝拼着脑袋，征战沙场，用生命换来的，是骆家代代祖辈尽忠朝事，矢心报国，用忠诚换来的。

骆安回想起自己和父亲跟从嘉靖皇帝父子从京城外遣到湖广安陆，又从湖广安陆返回到京城，从弘治七年直到嘉靖九年，历经弘治、武宗、嘉靖三朝，那是长达三十八年的劳心劳力和默默坚守啊；自己临时受命扈从护驾少年世子进京入继大位时，在沿途一千六百多公里的进京路上，为了新天子的万全，为了迎送队伍的安危，自己护卫左右上下周旋，度过的那三十七个担惊受怕的日日夜夜，又是怎样的殚精竭虑呀。

从龙嘉靖皇帝九年来，九个寒暑近三千三百个日日夜夜里，在大明皇宫一派表面和谐的氛围里，暗藏着满朝文武大臣激烈的钩心斗角，皇室内部和党派之间争权夺利的暗流汹涌。骆安身为从龙天子的侍卫重臣，作为直接受嘉靖皇帝指挥、向嘉靖皇帝负责的锦衣卫指挥使，不可能不卷入了一场场惊心动魄的明争暗斗之中，不可避免地触犯得罪了众多皇亲国戚大小同僚，更不可避免地遭到了众多皇亲国戚大小同僚的嫉妒和嫉恨！但他的鞍前马后尽心尽力，圣上应该是知道的啊。所以，“邪恶不法，奸贪玩职”才让骆安耿耿于怀。到底是何人诬告？诬告者目的何在？

这天，家人来禀报骆安，说曾是同僚部属刘宗武即将离京回籍，临行之前，前来拜见，最后一见，以作永别。骆安大感意外。太祖高皇帝祖制，为防范大臣们的不贰之心，皇宫之中藩王勋贵朝廷大臣皇室侍臣之间，不得私下交通勾结往来；京城之内同僚之间也不得私下相互打探，互通情报，互相往来。骆安只知道，刘宗武东宁卫人，来自辽东女真满族部落，明朝开国后，一部分女真部落归附了朱元璋。朱元璋为了控制辽东，于洪武十九年设置了东宁卫。正德初年，刘宗武以辽东武举状元被招募为兴王府世子朱厚熜侍卫。世子朱厚熜龙兴，刘宗武于嘉靖元年升为锦衣卫百户，嘉靖二年升锦衣卫指挥佥事（正四品），都司佥书管事，负责统领司事，分管练兵和屯田诸事务。刘宗武虽是骆安下属，两个人并无多少私下往来。

骆安有些犹豫，想到刘宗武此行也许就是永别，决定一见。他叫家人悄悄把刘宗武带进了书斋。这是骆安被革职回家闲住以来，在他的书斋里接见的唯一一位客人。骆安与刘宗武，这两位同事同僚同患难同进退同被免职的难友关在骆安书斋里进行了一次推心置腹的长谈。这也是骆安自被免职以来，最开怀的一次。临别时刘宗武悄悄向骆安透露了告发他俩的人，竟是当朝新贵文渊阁大学士内阁首辅兼礼部尚书张璁同党——兵部都给事中张润身！

刘宗武走了。除了几句惜别的话，骆安也想不出如何安慰刘宗武。他知道此一去，怕是没有东山再起的可能；此一别，从此也就山水永隔了。刘宗武走了。仿佛人间蒸发一般，再也没有任何消息。

骆安万万没有想到，始作俑者竟是兵部都给事中张润身！对于兵部都给事中张润身，原掌印锦衣卫卫事堂上官。与锦衣卫指挥使骆安，不隶属于同一个衙门，甚至从没有交结过，平常交结也很少。骆安依稀记得张润身是大明广平府成安人，字佩德，正德九年进士，朝廷谏臣也称言官，初授户科给事中，后授兵部都给事中即兵科主官，正七品，是兵部最大的言官。给事中别称言官，主要职责是侍从皇帝左右，备皇帝顾问应对风言耳闻，参议朝廷政事议疏，因为执事于皇帝殿中故名言官。言官之制由来已久，秦汉时期设为列侯、将军加官。魏国时期开始设为加官，后改为正官。两晋时期仍为正官。自隋唐以后提升为门下省之要职，执掌批驳矫正朝廷政令之得失。元朝以后，才废掉门下省而专设给事中。

大明开国皇帝朱元璋建立明朝以后，进一步赋予和扩展了言官的权力。明朝祖制，给事中执掌侍从谏诤、补缺拾遗、审核封驳皇帝诏旨、驳正百司奏章，监察六部诸司，弹劾朝廷百官，与御史互为补充；同时还负责记录编纂皇帝诏旨题奏，监督朝廷诸司执行情况；朝廷科举乡试时充当考官，会试时充当同考官，殿试时充当受卷官；皇帝册封宗族宗室、皇子封建诸藩，或告谕外国使臣时，充当正、副使；受理臣民冤讼等等。洪武六年设给事中十二员，品秩为正七品，开始分设吏户礼兵刑工六科给事中。洪武二十四年六科又改设都给事中各一员，为正八品，左、右给事中各一员，从八品。明成祖永乐年时，又升都给事中恢复为正七品品秩，左、右给事中从七品，此后成为定制，终有明一朝。明朝给事中品秩虽卑，但权力挺重。

言官虽然权力挺重，但七品言官张润身与身居锦衣卫指挥使正三品的骆安，毕竟八杆子打不着，离得太远了啊！况且兵科隶属兵部受兵部节制，监察兵部执行。而锦衣卫是朱元璋于洪武十五年创设的，来自于明初设置的拱卫司和仪鸾司两个机构整合演变而来。这两大机构原来主要负责皇帝及皇室的朝值宿卫、仪仗宴请祭祀、巡游出行等安全保护是皇帝的大管家。锦衣卫制度为朱元璋所独创，始于明朝也终于明朝，是明朝一大独特的政治遗产。

朱元璋整合设立锦衣卫以后，扩大提升了锦衣卫的权力，还赋予了锦衣卫对京城朝廷官僚乃至地方官府、京城治安不法臣民等等的监察侦查、缉捕诏狱等等特权。但不是所有锦衣卫官校都拥有这一特权。拥有这一特权的是锦衣卫下辖北镇抚司。北镇抚司专治皇帝诏狱，是永乐时朱棣为了镇压建文帝不法旧臣等不轨言行，突破朱元璋祖制设立的，朱棣还增设了由太监掌控的臭名昭著的东厂。锦衣卫是皇帝特殊的亲军卫队，纳入兵部编制，但不受兵部管理和节制，直接受皇帝指挥直接对皇帝负责。锦衣卫最高长官是指挥使正三品，一般由勋戚、亲信武将、亲信要员充任，是皇帝最信任的心腹。

一个嘉靖皇帝亲信心腹，一个跟从了兴王父子二十七年、侍奉了藩邸世子伴读十三年的群牧所百户，一个护驾少年天子从安陆进京即位的群牧所护卫千户，骆安怎么想也想不明白，一个小小的七品兵科言官张润身为什么要弹劾他，因为什么弹劾他。他其实都想不起张润身究竟是什么模样，与张润身在何时何地有过交往。张润身弹劾骆安好像不是第一次了。那一年指责骆安升迁太快，因为未被采纳，不了了之，所以骆安也没有清晰的记忆。那天骆安百思不得其解时，忽然想到另一个人——张璁。张润身是张璁一党，难道和张璁有什么关联？

第五章　从龙扈行

骆安从龙当朝天子九年来，在实际执掌锦衣卫最高权力的八年之中，骆安服侍的唯一主子就是嘉靖皇帝，活动的最大舞台就在威严神圣的大明皇宫。他整年整月整日周旋在权力中枢的奉天殿里。

骆安回想当年，年仅十四岁的少年天子继位之初，面临的是怎样一个错综复杂的局面啊；声色犬马的荒唐之君武宗皇帝朱厚照留给少年天子的天下，又是一个怎样的烂摊子啊。

正德十六年三月，武宗皇帝暴死于豹房，死后无嗣。谁来继承皇位出现了三十七天的权力争夺真空。其时，朝廷三大势力，掌控和影响着朝局。一大势力是以孝宗皇帝皇后、武宗母亲孝康张太后为代表的皇室勋贵集团。张太后兴济县人（今河北沧州市），明孝宗弘治皇帝皇后，武宗皇帝母亲太后。张太后两个弟弟张鹤龄、张延龄分授为寿宁侯、建昌侯，分别在北直隶省（今北京、天津和河北大部分地区，治所在保定）、涿州（明时属顺天府，今河北省涿州市）等地，拥有大顷皇帝赐田，占夺大片土地。武宗皇帝死后，张太后控制着朝廷，希望选择一个年幼嗣君纳入孝宗、武宗一系，借以保障和保全张氏家族和整个皇室勋贵及皇室外戚集团的既得利益。

另一大势力是以内阁大学士杨廷和为代表的朝中官僚士大夫集团。杨廷和字介夫，四川新都县人，成化十四年进士，历仕成化、弘治、正德三朝，官至正德内阁首辅。正德时因对明武宗种种倒行逆施荒唐举措不满，杨廷和多次提出异议和反对，所以在朝廷官僚士大夫中颇有声誉和影响力。在武宗皇帝即将殡薨时，首辅杨廷和按照《皇明祖训》"兄终弟及"祖制，立即奏议宪宗朱见深皇帝之孙、兴献王朱祐杬长子、孝宗朱祐樘皇帝之从子、大行武宗朱厚照皇帝之从弟朱厚熜"伦序当立"，迎合了张太后及其皇室勋戚勋贵集团的意图，很快得到了张太后懿准。中宫奉遗诏和太后懿旨立即宣谕群臣，一切按照杨廷和等内阁大臣们所奏请，朝中官僚士大夫们积极附和，欢迎兴王府藩邸世子朱厚熜入继皇帝大位。

在即位的问题上，还有第三种势力：明武宗身边的亲信及众多佞幸之臣。这部分人很庞大而复杂，有因诱惑武宗皇帝荒淫而得宠的宦官和边将，也有招摇撞骗的佞幸僧侣和市井细民，其中最具代表的人物是江彬。江彬，宣府人（今河北宣化市），开初为宣府镇边将，因诱导明武宗嬉戏游乐吃喝嫖赌，甚至招徕回族妓女和民间有夫之妇供武宗皇帝淫乐，深受武宗皇帝宠信，被封为平虏伯兼兵部尚书，政治上手握兵权，经济上大肆敛财。武宗暴死后，江彬控制京都京师，暗暗安排手下心腹，随时武装待旦、披甲观望朝局变化，伺机而动。

为了铲除江彬势力，明武宗去世以后，张太后马上秘密下达懿旨，命令杨廷和与原为武宗时大太监刘瑾亲信、现为嘉靖皇帝司礼监大太监魏彬密谋除掉江彬。时值坤宁宫安装兽吻，杨廷和与魏彬谋定，由张太后亲下懿旨，命令平虏伯兼兵部尚书江彬、工部尚书李燧，身着礼服只身进入皇宫参加安装兽吻祭典庆贺，入宫时不得随从家丁。祭典完毕以后，江彬准备离宫返回，中宫太监张勇传下张太后懿旨，留下江彬、李燧祭典午宴。就在江彬倍感太后懿恩举杯共庆，喝得面红耳热得意忘形之际，大太监魏彬突然宣谕圣旨，命令锦衣卫官校和中宫太监以“谋大逆”罪名立即抓捕江彬。江彬猝不及防，初始惊恐万状，转而气势汹汹。他质问太监魏彬：“武宗大行皇帝刚刚殡天，新天子尚未确定，圣旨从何而来？”魏彬不容江彬辩解，喝令锦衣官校和中宫太监将其拿下。江彬慌忙逃往西安门，但西安门早已关闭，江彬又急急逃往北安门，被早已守卫在北安门的锦衣卫校尉奋力拿下，并迅速投进锦衣卫镇抚司诏狱。由于抓捕时双方扑打激烈，江彬面上留着的长须被锦衣卫官校和太监们扯得七零八落惨不忍睹。自此以江彬为代表的第三种势力因为江彬被铲除而土崩瓦解。朝廷上下拍手称赞。

江彬势力铲除以后，张太后这才与杨廷和、大学士梁储、礼部尚书毛澄等内阁成员商定，派遣太监谷大用、大学士梁储、礼部尚书毛澄、定国公徐光祚、寿宁侯张鹤龄、驸马都尉崔元等内阁大臣、皇室宗族、外戚勋贵，率领文武百官和迎驾队伍，日夜兼程前往湖广安陆州而去……

正德十六年三月三十日，当大太监谷大用和内阁大臣大学士梁储、礼部尚书毛澄等，率领文武百官和迎驾队伍锣鼓喧天，浩浩荡荡开进安陆州兴王府，大太监谷大用宣谕完大行皇帝武宗遗诏和张太后懿旨以后，兴王世子朱厚熜进京入继皇帝大位的惊天喜讯，一下子在兴王府四周快速传播扩散开来，并迅速向整个安陆州四外蔓延开去。

当时早已是群牧所护卫千户的骆安，亲自负责安排和亲身经历见证了，世子朱厚熜迎接京师迎驾队伍并隆重举行接旨典礼的热烈而盛大的场景。

兴献王于正德十四年去世以后，接任兴王的世子朱厚熜虽然年仅十四岁，但他自幼在兴献王朱祐杬的悉心调教严格要求中，通过骆安等多年的伴读侍讲，聪敏好学，熟读经书，博览历史，并从小跟着父亲参加过多次王府的各种祭祀和典礼，早已熟知了各种礼仪和规范，小小年纪却显得少年老成。世子朱厚熜在母亲蒋妃、兴王府长史袁宗皋、群牧所护卫千户骆安等的策划下，三月三十一日在庄严气派的兴王府邸隆重举行了迎接京师大臣接旨典礼，以兴王身份接见了京师大臣迎驾使团，愉快接受了张太后的懿旨即位诏书，并接受了诸大臣跪行大礼。接旨后的朱厚熜于四月一日率领京师大臣和兴王府臣工、宗亲到松山兴献王园陵祭祀父亲在天之灵。

四月二日，即将成为大明新天子的兴王朱厚熜，出发前夕与担任护驾重任的群牧所护卫千户骆安，一一交待好沿途安保注意事宜，之后与母亲依依含泪辞别，约定日后尽快迎驾母亲进京皇宫团聚，便在众位大臣的簇拥下浩浩荡荡，日夜兼程直奔京师而去……

第六章　嗣统之争

京师朝廷为迎接新天子的到来，也正在紧锣密鼓地准备。整个大明皇宫所有机构，一切照张太后的懿旨和杨廷和等内阁大臣的安排，紧张有序筹备着。朝廷群臣们也在热切地等待之中。大臣们早已厌倦了武宗朝局的纷乱颓废，厌倦了武宗皇帝的荒淫荒政，希望新天子能力挽狂澜改革时弊开创新局，给已经颓废的时局带来新的气象。但也有大臣对少年天子能否掌控朝局革除弊政心存疑虑，保持怀疑观望态度。大学士内阁首辅杨廷和最为了解大臣们的心境和倾向，也最为了解张太后的意图和对武宗皇帝的不满。

为此杨廷和为迎驾新天子的到来，亲自起草拟定了新天子改革政治革除弊政实行新政的就位诏书。同时杨廷和授意礼部尚书毛澄拟定新天子即位大典礼，明确兴王世子朱厚熜即位，确定以皇太子身份为即位礼仪，让世子朱厚熜以皇太子身份由东安门入居皇太子东宫文华殿，再选择一个吉日良辰登皇帝大位；拟定好了新天子即位年号，新年号确定为“绍治”，意为光大弘扬孝宗弘治皇帝中兴之治，纳入孝宗弘治皇帝、武宗皇帝一系。最后杨廷和把自己亲自拟定好的新天子即位诏书，毛澄拟定好的即位大典礼仪、即位新年号等重大事宜一一禀报张太后，张太后甚是满意。一切都在照张太后的懿旨和首辅杨廷和等内阁大臣的安排下紧张有序地准备着。满朝上下随处是一派忙忙碌碌的身影，整个大明皇宫呈现出隆重、祥和的氛围。

朱厚熜自幼饱读诗书博览历史，小小年纪个性极强，凡事自有主张，不随意受人摆布。朱厚熜在赴京即位的路上与兴王府藩邸幕僚长史袁宗皋等盘算谋划着以后的事情。正德十六年四月二十二日这一天，朱厚熜率领的进京队伍到达京师郊外的宛平古城。到达当天大学士内阁首辅杨廷和率领朝廷迎驾的文武大臣照君臣之礼，觐见将即皇帝大位的朱厚熜将即位诏书呈现给朱厚熜御览。朱厚熜对诏书中十大就位新政举措很满意。因为否定大行皇帝武宗弊政和乱象，对新天子开创新局树立新天子皇权国威大有好处。朱厚熜可以借此笼络朝廷群臣人心，给朝野上下耳目一新之感。朱厚熜对杨廷和等内阁大臣大大地表彰了一番。

但是，当礼部尚书毛澄宣读完拟定的新太子即位大典礼仪和新年号后，朱厚熜刚刚还神采飞扬的脸一下子沉了下来。朱厚熜指着武宗遗诏态度坚定地说："他是照武宗遗诏伦序当立，是循皇室血统继统即位，而不是以皇太子身份继嗣即位，坚决不能以入嗣武宗大行皇帝皇太子身份从东宫文华殿择日登基，必须以继统身份今日从大明皇宫大明门出御登极奉天殿，照继统大礼仪即皇帝位；所用年号'绍治'也不答应，要改用朱厚熜亲自定的'嘉靖'作为新年号！"

首辅杨廷和等内阁大臣再三请求朱厚熜，听从礼部尚书毛澄等礼臣所具礼仪，朱厚熜坚决不从。杨廷和只好搬出张太后，说这是照太后懿旨钦定的。但朱厚熜就是不答应！双方首次相见就这样僵持着互不妥协。朱厚熜甚至以放弃即位返回安陆侍奉母亲蒋妃相威胁。无奈之下准允朱厚熜当天从大明门出御奉天殿即皇帝位，为了能尽快登极皇位朱厚熜决定，其他事情从缓。

“入嗣即位之争”，在少年天子的坚持下以张太后和杨廷和等大臣的妥协退让告一段落。但这仅仅是开端，一场始料未及的大风波接踵而至，继而一场席卷朝廷的大风暴汹涌而来。

第七章 风云际会

让骆安意想不到的是，他也迎来了自己的命运转折……

少年天子即位之初，张太后、杨廷和基本上掌控着朝局。新天子没有任何根基和依靠。朱厚熜茫茫四顾，虽然从兴王府邸带来了随从一百六十余人，但大多地位很低影响很小，最有影响最可倚重的亲信只有袁宗皋和骆安。袁宗皋字仲德，湖广石首县（今湖北石首市）人，弘治三年进士，任兴王府长史幕僚长。袁宗皋作为新天子幕僚随朱厚熜入朝，进京后被新天子朱厚熜立即擢升为文渊阁大学士兼礼部尚书，只可惜袁宗皋进京不到一个月就突然病故了。袁宗皋的突然离去，朱厚熜犹如盲人丢了拐杖，一下子失去了一个重要的依靠。而此时母亲蒋妃仍然还在湖广安陆兴王府。朱厚熜想到亲祖母宪宗皇帝邵贵妃。他去拜见时，双目失明的祖母听闻亲孙即皇帝大位高兴得把朱厚熜从头摸到脚。朱厚熜知道，祖母不是他的依靠，反而要依靠他。嘉靖元年朱厚熜就上尊祖母为寿安皇太后，十一月祖母归西又追尊孝惠邵皇太后。

正德十六年四月二十六日，也就是朱厚熜登基后的第四天，他下诏命内阁派遣使臣去湖广安陆州，迎接母妃蒋氏入驻皇宫。又过了两天即四月二十八日，朱厚熜为了给即将入驻皇宫的母妃蒋氏以应有的名分和尊号，又下诏书命礼部召集大臣商议兴献王妃入京祀典和尊称。由此嘉靖皇帝即位后至嘉靖初年乃至影响整个嘉靖一朝，牵动整个朝野的“大礼议”政治纷争事件正式拉开了激烈惊险的斗争序幕！

正德十六年五月七日，礼部尚书毛澄在首辅杨廷和等内阁大臣的授意和支持下，汇聚文武大臣六十余人正式奏疏上议嘉靖皇帝父母祀典和尊号，指出兴献王及王妃入京祀典和尊称，应该效法汉朝时定陶王入嗣继位汉成帝、宋朝时宋濮王之子入嗣继位宋仁宗的既成旧例，将皇帝伯父明孝宗朱祐樘追尊称为亲皇考，把皇帝陛下父亲兴献王朱祐杬改称为皇叔父，皇帝陛下母亲兴献王蒋妃改称为皇叔母，祭告上笺上表时，皇帝陛下对伯父明孝宗朱祐樘皇考以皇子自称，对亲生父母则以侄儿自称。

朱厚熜大怒。重重地摔下奏折，指着杨廷和等一班大臣忿然骂道：“大逆不道！怎么能把伯父称作皇父，而把亲生父母改为皇叔父皇叔母？亲生儿子怎能变成了侄儿？如此变易父母，伦理何在？天理安在？”

内阁首辅杨廷和、礼部尚书毛澄等朝中老臣，对势单力孤的少年皇帝龙颜大怒并不以为然。杨廷和、毛澄等朝中老臣们一致认为新天子即位议礼历来是朝廷大事，事关国体根本，关乎礼制尊严，新天子少小年纪哪知议礼之要？他们以维护传统礼制为名，打着维护祖制的旗号，坚决要把朱厚熜纳入到孝宗、武宗一系，据理力争，毫不妥协。历史上把维护传统礼制的杨廷和、毛澄等朝中一派老臣称之为“护礼派”。

少年天子面对众位老臣沆瀣一气，愤怒不已。他一把撕碎奏折狠狠地向老臣们撒去，命令杨廷和、毛澄等重新议定上奏！首次商定兴献王及王妃蒋妃的祀典和尊称朝议，就这样不欢而散！此后朱厚熜与“护礼派”老臣们，围绕议礼之争你来我往互不相让，就这样僵持着纠缠着，较量着斗争着……

那天，骆安领着从兴王府带来的侍卫护驾朱厚熜回到乾清宫里，朱厚熜余怒未息愤愤不平。骆安面对年少气盛暴跳如雷的新皇帝，爱莫能助。

年轻气盛的少年天子，在乾清宫大殿里来回走动，凝神沉思，神情冷峻。他要改变，他是紫禁城的主人，他是奉天殿的主子，他是大明皇宫的皇帝，他是大明江山的天子。他不容别人挑战他的权力。他决不能做杨廷和、毛澄这班老臣们的傀儡和附庸！朱厚熜毅然绝然地坐回到乾清宫御椅上，久久地凝望着毕恭毕敬侍卫伫立在殿下的骆安时，突然灵机一动，一个大胆的谋划逐渐清晰起来，脸上露出了冷峻坚毅的目光……

第二天，正德十六年五月五日，嘉靖皇帝绕过内阁亲自拟旨下诏，指令突击擢升兴王府从龙旧属二十三人，其中特擢升群牧所千户骆安以护驾功为锦衣卫指挥同知从三品。此后在一个月内，少年天子朱厚熜先后从藩邸随从的一百六十余人中，分五批突击提拔七十八人，同时大胆起用被武宗皇帝排挤的一批老臣。朱厚熜要给杨廷和、毛澄等一帮朝廷老臣们一个明确态度，朱厚熜要排除阻力另起炉灶！

回京师仅仅十二天的兴王府群牧所千户骆安，突然超升为锦衣卫指挥同知，一下子成为了少年天子的侍卫重臣和重要依靠，成为了奉天殿乃至大明皇宫炙手可热的人物！骆安临危受命，始而措手不及诚惶诚恐，既而神情坚毅血往上涌，士为知己者死啊！

少年天子即位之初就掀起大礼议风波的意图，引起了始终在一边冷眼观看的礼部观政进士张璁的极大的关注和兴趣。时势造英雄啊。张璁，浙江温州府永嘉人，明正德十六年三月进士，被授予礼部一个小小的观政进士。此时已是四十七岁的观政进士张璁，此前十多年他曾连续七次科试，却总是名落孙山。他是个意志坚定有主张和理想的人，一生想求取功名，实现自己的人生抱负。现在他看到这个来自兴王府的少年天子与张太后和杨廷和等朝中老臣们的矛盾，看清新皇帝的魄力与抱负。他原来想依靠杨廷和等朝廷老臣，循序走上升迁之路，可直到今天他仍然是一个不起眼的礼部观政进士。新皇眼前的困难，对他也许是一个机会。他要在“礼议”之争中有所作为，求得少年天子的赏识。这是他飞黄腾达的捷径。张璁经过多日的精心谋划，一个周密的计划在他的脑海里很快形成了。他开始行动了！

大礼议发生后三个月的正德十六年七月三日，张璁经过缜密谋划秘密上疏新皇，大胆鲜明地提出了附和新皇的议礼主张。张璁上疏奏议指出：杨廷和、毛澄等大臣凭借汉朝定陶王、宋朝宋濮王传位陈年旧事，来作为考订陛下伯父孝宗皇帝为皇考、陛下皇父兴献王为皇叔父的立论依据是世所未闻的荒谬之议。汉定陶王、宋濮王，那是被汉衰帝、宋英宗早就在宫中立为皇室继位储嗣，被预养在皇宫，早已明确为继位储君。这与陛下按照伦序当立入继皇帝大位是完全不同的。陛下是以伦序当立，循继皇室血统顺序入统皇位，不是孝宗朱祐樘皇帝在位时所钦定。陛下入继祖统则是名正言顺。把陛下继位归入孝宗、武宗帝系，改易否认亲生父母则违背天理人伦大逆不道。继统与入嗣根本不同，陛下是继统，决不能以剥夺父子之亲而改变父子之号啊。

朱厚熜闻张璁奏疏如醍醐灌顶，积压在少年天子心中多时的郁闷云雾顿开。朱厚熜高兴得喃喃自语，此论绝妙，此论绝妙！此论一出，天理人伦皆得以保全了啊！当晚朱厚熜高兴之余兴之所至，连夜亲手拟定诏书，要追尊父亲朱祐杬为兴献皇帝，上尊母亲蒋妃为兴献皇后。

可是第二天，当新皇帝兴冲冲把亲手钦定的手谕指令内阁拟旨下诏时，让堂堂大明天子意想不到的是钦定手诏竟然被首辅杨廷和原样奉还。杨廷和不仅拒不执行朱厚熜之命，还指使言官弹劾敢于上疏唯恐天下不乱的张璁。朱厚熜满腔热情被当头泼了一盆冷水，虽愤怒，一时却也无能为力。

更让朱厚熜焦心的是朱厚熜派去湖广安陆州迎驾母亲兴献王蒋妃入京的队伍，已经来到了京郊通州。蒋妃听说朝廷为了议礼争论不休，祀典尊号悬而未决，因此拒绝入京。朱厚熜听到这一消息，一向敬重依赖母亲、从来没有离开过母亲的少年天子禁不住痛哭流涕。朱厚熜以退位相威胁警告杨廷和等老臣们，如再不按照他的钦定谕旨下诏，他将立即退位，携母亲回到安陆去！面对朱厚熜以退位相威胁，杨廷和、毛澄等大臣仍然坚持认为新皇要追尊兴献王为皇帝、上尊兴献王妃为皇后，不仅违背事实，也违背礼制，于是再次联合六部九卿上疏劝谏。恰巧此时紫禁城清宁宫发生了一场大火，整个清宁宫化成一片废墟，杨廷和等趁机又以天灾天变劝谏朱厚熜，并危言耸听地指出，清宁宫之大火都是因为议礼废礼、破坏礼制所造成。朱厚熜迷信神灵，也不得不有所顾忌了。最后又是由张太后懿令杨廷和，下旨追尊孝宗为皇考，上尊张太后为圣母，追尊兴献王为本生兴献帝，上尊兴献王蒋妃为本生兴献帝后，但不加“皇”字。

这又是一个斗争之后的折中妥协。表面上看朱厚熜与杨廷和等护礼派都做出了让步，但从少年天子朱厚熜议礼的初衷来看，毕竟又向前迈进了一步。

朱厚熜想，要摆脱张太后和杨廷和还需时日。他需要慢慢筹划。对张太后，朱厚熜心里有畏无敬。

朱厚熜在兴王府时就听过传闻，说明武宗皇帝朱厚照堂哥不是张太后所生，朱厚照母亲其实是京都武成卫一个没有正式军籍的军余郑旺之女郑金莲，郑旺和宦官刘山因为多次在外传布此事被朝廷治罪下狱，朱厚照即位后，郑旺和宦官刘山于正德元年被赦免，郑旺被赦免后又继续传播此事，始终咬定女儿郑金莲就是当今皇帝朱厚照母亲，最终于正德二年被朝廷以妖言惑众处死。正德十四年宁王朱宸濠在江西起兵反叛朝廷，其反叛檄文声讨理由之一又提到此事。朱厚照母亲究竟是谁，现在已无从考证，但传闻毕竟与张太后有扯不清的关系。对此传闻，少年朱厚熜心中留下了深刻的记忆。

这次，从即位入嗣之争到祀典尊号议礼之争，这其中的是是非非仍然有张太后在后面操控。张太后与杨廷和利益整合，共同以伦序当立之名推举自己即皇帝位，最终目的其实就是要把自己纳入孝宗、武宗一系，把自己掌控在他们手中，成为他们的附庸和傀儡。

朱厚熜心里很明确，要扩充自己的势力，与张太后为代表的旧皇族势力相抗衡。

朱厚熜派骆安把朝廷议定传谕给母亲，接母亲进宫团聚。他要先把母亲安顿好，免除后顾之忧。

当骆安接到新皇迎接兴王蒋妃进京诏旨，异常兴奋。他在兴王府时就深得蒋妃信任，现在新皇有了母亲的依靠，不会再感到孤独了啊！更让他高兴的是兴王妃此来，骆安的妻子李氏和高松仪也在随同。回京都是妻子盼了二十几年的啊。

第八章　百官跪哭

树欲静而风不止。大礼议之争远未终结。

因为礼部观政进士张璁的秘密上疏，助长了少年天子议礼的勇气，点燃了礼议之争的火焰，搅乱了张太后、杨廷和等大臣们通过迎立朱厚熜，主宰朝纲掌控朝局、维护皇室勋贵和朝廷大臣势力维护旧有秩序的初衷和企图，打破了入嗣之争以后朝廷刚刚恢复的平静局面。首辅杨廷和对张璁大为恼火，这个张璁，进士及第后尚未授官就实习政事？当即指使礼部言官弹劾张璁，并亲自授意吏部把张璁调离京都，调往南京陪都任刑部主事，警告张璁在南京安分守己，从此不得再妄议乱言，浑水摸鱼，搅乱朝廷。张太后、杨廷和等原本以为，调走了张璁，事情就会平息下去。

张璁被调往南京以后，远在南京的官僚士大夫阶层中，除张璁以外，还有兵部侍郎席书、员外郎方献夫、刑部主事桂萼等少壮派官僚支持朱厚熜议礼。他们远离北京皇宫政治中枢，却时刻关注着朝局的动向，关注着朝廷大礼议之争的纷纷扰扰，揣摩着少年天子的心思。他们钦佩张璁的胆识胆量，张璁来南京后，他们很快地聚合在一起，结成了以张璁为核心支持议礼的新力量。历史上称之为“议礼派”。以北京朝廷首辅杨廷和为代表的“护礼派”，要通过护礼主宰朝局，以南京陪都张熜为代表的“议礼派”，要在南京扩充势力企图通过议礼维护当朝天子，也给自己找到升迁的捷径。一场更大的纷争和冲突也就无可避免了。

沉寂一段时间以后，不甘沉默的张璁又率先站出来向护礼派发难了。正德十六年十二月十一日这一天，因上疏议礼遭到首辅杨廷和排挤，被外调到陪都南京任刑部主事的张璁，为了发泄对杨廷和等人的不满，借以进一步得到朱厚熜宠信，张璁再次上疏《大礼或问》，向少年天子指出：历来新天子就位，确立尊崇新天子皇父皇母祀典和尊号之礼，是朝廷五纲之常立礼之本、立纲之要当务之急，非天子不能议礼，唯新天子大权独揽，奋力独断，方可诏示父子天理大伦，愿陛下圣明决断，以明告中外！张璁的意思很明确，新天子即位尊崇皇父皇母礼制，这是新天子君临天下的头等大事，尽由天子做主，大臣们不得干涉。张璁的再次上疏犹如一枚炸弹，无疑给了护礼派又是当头一棒，更惊醒了对议礼尚还顾忌的朱厚熜。

议礼之初，朱厚熜感到势单力薄。最初企图把杨廷和等老臣拉拢过来，为此，堂堂一国之君不惜放下天子龙威，用高官厚禄来收买拉拢护礼派老臣。曾经多次与首辅杨廷和私谈甚至求情。但每每谈及议礼，杨廷和开始闪烁其词，既而据理力争，坚决反对。杨廷和不顾及皇帝天威，曾经四次封还朱厚熜议礼手谕，三十多次向朱厚熜上疏陈述反对议礼的主张。朱厚熜看到杨廷和的顽固立场，转而又向礼部尚书毛澄求情，私下派遣心腹骆安拿着金银厚礼，亲赴礼部尚书毛澄府邸，代表朱厚熜皇帝主子哭着跪求毛澄，希望毛澄出面保全新皇尊崇父母的心愿，却得到了毛澄的断然拒绝："老臣不能议礼毁典，就是削官还民，也坚决不从！"骆安在毛澄面前碰得灰头土脸，败兴而归。少年天子耿耿于怀！不久毛澄因故称病辞归，朱厚熜毫不客气当即批准。

朱厚熜继位以来，从最初的入嗣典礼之争，到尊崇父母祀典尊号的议礼纠葛，逐渐看透了护礼派老臣们的顽固立场。他深深感到要寄希望于取得护礼派老臣们的支持，已是万万不可能了。要真正君临天下，必须独御皇权，使出霹雳手段，决不再做任人摆布的羔羊。张璁的再次大胆进言，母亲蒋妃的入住皇宫，激发了朱厚熜更大的决心和勇气。嘉靖元年新年刚过，正月二日，少年天子绕开杨廷和等内阁大臣，直接指令司礼监大太监谷大用拟旨，推翻张太后、杨廷和等原已下诏的妥协朝议，将孝宗皇考改称为孝宗皇伯考，将本生兴献帝追尊为本生兴献皇考，将母亲蒋妃本生兴献帝后上尊为本生兴献皇太后。不久，又下旨追尊本生兴献皇考为本生皇考恭穆献皇帝，上尊母亲蒋妃本生兴献皇太后为本生皇母章圣太后，将大议礼再次向前大大跨进了一步。同时，朱厚熜为了进一步巩固皇位，扩充自己的力量，下旨特诏在南京支持他议礼的得力干将南京刑部主事张璁、南京礼部主事桂萼，南京兵部侍郎席书，南京员外郎方献夫等，突击提拔赴京担任各部要职，并责令罢免华盖殿大学士首辅杨廷和，命令其致仕回籍，任命席书因毛澄去职补缺礼部尚书。对一切反对者，朱厚熜使出铁腕手段，或者下锦衣卫诏狱拷打，或者谪官夺俸发配充边，或者命令革职回籍还民。

朱厚熜登基以来，可谓一步一个脚印。最初，为了稳控朝局，树立新气象，朱厚熜对杨廷和等护礼派老臣们采取了既联合又斗争的策略。上位之初，朱厚熜利用张太后的支持，通过杨廷和等大臣的鼎力协助，力推即位诏书中的“十大新政”，改革政治，革故鼎新，先后指派骆安组织锦衣卫官校迅速对江彬、钱宁等一大批武宗朝时的佞幸之臣下狱的下狱，诛杀的诛杀。裁汰撤革了十余万锦衣卫、内监局旗校工役闲杂人员，革除罢黜了一大批武宗朝时得宠官员，重新起用了一大批正德年间因言事获罪被废的大臣，同时下诏赐谕天下田租自正德十五年前赋税全部免除，从嘉靖元年起全部田租减免一半征收，广开朝政言路招贤纳谏等等。通过施行十大新政等一系列举措，朝廷上下朝局气象为之一变。当时满朝文武天下百姓皆称赞新天子为圣人，并称颂首辅杨廷和辅助之功。以至到了嘉靖十四年初，其时杨廷和早已死去多年，有一天朱厚熜与大学士李时在一次谈话中问及天下粮仓积储情况，李时回答天下粮仓积储充盈，都归于当初陛下裁革朝廷大批冗员所致啊，朱厚熜也十分感慨地说，这都是当年上位之初实行十大新政所致，首辅杨廷和功不可没啊。可以显见，朱厚熜虽因议礼罢了杨廷和的官，对杨廷和赞襄新政的支持和推进还是赞赏有加。

到了嘉靖三年，朱厚熜掌控的朝局已基本巩固，议礼派与护礼派之间的新旧力量对比也在逐渐变化，皇室勋贵和朝廷老臣内部势力也在逐渐分化。当时皇室宗亲朱元璋六子楚王朱桢第七代孙朱显榕、襄宪王朱瞻墡后裔枣阳王朱祐楒先后上疏明确表态，附和支持请尊奉兴献王为皇帝，受到朱厚熜褒奖。大明开国勋贵武英侯第五代孙武定侯郭勋更是站在了少年天子朱厚熜一边。郭勋是正德三年承袭武定侯爵位，历任提督三千营，两广总督，京师左军都督掌团营，主管京师四郊护卫军事大权，嘉靖元年被授太保兼太子太傅，进封翊国公，在勋贵势力中影响极大。自嘉靖二年起杨廷和、毛澄等护礼派核心大臣相继去职以后，护礼派老臣的势力已经大大削弱，因议礼骤贵的议礼派新的力量逐渐掌控了朝中大权。张璁作为议礼派领军人物，为了博取朱厚熜更大的宠信，谋得今后更大的升迁机会，联合议礼派桂萼等核心骨干成员，又开始谋划了一个更大胆的行动。

嘉靖三年五月，张璁、桂萼为首联合一些朝中有影响的大臣再次上疏奏请皇帝，进一步提升皇父皇母尊号，提出正式更改朱厚熜皇帝之伯父孝宗皇帝为皇伯考，正式确立朱厚熜皇帝皇父为皇考，并去掉嘉靖皇帝皇母尊称中“本生”二字，直接追尊朱厚熜皇父为“皇考恭穆献皇帝”，直接上尊朱厚熜皇母为“皇母章圣太后”，真正确立起恭穆献皇帝、嘉靖皇帝朱厚熜帝系，实现少年天子大议礼的初衷和目的。朱厚熜见到张璁、桂萼奏疏大为高兴，很快召集群臣在大明皇宫紫禁城左顺门正式宣诏。嘉靖皇帝宣诏以后，顿时整个朝廷上下炸开了锅！此时护礼派的力量虽然得到了削弱，但依然不可小觑。他们得知此事以后奔走相告，议论纷纷群情激昂。他们准备效仿明景泰朱祁钰皇帝时期朝臣打死马顺的故事，将张璁、桂萼等二人在朝廷上击毙！马顺是明英宗时锦衣卫指挥使、大奸太监王振的奸党，正统十四年土木堡之变后，朝廷官员把明军土木堡全军覆没之败、明英宗朱祁镇被俘之国之大耻，归咎于大奸太监王振、锦衣卫指挥使马顺身上，群情激愤，将马顺活活打死在朝堂午门上，史称“午门血案”。护礼派欲效法此举，打死张璁、桂萼。因消息走漏，二人躲过一劫！

张璁、桂萼虽然躲过了一劫，但并没有阻挡住护礼派力量的行动。朱厚熜在左顺门召见群臣宣诏后的第三天，朝廷詹事府、翰林院、六科道及六部诸司、大理寺、行人诸司等六部九卿官员纷纷上书反对。奏疏都被朱厚熜留中不发，群臣更加气愤，兵部尚书金献民、大理寺少卿徐文华首先发难：“诸疏都被留中，皇帝陛下一定会把中兴令主孝宗皇帝改为皇伯考啊。吏部侍郎何孟春更是煽风点火：宪宗纯皇帝朱见深时朝议慈懿钱太后去世后的安排。礼部尚书姚夔不顾周皇后反对，率领百官跪哭文华门，力请钱皇后与英宗合葬，此也是我朝事啊，大家何不群起效仿！翰林院修撰杨慎是首辅杨廷和之子，是个大学者大文学家，明代三才子之首，在官僚士大夫中颇有影响力。杨慎更是振臂高呼：“国家养士一百五十年，仗义死节就在今朝啊！”杨慎的大声疾呼，让大臣更加群情激昂！翰林院编修王元正、礼部给事中张翀等少壮官员，在大明皇宫金水桥南，把正在陆续上朝的文武群臣拦住，高喊道：各位大臣，今日群臣跪奏左顺门，抗议张璁、桂萼奸党妖惑乱政，万世瞻仰就在今日一举！如有不奋力抗争者，群臣共愤，群臣共击！于是，参加上朝的六部九卿二十三人，翰林二十二人，给事中二十一人，御史三十人，诸司郎官吏部十二人、户部三十六人、礼部十二人、兵部二十人、刑部二十七人、工部十五人，大理寺十一人，共二百二十九人，集体跪伏在左顺门，大声高呼：高皇帝！孝宗皇帝！在群臣的影响下，内阁大学士毛纪、内阁大学士石珤，也跟着跪伏左顺门。

当时，朱厚熜正在文华殿经筵听讲，已是执掌锦衣卫指挥使的骆安向朱厚熜禀报左顺门百官跪哭请愿事件，朱厚熜令骆安传旨命令群臣解散退出，但百官就是跪伏不起抗命不从，从辰时一直跪到午时。群臣们大有不达目的誓不罢休之势。此时的朱厚熜早已不是三年前的少年天子了，见群臣们反复劝说未果，朱厚熜恼怒了，命令骆安率领锦衣卫官校卫卒，把为首的丰熙、张翀、余宽、黄侍显、陶滋、相世芳、毋德纯等八人，拿下锦衣卫镇抚司诏狱治罪。但此举并未能制止群臣们继续跪哭伏谏。杨慎等人更是撼门大哭，百官也跟着伏哭不止。哭声震动整个皇宫，场面一片混乱。朱厚熜怒不可遏！再次严令锦衣卫和中宫内臣，将跪伏官员的名单全部记录下来。命令骆安紧急率领全部锦衣卫官校士卒进行抓捕，又命令郭勋也参与指挥，郭勋与骆安合力，将马理等一百九十三人全部拿下锦衣卫诏狱，以致锦衣卫诏狱人满为患。这次事件，史称“左顺门跪哭”事件。

几天后，朱厚熜亲自带领骆安开始处理“左顺门”事件。处理结果：将丰熙等八人严加拷打充军边疆，四品以上官员夺去一年俸禄，五品以下官员一百八十人全被廷杖，翰林院编修王相等十七人被活活打死！不久，朱厚熜正式下诏：追尊孝宗为皇伯考，张太后为皇伯母，追尊兴献皇帝为皇考，章圣皇太后为圣母！并诏示天下！

左顺门事件可以说是朱厚熜自发动大礼议纷争以来的转折点。从此以后护礼派臣僚很少有人再直接上疏护礼。但是护礼派与议礼派之间结下的怨恨再也无法抹去。此后不久，一场围绕历史上著名的“李福达之案”的直接冲突又发生了。李福达，山西代州人，正德初年与王良、李钺组织宗教反明，被判山丹充军。后从山丹逃走，改名李午。再次被抓又再次逃往陕西，传习白莲教。事败后改名张寅。后来潜入北京与武定侯郭勋搭上关系，过从甚密。返回山西后被捕下狱。山西巡按御史马禄经过审讯确定了张寅就是李福达，于是以谋反罪将李福达定为死刑。同时李福达供出武定侯郭勋有窝藏庇护情形，于是有人弹劾郭勋庇奸乱法请求朝廷治罪。朱厚熜因为涉及武定侯郭勋，原想草草了结此案，但是护礼派朝臣知道后不肯放过曾经大力支持过议礼、保护过议礼核心人物张璁的郭勋，纷纷上疏弹劾郭勋。郭勋以因为议礼触犯众怒为由，向嘉靖皇帝申辩，皇帝听信了郭勋，不予追究。此时已是皇帝新贵的张璁、桂萼也趁此机会，在朱厚熜面前散布护礼派朝臣借李福达案打击报复议礼派诸臣的言论，嘉靖皇帝于是当即命令重新审理李福达案，但是会同审理李福达案的刑部、都察院、大理寺三法司，依然与山西巡按御史马禄的审讯结果一样。朱厚熜大怒，命令刑部再行重新审理。刑部无奈，以张寅不是李福达为由改成了疑案。朱厚熜看后仍然不满意，干脆命张璁、桂萼、方献夫领衔三法司再次审理。张璁、桂萼、方献夫等将李福达案定案为张寅不是李福达。山西巡按御史马禄等是诬告陷害，借此打击议礼派朝臣。处理结果是从刑部尚书颜颐寿以下近五十余人，有的论罪处死，有的发配边疆，有的革职为民，护礼派朝臣再次遭到大规模清洗，议礼派朝臣则进一步巩固了地位。不久，议礼派核心人物张璁被任命为礼部尚书兼文渊阁大学士，参与内阁机务，附和议礼的其他官员也纷纷得到了提拔和晋升，此是后话了。

一场大明嘉靖初期震动朝野的大议礼朝政事件，就这样以最大赢家朱厚熜的完胜而宣告结束。一场在今天看来并无多大意义甚至近乎荒唐的大闹剧就这样收场了！

但是，大礼议事件中议礼派与护礼派之间结下的恩怨，如大海波涛，如长夜幽灵，依然久久地在大明皇宫紫禁城翻滚着、漂荡着、延续着……

第九章　家国情怀

锦衣卫指挥使骆安亲自参与了大礼议事件的全过程，见证了大礼议事件的是是非非、恩恩怨怨，也逐渐看清了护礼派与议礼派之间的钩心斗角。这对于初来乍到大明皇宫紫禁城的骆安来说，真是大开眼界。在大礼议事件的整个过程之中，人生际遇发生重大变化的骆安始终坚定地站在嘉靖皇帝一边，日夜操持维护着主子的安危，一切唯嘉靖之命是从。骆安奉命紧急处置左顺门两百多位官员集体跪哭事件。他虽然临危不惧，果断坚决，以雷霆万钧之势将他们通通拿下镇抚司诏狱一一问罪法办，但骆安回想起那一幕一幕惊险激烈残酷的场景场面却每每心惊肉跳……

骆安罢官居家的这些日子，每一个回忆都是那样触目惊心。但是无论是张润身还是张璁，真的找不到矛盾冲突。就算自己与张璁经常处在同一个事件中，可是怎么也想不起有什么个人恩怨。木秀于林，风必摧之。骆安甚至想，也许没有张润身，也会有别人参奏他。离皇帝这么近，置身于风口浪尖，命运不会永远眷顾他吧。但是他心有不甘呀。

骆安自跟随少年天子朱厚熜来到大明皇宫以来，几乎没有在骆府家邸陪同祖父骆广陪同家人安心待过几天。长年累月没日没夜的在大明皇宫在奉天殿在乾清宫在京师皇城根儿忙碌着，操劳着。小心翼翼，担惊受怕，诚惶诚恐。正德十六年五月，骆安被嘉靖皇帝在入嗣之争中擢升为锦衣卫指挥同知，仅仅过了两年又在大礼议纷争中被擢升为锦衣卫指挥同知署理都指挥使，不久又被擢升为掌卫事堂上官锦衣卫都指挥使，正式成为执掌锦衣卫最高统帅。历史的风云际会，骆安走上了人生仕途的最高峰——锦衣卫指挥使，全面负责皇帝及皇室侍卫警卫、城防治安、缉捕诏狱等诸多繁重事务，责任重大。皇明祖制规定，锦衣卫执掌侍卫缉捕刑狱之事。锦衣卫指挥使作为最高长官，常常由勋戚要员或都督一级大将担任。凡皇帝出行朝会巡幸，指挥使要亲自率大汉将军（约一千五百七员）手执卤簿仪仗侍从警戒警卫，随侍扈行护从；皇帝在宫里夜宿，指挥使要亲自安排轮流值宿值勤；皇帝主持朝日耕种祭祀等重大祭典活动，指挥使要着装鲜艳飞鱼服佩戴绣春刀，鲜衣怒马侍卫在皇帝左右；皇城根儿周围防范盗贼奸宄修整街道沟渠等，指挥使要时时巡视巡察；朝廷遇有重大事件及突发大案要案，指挥使要会同刑部、都察院、大理寺三法司协同勘查会审会问；还有京城五城兵马司操练军队，指挥使也要同兵部长官亲临现场检视等等。如此城皇重地，如此繁重之务，如此重大之责，来自兴王府藩邸群牧所护卫千户的锦衣卫都指挥使骆安，常常战战兢兢夜不能寐。骆安经常向锦衣卫部属官校述说，并以此自勉："我只是一个武将末流，仅因小小的犬马之劳竟然得到嘉靖皇帝如此厚爱，我自当夙夜在公，殚精竭虑，以报答嘉靖皇帝隆恩圣德啊！"

骆安也每每教导训戒锦衣卫所有官校士卒：紫禁城是皇城禁地，保护皇帝安危锦衣卫职责重大，容不得丝毫松懈，我身为指挥使定当肝脑涂地奋死不辞，但你们如果渎职妄为那是咎由自取，我决不放纵包庇，更不会因功护短。如果你们戕害百姓荼毒生灵，那就首先拿你们严惩是问。部下官校士卒见骆安恩威并举声色俱厉，都异口同声回答："大人教诲谨遵牢记。"由于骆安以身作则整肃风纪，锦衣卫官校将军士卒士气为之一振，朝廷不法妄为者一时不敢胡作非为，京城街巷欺诈流氓之徒一时销声匿迹，社会风气秩序为之一变。

锦衣卫指挥使作为皇帝身边近侍重臣位高权重，表面上鲜衣怒马威风显赫，实际上是高处不胜寒，整天吊着脑袋奔波劳碌，有太多的难言之隐，太多的无奈，所谓皇门深重伴君如伴虎啊，一旦稍有闪失，即祸从天降啊。骆安依稀记得嘉靖三年十月锦衣卫巡捕官校张升，在大明门南街巡查时发现一小商贩买卖金器珠宝，怀疑是偷盗所为，将其抓捕下锦衣卫镇抚司诏狱。小商贩供称名叫王道，实为隰川王府奉国将军聪溋。骆安将此事奏报嘉靖，嘉靖下旨转礼部严问查处。当日下午礼部尚书席书命令张升将王道押出锦衣卫镇抚司诏狱，送往礼部朝堂等候审问。押解途中王道伺机逃走。礼部尚书席书、锦衣卫都指挥使骆安一方面指责张升粗心大意，一方面惶恐自责立即联合奏报，并向嘉靖请罪，嘉靖大发雷霆，严厉斥责骆安和礼部官员办事粗疏，下旨严令将张升等下锦衣卫镇抚司拷打问罪，并命令京城五行兵马司官校务必将王道缉捕归案。既而席书、骆安各自请引咎辞职，所幸嘉靖宽免，席书、骆安没有被予以追究。嘉靖四年正月九日骆安经过三年实绩考核，嘉靖皇帝感念其劳苦之功实授骆安锦衣卫都指挥使，名正言顺成为了锦衣卫最高掌门人。

骆安始终在谨小慎微如履薄冰地忙碌着，日复一日年复一年。无法陪伴家人。嘉靖元年六月，也就是骆安一家重回京师第二年，骆安祖父骆广终因年老体衰寿终正寝，享年八十八岁。祖父骆广生于大明宣宗宣德六年，明英宗正统十四年七月朱祁镇皇帝亲征北元，发生了震惊朝野的“土木堡之变”，明军在土木堡之战中全军覆没，堂堂大明帝国之君英宗皇帝被北元俘虏，随军征战的济阳卫千户骆寄善也不幸战阵而亡，祖父骆广承袭了父亲骆寄善之职，在英宗朱祁镇皇帝被俘、弟弟朱祁钰临危接替皇帝的景泰元年，祖父骆广改任到羽林卫千户，历经英宗、代宗、宪宗、孝宗、武宗、嘉靖共六朝，见证了大明帝国六朝的社会变迁和风风雨雨。

骆安祖父骆广去世后，骆安作为骆府长孙又担当起了主持骆府家业的担子。高祖父骆以诚临终嘱托，照大明皇祖训立嫡长子传家，世代永不分家。骆安秉承骆家以武立家以孝传家以礼兴家的家训家风，安排大弟骆定进入锦衣卫做了百户食禄闲职，但只是领取朝廷俸禄，主要在家教习骆家晚辈子弟习武学经，小弟骆寅则不喜不屑科举官场在家掌管骆家祖业，骆府上下孝敬友悌和睦相处，其乐融融。

骆安妻子李氏、义女高松仪随同蒋妃回到北京骆府以后，李氏、松仪互敬互爱相处融洽，虽是母女却亲如姐妹。

自从父亲骆胜临终嘱托后，骆安李氏与松仪之间似乎又多了一层特别的关系和亲密。骆安朝务繁忙日日早出晚归聚少离多，也让两个女人多了担惊受怕。骆胜临终的嘱托让原本心属骆安的高松仪更无它想。松仪从小失去父母，是骆安给了她温暖的家给了她生命中的一切。在这个温暖的家里她得到了亲女般的呵护与关爱，她爱恋这个家爱恋家中的一切，爱恋待她亲如姐妹的望京姐姐，爱恋视她如己出的义母，更爱恋给予她一切的义父，是义父的善良和大爱改变了她的人生轨迹和命运，是义父点点滴滴的爱护给了她信心力量和无限憧憬。随着年纪越来越大，她越来越渴望伴陪在骆安身边，不是以女儿的身份，而是为妻为妾。

骆安又何尝不是啊。骆安看着松仪一点一点长大，他对松仪和对女儿望京一样呵护，一样培养，一样关爱，亲如己出。望京出嫁了，他把全部的关爱倾注在了松仪身上。在骆安的心里啊松仪是自己的义女，但他又把松仪当成了不一样的义女。他多么希望松仪不要长大不要出嫁，就永远这样陪伴在他和妻子身边啊。父亲临终时郑重地把松仪终身托付给了骆安，骆安当时还有些顾虑，担心妻子李氏一时接受不了，又怕耽误了松仪一生幸福。让他没有想到的是，李氏欣喜地应允了，松仪更是大大方方地答应了。此后妻子还多次在枕边催促骆安，把他和松仪的事明明正正办了，给松仪一个堂堂正正的名分，好让松仪尽快给骆家生出一男半女来，骆家香火重要啊。

事不随人，骆安为去世的父亲母亲丁忧守节守制三年。三年后骆安又遇上了时局的重大机遇，跟随喜从天降的世子朱厚熜入京即位返回了北京，等好不容易在北京稍稍安定了下来，骆安又碰上祖父离世，骆安又得为祖父守节守制三年。

三年过后，正当全家准备张罗骆安与高松仪大事的时候，一场意想不到的天方国使臣朝贡事件又一次把骆安卷入了一场更大的外交纷争旋涡之中……

第十章　朝贡风波

骆安的路走得并不平坦。骆安毕竟来自湖广安陆州兴王府藩邸旧臣，以王府群牧所护卫千户之职身居奉天殿的。骆安的骤然晋升一下子从群牧所千户晋升锦衣卫指挥同知，嘉靖二年二月又晋升代理锦衣卫都指挥使，从五品一下子晋升正三品，立刻遭到了朝廷老臣锦衣卫同僚以及众多言官的嫉妒和弹劾。

骆安返回北京的嘉靖元年正月，兵科给事中言官张原弹劾锦衣卫指挥使朱宸不法事，张原同时也把刚刚任职锦衣卫指挥使同知不到半年的骆安一并告发了。告发的原因骆安不得而知。好在少年天子朱厚熜只是罢免了朱宸，对骆安深信不疑，不仅没有追究骆安，反而还命骆安以锦衣卫指挥同知之职代替朱宸署理统领锦衣卫指挥使最高职权，当时就引起了朝廷大臣们的议论和不满。仅过了两年的嘉靖三年十二月，朝廷吏部进行三年一度的京都官员实绩京考，经过考核，骆安因为提督锦衣卫官校缉捕有功，又被晋升实授一级，正式被任命为锦衣卫都指挥使，其所属部下王佐等五人也同时晋升提拔，更是遭到了大臣们的非议和反对。不久，兵科给事中张润身就上疏弹劾骆安等人，指出锦衣卫官校缉捕奸宄盗贼这是他们本分职责，陛下如果是因为缉捕之功要奖赏他们，朝廷从来就有奖赏旧规，凡查获妖言妄议这类情形只奖赏不升迁，凡查获盗匪三人以上这类情形才可以晋升实授一级，而其他官校部属只奖赏不晋升。今锦衣卫都指挥使骆安、指挥同知王佐等，所属官校陶淳、谢裕等人，以三年捕获之功一概都准予升职，这不仅违背了历来旧有朝廷规矩，也违背了先帝们奖赏的初衷啊。

但是，一向自有主张的朱厚熜，对兵科给事中张润身的上疏弹劾不仅不予理睬，还予以了批驳斥责，对老成持重的从龙旧臣骆安依然信任有加，态度很是坚决鲜明。可是万万想不到的是一场突如其来的天方国使臣朝贡事件，骆安在毫无任何防备的情形之下被逼无奈卷入了进去，而且越卷越深，最后被迫卷入了巨大的旋涡中心……

嘉靖四年初，陕西行都指挥使司派遣千户陈钦、翻译哈荣皮见，护送来自波斯湾伊斯兰天方回回国（今土耳其）使臣马黑木等十六人，赴大明天国京师朝贺朝贡。二月天方国使臣携带贡物到达京师礼部主客司会同馆。会同馆是专管外国使臣接待朝仪班位敬赐朝礼等诸事务的衙门。时任掌管主客司主官郎中陈九川，按照惯例应该亲自及时审查收验天方国使臣贡物，但恰逢陈九川生病，就委托主客司司主事林应标、吕璋指令检验玉匠魏英等人，将天方国使臣所朝贡三块玉石等物一一查看验收。主客司司吏赵堂将所有验证玉石，送给主客司郎中陈九川再次覆视，陈九川察看完毕以后，命人将天方国使臣所朝贡玉石抬进皇宫赏房内。

同年八月，陈九川病愈后返回主客司朝堂处理公务，令属下将天方国使臣先前所朝贡玉石抬来大堂，再次另派玉匠翁伟重新辨验确认，结果共检验出不合格玉石共二百六十三斤，退还给天方国使，并将前方所收贡物记录簿一并据实上报礼部。陈九川因见原来注册玉石块数斤两有所不同，怀疑马黑木等藏匿过一些玉石，于是将陕西行都指挥使司护送千户陈钦等送法司会问明白。

马黑木见玉石被退还一些，担心因为进献贡物数量太少，大明朝廷赏赐数量就会变少，就想把所带来的藏匿货物在外交易出售出去，于是拟定好番字文本向礼部奏请批准。可是陈九川却将马黑木所奏番字文本收藏起来，只叫翻译出具准许交易文书，规定所交易玉石等物数量，又指令主客司主事陈邦偁以旧规设置木牌栅栏封锁禁闭马黑木等所住使馆馆舍，把他们严格监视看护起来，不准许他们随意买卖。对陈九川、陈邦偁等的苛刻限制要求，天方国使臣愤愤不平。此事被礼部尚书席书知道以后，命令陈九川、陈邦偁改做纸牌，放宽对使臣货物交易的苛刻禁止。但事后当陈邦偁发现马黑木同来的哈辛正准备将一块上好的藏匿白色大玉高价交易出售时，陈邦偁立即禁止不准交易，将白色大玉收缴，并具呈报礼部要将大玉贡献给朝廷，哈辛等更是愤愤不满。

马黑木于是与陈九川、陈邦偁交涉，声称他们来时将这些玉石等物以妻儿性命向他们的天方国国王作了保证，多向大明天国索讨些赏赐，多交易些宝物带回去。如果将带来的货物全进献给了大明朝廷，大明朝廷只是照进贡赏价，那他们亏大了，怎么好回去向国王交代，他们妻儿性命都将不会保全，这样他们也活不成了。所以他们匿藏了些货物，不愿全部进献给朝廷，也不愿卖给朝廷。但陈九川仍命令翻译领班白杰传话给马黑木等，说在堂堂大明天国朝廷里，外国使臣不许私下买卖，只能作朝贡进献。于是马黑木等更是怨愤不已。九月，马黑木等联名题奏番本，带领天方国全部出使一起集体跪奏奉天门，上演了一起天方国使臣跪奏朝廷的涉外事件。

此事惊动了内阁大学士首辅费宏，费宏找来翰林院翻译主事龚良臣、马良传，指令他俩把马黑木等跪奏番本翻译出来，之后费宏特意询问马良传关于马黑木等番本原意意图，马良传回复说，是控告主客郎中陈九川、主事陈邦偁执意阻拦他们交易天方国方物等情形，同时把马黑木在番本原文中将“郎中”二字错误写成了“兰州”之字误一并说了出来。最后费宏对龚良臣、马良传等交代指出：马黑木等集体跪奏朝廷是严重的涉外事故。外交无小事，事关国体皇威，此事需得小心谨慎；陈九川、陈邦偁秉公执事，也事关他们前程，个中情由也需得仔细查明。龚良臣、马良传听了首辅费宏指示之后，揣摩首辅费宏对陈九川、陈邦偁有庇护之意，于是照马黑木等集体跪奏朝廷的番文原本，原原本本翻译出来抄送礼部。

礼部查阅龚良臣、马良传翻译文本之后，将马黑木等连同陕西护送千户陈钦、翻译哈荣皮见、撒雄等护从人员，分别送礼部朝堂进行会堂审问。马黑木等于是在堂上声称，他们于二月到达大明京师朝见礼部主客司以后，六月再次朝见时在长安街銮驾库前，礼部主客司外郎赵堂亲自来向他们索要钱财，同来的内火三灵娇、撒都刺等各拿出一百两白银送给了赵堂外郎；七月他们送验进献朝物时带进去玉石三块，后来陈九川郎中却私自留下一块玉石约九斤，只将两块玉石交公朝廷，另外还有进献的小刀、铁角皮等方物不知去向。礼部于是把马黑木等所陈述情形与陈九川所奏请情形都一一呈报内阁与嘉靖皇帝御览。嘉靖皇帝下诏将陈九川、陈邦偁、赵堂、陈钦、哈荣皮见、撒雄等拿下锦衣卫镇抚司狱，交由锦衣卫副指挥使邵辅、镇抚司千户张潮审问。

陈九川因与兵部武选司郎中张羽惠素来交情深厚，张羽惠也曾经任职礼部主客司郎中，陈九川专门登门请托张羽惠，希望张羽惠私下传话给锦衣卫镇抚司千户张潮从中周旋，张羽惠答应了陈九川所请，另派家人张远拿着亲自写好的书帖到张潮家中，转达了陈九川心意。此事主客司都吏叶增后来知道了，又偷偷说给了主客司会同馆平头巾通事小翻译员胡士绅，叶增与胡士绅系同乡，素有交情过从甚密。

锦衣卫副指挥使邵辅主管镇抚司诏狱，他接到嘉靖皇帝诏令后，与镇抚司千户张潮会同亲自审讯主客司会同馆外郎赵堂。赵堂信誓旦旦死命不肯承认向使臣索要财物受贿一事。马黑木使臣向张潮据理力争，说赵堂外郎颠倒事实，只要赵堂承认只收了他们一两或者五钱，他们都宁愿认了。张潮斥责马黑木，说如果赵堂招认了索要财物情形，只要招认了一两或者五钱，与承认二百两没有任何区别，结果都是一样的。邵辅、张潮又审得龚良臣、马良传翻译汉本，内译文字乃是“兰州”字样，没有“郎中”二字。但是马黑木却始终否认是“兰州”字样，只承认番本原文就是“郎中”字样。同时邵辅、张潮又查阅马黑木来到京师以后先后投奏番文本十一道，除了请求向大明朝廷索讨赏赐以外，还特别请求讨要蟒衣蟒袍、金盔铠甲等，但查阅陈九川题奏朝廷回赐却只字没有奏请。于是邵辅、张潮将以上审问诸多情形，题本回报给了内阁与嘉靖皇帝。

嘉靖皇帝御览过邵辅、张潮呈报奏折后下诏宣谕：事情既已审问审查明了，只是马黑木等回夷为了讨要蟒衣铠甲等朝廷赏赐进献匿藏，跪奏虚报不肯输服，故此不需再通题会审。林应标、吕璋验看方物粗心大意混同虚实，以致招来诉讼。陈九川、陈邦偁检验方物太过于精微拘谨，过于严苛，招致夷人结怨跪奏。今责令陈九川、陈邦偁及林应标、吕璋各罚俸三个月，陈钦、哈荣皮见、撒雄等引领朝见，不进行耐心告谕夷人招致马黑木等夷人跪奏朝廷，有失大明天国朝威，也责令都罚俸一个月。赵堂送由礼部再行勘察，改派外衙门守门。马黑木等夷人诬告妄奏，论法理当重处严惩，但追念他们系远夷使臣，姑且从宽饶恕，还着礼部严加省谕警戒。今后大凡各国使臣入朝贡物，务必敬畏我天朝法度，敬事我天国朝廷，不许妄生事端，自取罪责！

天方国使臣朝贡跪奏事件，本是一个正常简单的外交外事往来交往，情形也并不复杂，礼部尚书席书、大学士首辅费宏也先后过问，嘉靖皇帝也高度重视并宣谕告慰中外，事实似乎也已基本清楚，最后处理也基本公允。照理说此事也就基本完结了。

可是主客司会同馆一个不入流的小小平头巾通事译员的掺和、搅局，硬是把已经处理完结的天方国使臣朝贡跪奏事件重新搅动了起来，而且越搅越大，越搅越复杂，以致众多衙门众多大小官员也被迫无奈搅进其中，最后竟然搅动了整个朝局，上演了嘉靖初期继入嗣之争、大礼议之争事件之后，又一场惊心动魄的天方国大朝贡事件，历史上称之为“陈九川案”。锦衣卫指挥使骆安更是被迫卷入其中，弄得左右为难焦头烂额。这个不入流的会同馆小小平头巾通事译员，就是刚刚入职一年多的胡士绅，而胡士绅就是当朝皇帝新贵张璁的同乡兼外甥。

第十一章　如临深渊

嘉靖四年十二月，嘉靖皇帝下旨宣谕处置天方国使臣朝贡跪奏事件以后，送旧迎新刚过完新年。嘉靖五年正月主客司郎中陈九川就奏请催促天方国使臣马黑木等尽快启程出境获得礼部批准。嘉靖五年三月十七日这一天，主客司在礼部赐宴所举行天方国使臣马黑木等人启程回国辞行宴会，宴会由内阁命翰林院主管龚良臣、马良传主持，主客司郎中陈九川、主事陈邦偁因为与马黑木等结怨借故没有参加，指派所属会同馆主事通事翻译领班白杰、通事鲜鸣等人参加，通事鲜鸣又邀请同乡平头巾通事胡士绅一起参加了。

鲜鸣素来以通事翻译之职，与外国人交往勾结私下买卖货物从中牟利。翰林院主管通事翻译的龚良臣曾经多次批评过鲜鸣，鲜鸣以此记恨龚良臣。因大礼议得到当朝嘉靖皇帝新宠的张璁是胡士绅的大舅子。胡士绅通过张璁进入主客司会同馆做了个不戴官帽的平头巾小通事。但胡士绅拿着朝廷俸禄却游手好闲，素来胆大妄为，整天花天酒地，俨然是个放浪形骸的花花公子。陈九川、陈邦偁很是不满，却也无可奈何。尤其是嘉靖皇帝下诏处置天方国使臣朝贡事件以后，陈邦偁还专门上疏嘉靖皇帝，陈述通事译员人浮于事的多年积弊，并点名指出一些不法通事译员与夷人内外勾结，交通贸易，从中牟利等情形，请求朝廷裁汰玩忽职守的通事译员，其中就点了胡士绅的名，胡士绅自然是是怀恨在心。

天方国使臣回国辞行宴会，在主宾双方的觥筹交错之中热热闹闹的进行着，气氛热烈而融洽。鲜鸣、胡士绅两个同乡好友酒酣耳热之际，鲜鸣借着酒劲偷偷向胡士绅透露，马黑木等向礼部讦告陈九川的番字文奏本，原本是控告陈九川“郎中”，龚良臣、马良传却把它故意翻译成“兰州”，还悄悄告诉胡士绅说这事是龚良臣、马良传照着当朝大学士首辅费宏授意更改的。胡士绅听后如喝了鸡血般兴奋起来，联想起主客司会同馆本司都吏也是他的同乡的叶增，也曾经与他说起过同样的事，心里开始盘算起来，越盘算越觉得蹊跷，越盘算越振奋，宴会还没结束，胡士绅就借故兴冲冲连夜赶往张璁家。

张璁于嘉靖元年五月殿试二甲进士，被授予礼部观政，此时已是四十七岁，此前连续七次科举不第，但张璁很有抱负。他抓住嘉靖皇帝大礼议机会，成为了议礼派的核心和新贵，很得嘉靖皇帝的赏识和器重，在大礼议纷争中很是风光了一把。但此时张璁仍然是翰林学士兼刑部侍郎，而与他因大礼议同时而进而贵的桂萼，此时已是翰林学士兼太子东宫詹事、吏部左侍郎，位置似乎已超越了他。为此张璁很是郁闷，正在为进一步求得皇帝进用苦思良策，却苦于无门，懊恼不已。胡士绅的深夜来访，连日来愁眉苦脸的张璁终于露出了诡秘的笑容……

嘉靖五年三月下旬，也就是胡士绅拜见张璁之后的第三天，胡士绅通过张璁的谋划指使和已是太子东宫詹事兼吏部左侍郎桂萼的穿针引线，胡士绅直接上疏嘉靖皇帝，奏报弹劾陈九川、陈邦偁刚愎自用，浮躁妄为，致使天方国使臣结怨跪奏朝廷，乞请陛下罢黜陈九川、陈邦偁，以和顺夷情消除边患。三天过后胡士绅见朝廷没有动静，又如法炮制上疏嘉靖皇帝，奏请弹劾锦衣卫镇抚司千户张潮、兵部武选司郎中张羽惠等收受陈九川私托擅权玩法刻意庇护，乞请陛下将张潮、张羽惠革职查办。两天过后胡士绅见朝廷依然没有反应，胡士绅第三次上疏嘉靖皇帝，奏请弹劾陈九川私藏天方使臣贡玉私贿首辅费宏玩法回护，乞请陛下宜速核查费宏，严惩不贷！胡士绅五日之内连上三道奏疏，最后将矛头直指当朝大学士首辅费宏。

嘉靖皇帝始而惊讶继而愤怒，愤怒之后的嘉靖皇帝终于在嘉靖五年三月末愤然下诏："今查明在天方国使臣朝拜我大明天国结怨朝廷案中，陈九川、陈邦偁等擅权枉法刚恶浮躁大肆逼勒外夷使臣索要方国贡物，致使结怨外夷跪请朝廷，甚失我大明天国朝廷怀柔外夷之心。张潮、张羽惠等受命处理此案听命陈九川等人私托，为陈九川等人恣意回护欺玩朝廷法度，甚失我大明朝廷纲纪之风。今着令将陈九川、陈邦偁等罪臣再行拿下锦衣卫镇抚司诏狱，严刑拷打追问，严惩不贷，着令将张潮、张羽惠在侦办天方国使臣跪奏朝廷案中受人私托庇护纵容情形，从实追究是问。”嘉靖皇帝宣谕下来，大明皇宫气氛突然转变，朝廷上下一时骤然紧张起来。

锦衣卫副指挥使邵辅接旨之后顿感惊惧。虽然胡士绅奏疏中未直接涉及弹劾到他，嘉靖皇帝诏谕中也未直接点名批评到他，但因为侦办天方国使臣跪奏朝廷之案是由他和张潮亲自主持操办的，今嘉靖皇帝重新追究此案并追究张潮，必然涉及他，他终究脱不了干系。为躲避嫌疑，邵辅立即诚惶诚恐地上疏嘉靖皇帝请求回避，乞请由锦衣卫都指挥使骆安等主持审理，但嘉靖皇帝不准邵辅回避，同时指明由骆安主持核查会问。骆安终于被卷入其中。

关于天方国使臣朝贡事件，副指挥使邵辅曾经向骆安报告过，骆安多少知道一些，但具体不甚明了。锦衣卫下辖镇抚司专治巡查缉捕，并拥有皇帝钦定的专理密查诏狱特权，可以自行逮捕侦讯、行刑处决，直接由皇帝指挥向皇帝负责，尤其是重大秘案要狱由皇帝直接下达镇抚司侦察处理，不需经过锦衣卫指挥使，也不必经过三法司会审，所以大凡不需他过问的，骆安一般不会过问。但嘉靖皇帝这次指命骆安主持问理，骆安不得不问理了。

骆安受命接过嘉靖皇帝御旨以后，先后认真调查了解了天方国使臣出使来朝的始由经过，马黑木等与陈九川、陈邦偁结怨致使回夷跪奏朝廷的纠葛，邵辅、张潮前方经办此案的情形等等，同时查阅了马黑木、陈九川、陈邦偁、胡士绅等先后上疏朝廷的各方陈词，发现各方面审问请词不相一致，个中事实情由尚还不甚明了，其中纰漏模糊之处甚多，案情牵涉礼部、兵部、锦衣卫、陕西行省都司等众多衙门的众多官员，处置起来牵扯羁绊甚多，处置是否公允事关朝廷皇威；同时案情更牵涉大明朝廷与外夷之间的往来交往，事关国与国之间的和顺友好，处置是否妥当关乎国之大体。骆安深感职责重大，始终诚惶诚恐，也深感处置如此重大案情，非锦衣卫独家之所能明断。骆安经过仔细考察和缜密思考后，上疏嘉靖皇帝奏请刑部、都察院、大理寺三法司一同参与会同审查，同时为了查清事实，弥补邵辅、张潮侦办此案的疏忽纰漏，请求将涉及此案关于马黑木外夷所奏番文、龚良臣等所译汉文原本的重要物证，一一拿来核实对证，并请求将胡士绅、龚良臣等关键相关人员通通招来一一对质面证，案情方可真相明白。

但嘉靖皇帝御览了骆安的奏疏以后大为不满，对骆安的合理化请求断然回绝，明令三法司不必参与会同勘理，对番、汉原本物证不准调查查阅，对胡士绅等不许提来面审对证，并严厉斥责骆安对陈九川等人刻意牵强回绕曲意回护不行严查深究，着令只管将陈九川、陈邦偁等着实打问招认，嘉靖皇帝圣旨十分明确而坚决！

着实打问和用心打问，是大明太祖高皇帝朱元璋及其后代子孙皇帝们，针对不法官员和犯错官员创造和惯用的惩治和侦办大案要案手段，一般用于廷杖和锦衣卫镇抚司诏狱，监刑官一般由司礼监大太监和锦衣卫指挥使担任，行刑士卒一般由东厂、西厂宦官和锦衣卫镇抚司校卒执行，至于采取何种打法由监刑官按照皇帝的指令决定，如果皇帝没有明确表示，则完全看监刑官的心情。如果监刑官脚尖张开就是着实打，受刑之人轻者外伤内不伤，重者可能导致残废；如果监刑官脚尖闭合就是用心打，受刑之人一般不出意外都会被活活打死。骆安深知着实打问的残酷惨烈，尤其是镇抚司诏狱的酷刑想想就不寒而栗！不寒而栗的骆安，一开始就遭到了嘉靖皇上主子的严厉指责和斥骂！

于是，骆安照嘉靖皇帝谕旨，命令镇抚司官校将陈九川、陈邦偁着实打问起来。被着实打问的陈九川最后迫不得已只好据实招供，供认他确实将一块天方国贡玉私下送给了大学士首辅费宏，当时是由费宏家人费兴贵、费阿义代为收受的，之后费宏又令玉匠曹春做成了玉带。同时陈九川还招认了私下委托兵部武选司郎中张羽惠向镇抚司千户张潮、锦衣卫副指挥使邵辅等私相托情的真实情形。

陈九川招供以后，骆安深感此事事体重大，不仅牵连到当朝大学士首辅费宏，还牵连到锦衣卫同僚邵辅、张潮以及兵部武选司郎中张羽惠，必须得审慎对待。对于陈九川，骆安在湖广安陆兴王府时就听说过，陈九川，江西临川人，正德九年进士，授太常博士，师从心学派理学创始人王阳明，是阳明心学派重要骨干成员之一，正德时武宗皇帝朱厚照借南巡之名寻欢作乐，陈九川与江西赣籍同乡官员翰林院修撰舒芬、礼部考功员外郎夏良胜、礼部主事万潮等，联名上疏劝谏反对触怒武宗皇帝，被拿下锦衣卫诏狱，四人在午门前被廷杖罚跪五个昼夜几乎死去，后被削职为民，因此陈九川等四人被称为京城著名的“江西四谏”。嘉靖皇帝即位，陈九川复出被授任礼部主客司郎中，掌管朝廷与外夷来访司礼和贡物赏赐，陈九川上任之初革除主客司历来积弊，改革贡物赏赐历来旧制，诓正使臣贡献名物和赏赐，为朝廷节省赏赐费数万银两，嘉靖皇帝为此大加赞赏。

陈九川这样一个曾经的江西四大名谏、堂堂的正人君子，竟然置大明纲纪于不顾，敢冒天下之大不韪，擅权私藏天方国贡玉，贿送当朝大学士首辅费宏，还私下串通兵部武选司郎中张羽惠、锦衣卫镇抚司千户张潮等沆瀣一气瞒天过海，骆安怎么也想不明白，像一团团迷雾在他的脑海中回旋，久久的挥之不去。骆安又想到告发陈九川的胡士绅，据礼部尚书席书私下相告，胡士绅浙江人，是当朝议礼新贵张璁的外甥，刚刚入职主客司平头巾通事译员不到两年，是张璁向席书托情进来的，胡士绅进来后仗着舅舅张璁的庇护，平常几乎很少来朝堂，只是一个只拿朝廷俸禄吃空饷的小闲杂，这样一个小闲杂凭什么要借天方国外夷朝贡之事，告发他的上司陈九川，甚至还胆敢告发朝廷重臣当朝大学士首辅费宏，骆安实在感到迷惑。骆安始终认为要查清胡士绅告发陈九川案情，胡士绅是原告是主角，必须将胡士绅鞫问明白，案情方可水落石出。

于是骆安再次向嘉靖皇帝奏请，请求提问胡士绅、邵辅、张羽惠、张潮、龚良臣、马良传、叶增等一一当庭面证，并仍然坚持请三法司会同审理。可是嘉靖皇帝再次回绝了骆安，再次斥责骆安对陈九川等态度暧昧，查办缓慢治罪不力。同时嘉靖皇帝下令撤革锦衣卫副指挥使邵辅，令邵辅戴罪回籍闲住听后处置；嘉靖皇帝虽然没有同意骆安请求，将胡士绅当庭面证，但同意了骆安将张羽惠、张潮、龚良臣、马良传、叶增等当庭面证的请求，指令将他们通通提拿，一同追究治罪。骆安又一次遭到了嘉靖皇上主子的严厉指责！骆安进退两难……

第十二章　奏扰纷纷

嘉靖皇帝追究陈九川之案日益升温，朝廷纷扰随之接踵而来。对于胡士绅控告讦奏陈九川陈邦偁致怨回夷、陈九川贿送大学士费宏私受贡玉之事，锦衣卫指挥使骆安多次请求三司会同审理，都被嘉靖皇帝断然回绝的情形，不经意间传遍了整个朝廷，弄得满朝上下满朝风雨，引起了朝中众多言官御史大臣的议论关注和同情，他们纷纷上疏奏折，各抒己见，奏请嘉靖皇帝公允明断。

首先上奏折进谏的是刑科给事中解一贯。解一贯，山西交城人，正德三年进士，素来以敢言直谏著称，解一贯对骆安的艰难处境深表同情。解一贯上疏奏道："近来听闻锦衣卫都指挥骆安为了杜避嫌疑，先后向陛下奏准刑部、都察院、大理寺三法司，会同核查胡士绅告发陈九川之案。骆安却奉陛下圣旨，原告当事人胡士绅等不准提拿审问，而只将被告人陈九川、陈邦偁等着实打问招认。微臣以为古往今来历朝历代治狱古制，凡刑狱之案必须先由刑部审问明白，再由都察院司寇审核问理，最后大理寺依刑律最终判定，狱案终成定案之后最终由皇帝圣明御断得以处刑。今陈九川、陈邦偁等之案，其个中情形有无虚实微臣都不得而知，其个中是非曲直微臣也不敢妄加评论。但仅仅以治狱案而言，必须是将原告方审问明了在前，然后再审问清被告方，把原告被告各方对质明白清楚，才可让众人心服口服。陈九川、陈邦偁之案，胡士绅本来是原告，却不拘来审理，龚良臣、鲜鸣、撒雄、白杰、叶增、陈钦、哈荣皮见等都是涉事当证人，也不一一对证；还有外夷马黑木等番字文本、龚良臣汉译原本一一俱在，也不一一辨明勘理，微臣以为于法于理于情很不妥当，因为只有原告、被告的陈辞，才能两辞互相印证，有涉事人的同时对证，才能有众人旁证事实依据，有番、汉原始文案的互相对证，才能真假辨别出来。如果不提审胡士绅，则是无原告人的证词，不提问龚良臣等相干人员，则是无干证人的旁证，不调阅核实番、汉原本，则是无文案可依据。现在唯独指令骆安将陈九川、陈邦偁被告一方着实拷打追问，以被告一方陈辞作为结案致刑依据，此实为违背古之治狱祖制啊，治狱之道不应如此啊。微臣伏望陛下敕令三法司各衙门，将原告胡士绅和龚良臣、鲜鸣、撒雄、白杰、叶增、陈钦、哈荣皮见等一干人证以及番、汉原本通送三法司会问，逐一从公对证，然后依大明皇律追究惩治，方可用法公平情罪允当。如此则陈九川、陈邦偁即使罪该万死，他们虽九死也应无遗憾了啊！”

嘉靖皇帝御览解一贯奏疏后勃然大怒，严批痛骂解一贯也来为陈九川、陈邦偁等辩护说情，为骆安的处境说三道四，斥责解一贯竟来妄奏扰乱朝廷，将解一贯奏疏留中不发。刑科给事中解一贯招来嘉靖皇帝一顿责骂。

嘉靖皇帝的蛮横态度和无端责骂，并没有阻止大臣们的上疏进谏。专门从事纠查弹劾百司辨察冤假错案为皇帝耳目风纪之司的都察院最高长官御史王正宗，也站出来大胆为骆安主持公道。王正宗，京都顺天府人，正德元年进士，正德、嘉靖两朝都察院御史，敢于直谏被朝臣们称为朝廷第一名谏。王正宗又上疏奏道："近来胡士绅讦告控奏陈九川、陈邦偁等致怨外夷之事，并且牵连到大学士内阁首辅费宏等一批朝中大臣，事情尚未实查明了，狱案尚未勘理清楚，其个中案情之虚实真假，愚臣都尚不得具体而知。但依我大明皇律祖训，凡有狱案必须先行交付刑部、都察院、大理寺三法司分理勘核审理，或由皇帝直接指令锦衣卫镇抚司诏狱问理定谳。如果遇有大狱要案或案情复杂尚仍有未问理明了的情况，必奏请三法司联合会同会问；如果仍有疑难未明的，必奏请多官在午门前集体会同问理。盖因为多官集体会问，其最后事情没有不清楚明了的，处罚没有不中肯公允的，都因为是出于众人的公议啊。今胡士绅之讦告讦奏陈九川之案，陛下初始指命锦衣卫镇抚司专司问理，副指挥使邵辅奏请回避嫌疑；之后再指命锦衣卫掌卫事堂上官指挥使骆安主持核查，骆安出于依照宪律公正究治之心，奏请三法司联合会官同理问勘。此可见骆安秉性持法之心，也可见骆安掣肘难为之苦，故有请官会勘的奏请。陛下应当体察体谅骆安奏请的客观情由，听从指令三法司会勘之请，务使陈九川之案协和舆论，以求公允公议。今则未蒙陛下谕允，骆安恐惧难言，处置难为，此等情形是愚臣从未遇到过的。如陛下只因为陈九川、陈邦偁等因为处置外夷过当，导致有失外夷和顺有损皇恩国威，陛下也应少怒天威，听从骆安、解一贯等的此前奏议，指明由三法司联合一同会问，或者由多官在午门前会同推问，使人卷俱全众口一词，只有这样事情才无亏冤，不至于因为胡士绅过于激切的奏告而重罚陈九川、陈邦偁等，也不至于因为陈九川、陈邦偁有应得之罪而损害朝廷法纪的威严！”

嘉靖皇帝见都察院御使王正宗也来搅和，仍然为骆安打抱不平，为陈九川、陈邦偁罪臣有意辩护，仍然是恣意回护奏扰朝廷，更是龙颜大怒；更严加指责王正宗身为御使大臣，竟然不识朝廷大体，不体察皇帝和顺外夷之心，都察院御使王正宗奏疏仍然是留中不发，不予理睬。都察御史王正宗同样招来嘉靖皇帝一顿指责。

胡士绅告发陈九川、陈邦偁等构怨外夷致使外夷跪奏朝廷事件，发生在礼部所辖的主客司，外国使臣交往往来管理和贡物赏赐归礼部管辖，责任也归礼部。马黑木率领回夷跪奏朝廷事件的始末原委，礼部最清楚，也最有发言权，事情闹到这个分上，礼部再也不能沉默了，再也不能作壁上观了。内阁大学士太子太保兼礼部尚书席书感到有责任把事件的原委真相说明清楚，表明礼部的看法和态度责无旁贷，不得不出来开口说话了。

席书生于明英宗天顺五年，四川遂宁人，明孝宗弘治三年进士，授任山东郯县知县，正德时历任河南按察司佥事、贵州提学副使、右副佥都御史、湖广巡抚。朱厚熜即位以后，发动大礼议朝议，席书揣摩到嘉靖皇帝心意以后草疏以宋英宗入继大统为例议尊嘉靖皇帝皇父兴献王为皇考，并把草疏交给了议礼派骨干成员之一的时任南京礼部侍郎的桂萼，桂萼于是把席书奏疏上奏给了嘉靖皇帝，嘉靖皇帝大为褒奖并专门诏见了席书，特超升擢授席书为朝廷礼部尚书，自此嘉靖皇帝视席书为亲信大臣，眷顾独隆恩宠有加。此时，礼部尚书席书已是六十五岁。

眷顾独隆的礼部尚书席书打破沉默，上疏详细奏道："近来老臣听闻礼部主客司会同馆馆平头巾通事小译员胡士绅上疏控告陈九川、陈邦偁致怨回夷、致使回夷跪奏朝廷等事，礼部查得过去主客司郎中历来对待所管属的会同馆通事译员礼遇素来颇为优厚，会同馆主事与在馆通事译员之间尚来和睦相处。自前年三月陈九川到任主客司郎中以来，陈九川整肃所辖官吏风纪，对一些通事译员与官带主管通事散漫懒庸积弊很是不满，多有批评指责，那时胡士绅考选平头巾通事还不到二年，仍是个没有正式入流的平头巾通事小译员，还没有授予冠带，却又不肯办事，白食朝廷俸禄，为此陈九川等多次指责胡士绅，而胡士绅不仅不自行反省，反而责怪陈九川等将他另眼相待，让他颇失体面，胡士绅为此耿耿于怀，嫉恨在心。去年天方国使臣马黑木等回夷来我大明天朝贡献玉石等事，主客司郎中陈九川郎中依照朝廷旧规惯例，对回夷进贡朝廷方物指派专人仔细辨验，对其中一些粗石杂质黑玉捡出退还，主事陈邦偁分管会同馆事也依照朝廷旧规严禁拘泥夷人擅自出入非法贸易，也防范一些不法通事译员与回夷往来交易从中牟利，致使夷人怨恨。陈邦偁还亲自查得夷人哈辛等私下将大玉一块价值万两正偷卖给胡士绅，立即呈报礼部，礼部查明予以了严厉禁止。陈邦偁还查明平头巾通事胡士绅平时不听约束吊儿郎当，游手好闲妄生事端，奏请礼部考察其去留执意裁革胡士绅，致使胡士绅对陈九川、陈邦偁二臣心怀愤慨恨入骨髓。礼部朝堂所有官吏都知道此事，都说回夷归罪怨恨陈九川、陈邦偁二臣实只不过是一分，胡士绅致怨陈九川、陈邦偁二臣却是实有九分。因此去年回夷在奉天门跪奏朝廷，胡士绅不仅不加阻拦，还唆使回夷大闹朝廷，企图使朝廷将陈九川、陈邦偁二臣罢黜，但因陛下圣明，胡士绅阴险企图未曾得呈。现在胡士绅又借回夷跪奏朝廷闹剧嫁祸于陈九川、陈邦偁，目的是使二臣置于死地而后快啊。自去年十二月陛下下诏宣谕处置马黑木跪奏圣旨以后，礼部遵从陛下圣旨，吩咐督令礼部主客司、会同馆等各司馆，今后务必要仰体察皇帝圣心，凡对待外夷来使都要谨慎持法，亲善为本，友善礼待，以昭扬我大明天朝国威。所以自去年外使朝物开市以来就例外宽限夷人买卖交易时长，放开货物贸易条件许可，礼部再没有听闻发生过外夷来朝有致怨纠葛情形，如果真还有意外之情龌龊之事，礼部部堂怎没禀告听闻?

“老臣又听闻胡士绅控告翰林院主管通事龚良臣、马良传受大学士内阁首辅费宏指使，故意误译番字文本庇护陈九川、陈邦偁二臣。此情有无真假老臣等没有明查，真假不得而知。但胡士绅仅以一个小小微末平头巾通事，就擅敢假托夷人之怨控告排奏部堂朝官，老臣认为这种风气实在不可助长啊！陈九川、陈邦偁二臣如果确实有玩法隐情罪行，陛下惩治他们固然不可足惜，但胡士绅以小人之心妄告之举达到诬陷打击报复狼子野心，如果这种风气任其大行其道发展下去，老臣惊恐担忧这种恶习如果后人效仿，外夷使臣也效仿，朝廷难以立威于群官之上啊。所以老臣乞请陛下着令锦衣卫镇抚司将天方国等外国使臣再行截留拘问明白，详问今年以来陈九川、陈邦偁等有无再生事端再启招怨情形。如果万一情有可原，也乞请将陈九川、陈邦偁等酌情予以释放给罪臣以生路，使罪臣得以更生戴罪以图后报，也让天下感怀陛下宽恕怀柔之心！”

嘉靖皇帝御览完倚重老臣席书奏疏过后也是一脸不悦，指责席书身居内阁高堂身为朝廷重臣，对陈九川、陈邦偁等也是恣意辩护说情，不行举报反行论救，是老臣事君之道？嘉靖皇帝依然坚决不从！堂堂大学士、太子太保兼礼部尚书席书，竟也遭到嘉靖皇帝一顿好骂！

第十三章　鹬蚌相争

天方国使臣朝贡事件，由一个小小的微末平头巾通事胡士绅告发，竟发展到这个地步，闹得满朝沸沸扬扬，引来朝廷上下轩然大波，以至于三个朝廷大员先后上疏都遭到嘉靖皇帝无端责骂，这样的结果谁也没有想到，谁也没有预料到。意外“中枪”的大学士内阁首辅费宏也被卷了进来。事情发展到这个分上，费宏没有退路了，不得不出来说话了。

对天方国使臣马黑木等跪奏奉天门事件费宏是清楚的，事情初始，作为首辅的费宏就及时指示翰林院主管通事龚良臣、马良传，要求礼部主客司对待外夷来使关乎国体皇威，须臾不可小视，番文翻译文本也不是小事，需得仔细谨慎不容含糊有误；对待部堂朝官关乎个人前程，也需谨慎处理不得虚妄失察。此后费宏指示礼部尚书席书主持周旋处理此事，他也就没有再多过问了。后来嘉靖皇帝下诏，依律处置了天方国使臣朝贡争执之事，费宏以为此事已经了结，就再没有放在心上了。可是费宏没有想到的是年初以来礼部主客司一个不知名的小小平头巾通事胡士绅，竟把已经了结了的天方国使臣朝贡跪奏之事又搬了出来，不仅把陈九川等众多部堂官员告上了朝廷，而且竟还牵扯到了自己，不仅使众多臣僚卷入其中，而且使整个朝廷议论纷纷，弄得满朝纷纷扰扰，以至陈九川、陈邦偁等被再次下狱治罪，大臣们上疏也屡屡遭嘉靖皇帝指责，招致嘉靖皇帝龙颜大怒。

在此之前，费宏对礼部主客司小小平头巾通事胡士绅不知其人，后来通过内阁同僚礼部尚书席书才了解到胡士绅是江西人，两年前通过嘉靖礼议新宠张璁，进入了礼部主客司所属会同馆做了一个平头巾通事。一个微末平头巾通事竟敢如此大胆大肆讦奏朝廷部堂官员，而且竟也把自己告在其中，费宏开始甚是大为惊讶，始终百思不得其解。而现在费宏通过礼部尚书席书似乎悟到了蛛丝马迹和个中奥秘，这令费宏发憷。当堂堂太子太保大学士兼礼部尚书席书，因此事上疏也遭到嘉靖皇帝责难之后，费宏感到这背后似乎有一张巨大的网在笼罩着，有一只巨大的手在他背后伸来。他再也坐不住，再也不能忍了，他不得不出手奋起反击了。

首辅费宏经过再三思索上疏奏道："近来老臣耳闻礼部主客司会同馆平头巾通事胡士绅，奏告老臣私受陈九川私藏天方国使臣朝贡玉石之事，胡士绅实属诬陷捏造子虚乌有。老臣确实曾经接受过他人赠送一块玉石，那是嘉靖三年七月老臣遵造陛下圣旨，去涿州府迎接陛下皇父兴献皇帝庙神主时，老臣将苎丝二皮银二两并作诗一首，赠送给在涿州府致仕回籍的原南京户部尚书邓璋，老臣与邓璋系是同年进士素来交情深厚，老臣离开涿州回到京城以后，同年邓璋为了答谢老臣，特派遣其侄儿监生邓仲和将玉石一块回赠给老臣。去年九月老臣找来不知名玉匠验看是块上好浆水玉石，于是命人改做成了大小玉带各一条，留了一条自用，给老臣女儿一条做了随嫁礼。此玉石并非主客司郎中陈九川私送老臣的。老臣乞请陛下指令臣工辨验圣裁，以成全老臣名节，为此老臣诚愿自请削职罢归以证清白！”

费宏此年已经刚好六十岁，已是花甲耳顺之年。费宏生于明宪宗成化四年，江西广信府铅山县（今江西省上饶市铅山县）人。费宏自幼聪慧好学，成化十七年十三岁时通过县考、府考、院考三级童子试为文魁，成化二十年年仅十六岁就中举江西乡试第一名为解元，成化二十三年春参加朝廷会试、殿试连中第一名，年仅十九岁即高中状元随即授翰林院修撰，成为明代开国以来最年轻的状元翰林，这年八月明宪宗崩逝归天，因博学受总裁、副总裁举荐推重，不到二十岁的费宏主持完成了《宪宗实录》的修撰。明孝宗弘治三年春朝廷举行殿试，主考官内阁大学士徐缚、礼部尚书汪宗伯推荐费宏担任试卷评定官重任，这一年选拔了不少英才，受到了朝野的上下赞许，此时费宏虽然年轻，但在从政的几年中参与了大臣主持的政务和内阁上奏的各类朝疏，显示了费宏娴于理政办事练达的才干。弘治九年费宏执掌廷试执卷官，不久费宏因为在朝中的品德、学问、时望很高，从翰林院调左春坊左赞善，赞善是担负辅导太子之责的官员。费宏成了辅导太子的名望之师，到弘治末年升为左谕德兼翰林院侍讲。

明武宗即位后，费宏受命主持修撰《孝宗实录》升任太常寺少卿、皇帝经筵日讲官、礼部右侍郎，刚步入不惑之年的费宏成了明代最年轻的皇帝之师，官阶为正三品朝廷大臣。武宗初年，大奸大太监刘瑾擅权误国、事败凌迟亡后，费宏受命主持改正被刘瑾乱朝破坏的朝廷规章，因敢于直言勇于行动办事得体，正德三年被授予文渊阁大学士进入内阁参与机务，与李东阳、杨廷和、梁储三位阁臣同心辅政共治天下，得到朝野的交口称赞。此时江西宁王朱宸濠袭王位后图谋不轨，用重金收买勾结武宗宠臣钱宁、兵部尚书陆完等朝廷显贵，趁机恢复王府原有军队，增丁略地扩充势力，费宏向武宗皇帝揭穿了朱宸濠、钱宁等勾结谋逆的阴谋，被朱宸濠及钱宁等朝廷显贵嫉恨诬陷、排挤弹劾。诬陷费宏擅权谋私将其从弟费寀谋取到翰林院翰林职位。寻欢作乐醉生梦死的武宗皇帝被宠臣钱宁等权贵所蒙蔽归罪费宏，费宏与费寀被迫于正德五年辞官南归回籍。

费宏辞职离京以后，宁王朱宸濠及其钱宁同党仍不放过费宏及其家人，欲置之死地而后快，偷偷派亡命之徒悄悄跟从费宏回江西老家，一路追杀过来。当费宏一家乘船经过山东临清黄河时一把大火烧掉了费宏的船，好在吉人自有天助，恰巧被岸上素不相识的好心渔民施救才得以幸免于难。可大难不死的费宏一家人历尽千难万险，还未回到老家广信府铅山县横林，朱宸濠早已唆使地痞先行洗劫焚烧了费宏祖屋，还将其先祖祖坟摧毁殆尽，甚至将费宏长兄残忍杀害了，费宏全家万般无奈，四处避难。之后朱宸濠于正德十四年果然起兵谋反，朝廷派佥都御使王守仁在江西赣南围剿，费宏、费寀两兄弟组织当地义兵群起响应，并派人间道给王守仁送去自己对军事部署的意见，得到王守仁重视和采纳，协助王守仁最终平定了宁王之乱。事后王守仁想把费宏、费寀两兄弟的功劳上报朝廷，但是费宏婉言拒绝。御史谢源、伍希儒到王守仁军中了解这些情况，没有通过王守仁就将费宏、费寀在平叛中的功劳上奏朝廷，大臣们也纷纷上疏争相向武宗皇帝奏请起用费宏。但当时武宗皇帝正在南巡途中，只顾寻欢作乐，并未理会大臣们的奏疏。

正德十六年初，游乐未尽的武宗皇帝在返京途中，乘船戏游不慎落水，受此惊吓一病不起，不久暴死而亡。嘉靖皇帝即位不到十天，就降旨起用费宏、费寀，赐封费宏为太子太保、武英殿大学士入内阁理事，并赐蟒衣玉带，同时因为平定宁王之乱的功劳，特将费宏当年返回故里船上被烧毁的家财如数赐给，费寀也被升为南京礼部右侍郎。此后在嘉靖皇帝发起的大礼议纷争之初，费宏的看法虽然同杨廷和等一致，作为阁臣他也在奏疏上署名签字，但是费宏并没有像杨廷和、毛纪、蒋冕那样顽固地坚持己见，随着大礼议之争的推进，费宏的态度逐渐发生了变化，转到了嘉靖皇帝议礼的立场上来，待到嘉靖三年二月杨廷和、毛纪、蒋冕先后致仕回籍，嘉靖皇帝即授费宏为内阁首辅兼吏部尚书，加授少师兼太子太师、谨身殿大学士，朝廷老臣们因为费宏接任首辅而人心思定了。

首辅费宏向嘉靖皇帝朱厚熜呈递辞呈以后，遵照朝廷制度费宏即卸掉朝堂诸务，回家等待皇帝裁决。对这样一位历经宪宗、孝宗、武宗三朝，两度入阁辅佐两朝十年，为官从政三十多年的老臣，嘉靖皇帝向来对费宏十分尊崇和倚重，视为肱股。对首辅费宏的愤然辞呈，嘉靖皇帝始而大为惊讶，既而将费宏奏疏留中不发，并及时宣谕极力挽留："首辅费宏系朕之爱卿，素来尽忠辅国，是朕所倚重肱股。彼胡士绅所奏，朕已知之不足为齿，朕信任爱卿，爱卿不足为累，宜立即出朝供职，不必为之深辩，并诏告天下。"嘉靖皇帝态度既已圣裁明断，满朝文武大臣以为胡士绅奏告陈九川之案，引起的朝廷轩然大波就此会归于平静。

但是，一直紧盯事态发展、一心谋求进用的议礼新贵张璁却再也坐不住了。自从胡士绅上疏控奏陈九川、陈邦偁事件以来，张璁始终在幕后注视着、观望着、跟进着、谋划着。张璁对首辅费宏一直持有成见，张璁高中进士之初为谋取职位，托门路找过时任阁臣的费宏，被婉言拒绝。最后张璁只做了个实习的礼部观政进士，张璁虽大失所望却也无可奈何。嘉靖初大礼议兴起后，张璁虽然得到了嘉靖皇帝的赏识和器重，但是在嘉靖三年杨廷和、毛纪、蒋冕致仕回籍后，费宏却意外升授为内阁首辅，为此张璁很是郁闷和受伤，对费宏更是嫉妒和不满，自恃大礼议之功，常常在嘉靖皇帝面前诋毁费宏，可是嘉靖皇帝总是抚慰张璁，对首辅费宏始终没有一句责怪之语。张璁心有不甘，总在试图寻找机会取而代之。

时机终于来了。外甥胡士绅深夜来访密谈，张璁马上感到巨大的机会来了。他兴奋起来，连夜以外甥胡士绅之名，亲自拟定好了密奏。第二天张璁又通过与自己过从甚密的司礼监大太监谷大用，把密奏呈献给嘉靖皇帝。奏折激起了年轻气盛的嘉靖皇帝的愤怒，一石激起千层浪，满朝文武大臣惊慌失措卷入其中。张璁见此情景暗暗兴奋，事情正在向如他谋划设计的方向发展，犹如当年他挑起的大礼议事件一样。张璁的目标很坚定明确，就是要最终取代费宏，成为离皇帝最近的人。没有任何障碍地实现自己的人生理想！

可是首辅费宏的上疏辞呈，得到的却是嘉靖皇帝的极力嘉奖和挽留，这让张璁很意外很懊恼很失望。一场由自己亲自谋划和导演的好戏眼看又将谢幕，一把自己亲手点燃的大火眼看又会熄灭，张璁很是不甘。张璁感到大火既已烧到这个程度，决不能就此罢休。费宏既已披挂上阵，自己也得带鞘出征了。张璁经过一番苦苦思索之后，又拉起议礼时的“老战友”桂萼并肩战斗了。

张璁、桂萼联合上疏奏道：“胡士绅奏告陈九川、陈邦偁之案以来，满朝上下始而惊愕既而愤怒，以致群臣共怨，期待陛下圣明裁断以告慰天下。据臣等观察从实核查，胡士绅上奏陈九川侵盗贡玉私送首辅费宏是确有其事，首辅费宏妄称所得玉石为同年进士邓璋所回馈是假托之词，费宏实质是嫁祸推脱掩盖罪恶。臣等乞求陛下力排大臣妄奏，指令骆安依律再行严查。”紧接着又过了两日，张璁、桂萼联合直接指名上疏弹劾费宏：“臣等又听闻近来朝廷选取两名翰林院庶吉士，首辅费宏未经阁臣合议徇私擅作主张，录用温仁和、董圮等，作为皇帝经筵日讲官和内阁辅臣储备之用；还听说首辅费宏接受已遭弹劾的市政使彭夔贿赂，准备将其留用。由此看来，首辅费宏如此擅权乱政胆大妄为，实为误国大奸，乞请陛下将费宏弹劾罢黜！”

张璁、桂萼联名奏控内阁首辅费宏的消息不胫而走，马上传遍了大明皇宫，满朝大臣一片哗然。张璁、桂萼直接从幕后走上前台，把矛头直接对准当朝首辅费宏，犹如给大明皇宫扔下了一枚更大的重磅炸弹。嘉靖皇帝本以为因为胡士绅上疏引发即将熄灭的奏扰之火，又重新点燃起来，让本来已经闹得沸沸扬扬的陈九川之案更是火上加油。

面对议礼新贵张璁、桂萼的直接上疏弹劾，首辅费宏终于彻底看清了胡士绅掀起陈九川之案风波背后的幕后主使和险恶用心。费宏已经没有了退路，不得不再次站了出来。向嘉靖皇帝和朝臣们揭示事情的真相，揭发张璁、桂萼结党营私的阴险。费宏上疏嘉靖皇帝进行奋力反驳：老臣近来又听闻翰林学士兼刑部左侍郎张璁、翰林学士兼吏部左侍郎桂萼指名上疏，攻击老臣以同年邓璋所送之玉，掩盖老臣私受陈九川所侵盗贡玉之罪，同时妄告老臣擅威专权，徇私滥用朝廷命官，张璁、桂萼以这两事诬陷诋毁老臣是误国大奸，亟待罢黜老臣。张璁、桂萼所奏告老臣受贿陈九川之玉，老臣已经向陛下表明心迹，陛下也已经优诏宣谕宽慰老臣，老臣固然不齿与张璁、桂萼辩白。但是张璁、桂萼奏告老臣擅威专权，徇私滥用朝廷命官，则实在是老臣不当之罪，老臣不得不辩明如下：

“张璁、桂萼攻击老臣擅用翰林院庶吉士温仁和、董玘，那是老臣遵照皇上圣旨，从庶吉士中依例选拔补缺翰林院经筵讲官，经内阁合议陛下朱批的，大概桂萼、张璁对此职位垂涎已久，而桂萼因是翰林学士兼东宫詹事府詹事，作为太子之师对庶吉士之位蓄谋已久望之甚切，自以为非他莫属，可是当内阁提请拟定是温仁和、董圮呈报陛下钦定以后，桂萼、张璁大失所望，于是攻击报复老臣。同时，张璁、桂萼还攻击老臣以私受邓璋之玉，其实是为邓璋谋取兵部尚书之职，这实在又是无稽妄奏嫁祸老臣。因为邓璋所送老臣之玉是发生在嘉靖三年十月，此事邓璋还有书信仍旧保存为证，此情天地日月可鉴，而兵部尚书之推，发生在嘉靖四年十月，时隔一年之久，难道邓璋在一年之前就能预知到兵部尚书有缺，而早早私谋于老臣？

“至于张璁、桂萼又指责遭弹劾的彭夔去而留用，也是老臣私受彭夔贿赂所致。遵照朝廷祖制，大凡遭弹劾的官员的去留，都是由吏部会同都察院先行考察被弹劾之人，经考察需要罢黜的一概罢黜，少有复留；经考察仍有存疑的，再由科道拾遗部院言官再行复提请旨，或去或留最后由内阁票拟皇帝裁夺，从来都是如此，非老臣敢以徇私擅权专断。彭夔居官已久，虽然能力不过于人，但是素来谨慎廉平，彭夔之为人不是老臣一人知道，内阁同僚大学士石珤、贾咏等亦知，礼部、都察院也都知道，彭夔之所以遭弹劾，只是因为去年监考科举主考官争排名先后，彭夔只是拘泥旧规，不肯排在巡按御使谢汝仪之后，御史谢汝仪恼怒告发彭夔，仅此区区小事而已。后来吏部、都察院、科道拾遗部院经过联合考察，没有发现彭夔有其他不当指罪，所以不忍将彭夔定罪罢黜。况且彭夔年方五十，正当壮年才尚可用，所以老臣等最终也以科道拾遗部院疏议，最后呈请陛下裁定彭夔留用。

“张璁、桂萼自议礼被圣上征诏入京以来，以议礼之功屡屡挟私嫉妒攻击诋毁排挤老臣，蓄谋已是由来已久。老臣一言难尽，嘉靖三年，张璁、桂萼因为不能参与编撰陛下父皇兴献帝实录而攻击老臣；嘉靖四年春，张璁、桂萼又因为不能成为两京乡试主考官而攻击老臣；现在张璁、桂萼又因为不能成为陛下经筵讲官而攻击老臣。如此等等，张璁、桂萼以为他们的进用提拔，都是因为老臣从中作梗、极力阻挠所致，殊不知大凡朝廷命官的举荐选拔，老臣都是诸于朝廷大臣的公议，同谋于诸位内阁同僚，老臣岂敢徇私擅作主张啊。伏望陛下圣裁明断。

“桂萼与老臣都是江西同乡，某次桂萼曾私下对老臣说，桂萼在江西时听术士邓隐仙预言，当朝会有江西同乡同时入阁辅佐陛下，言外之意就是暗示老臣趁机举荐桂萼入阁。张璁、桂萼屡屡攻击老臣，其实就是谋求入阁辅臣之位，谋求老臣尽快退去，好让他们取而代之，他们急待之心由来已久啊。老臣疾病缠身，忧谗畏讥，求退之心也由来已久，只是老臣受陛下重托编撰陛下先皇兴献帝实录之任尚未完结，等待陛下圣志鸿愿告成，老臣了无牵挂即刻请告归去。

“张璁、桂萼还攻击老臣武宗正德被致仕回籍居乡时，先祖茔坟被他人损毁，家兄被凶残杀害，堂堂朝廷大臣尚且不能保全其家，怎能寄望于一个堪堪老者久居首辅高堂之位辅政理国？此说何其恶毒。老臣先祖坟茔被他人损毁，兄弟被祸害，那是正德五年，叛贼宁王朱宸濠阴谋不轨，朱宸濠欲请朝廷恢复其王府护卫军队，派人以重金重贿老臣，老臣不仅不予接受，反而揭露其妄图谋国阴谋，朱宸濠于是愤怒老臣，阴谋串通奸臣刘瑾、钱宁矫造武宗皇帝旨罢黜老臣。老臣被罢黜回归乡里，叛贼朱宸濠派遣亡命之徒损毁老臣先祖祖坟，残害老臣家兄，老臣被迫流落他乡。正德十四年叛贼朱宸濠果然起兵谋反，老臣于是纠结乡民义军奋力抗击，协助王阳明平定了叛贼宁王之乱，嘉靖元年老臣又复用于陛下圣明之世。假如当年老臣苟且图谋朱宸濠重贿，与叛贼朱宸濠同流合污，则当朱宸濠叛逆事败之后，老臣与奸臣钱宁之辈都被屠戮了，哪能还有老臣今日啊。老臣本无他能，惟这一事，朝廷士大夫都称赞老臣能忘家为国，忠诚有勇。而桂萼、张璁反而诋毁臣无益于国，不知他们是出于公众之论，还是出于一己之私？老臣近来因恭和陛下御制诗章，屡得陛下蟒衣玉带的恩隆厚赐，张璁、桂萼更是屡屡不满，嫉妒疾愤，所以张璁、桂萼之徒结党容私，屡屡攻击诬陷老臣，他们图谋夺取老臣之位的狼子野心已昭然若揭。老臣心迹既已表明，即乞请辞归乡里，不耻与小人为伍！”

嘉靖皇帝御览过首辅费宏长长的奏疏，一时陷入矛盾纠结之中，对首辅费宏与议礼新宠张璁、桂萼之间的针锋相对更加心烦意乱。朱厚熜出身兴王府邸，最忌怕朝中大臣结党争斗。大礼议之后，随着杨廷和等护礼派老臣逐渐退去，朱厚熜想进一步扶持议礼派新贵力量掌握朝廷大权，于是朱厚熜想借胡士绅告发陈九川之机，进一步试探朝廷官僚，借此肃清护礼派残余，但随着事态的发展，最后矛盾竟然转移到了新贵张璁、桂萼与首辅费宏的斗争上，这是嘉靖皇帝始料未及的。对于老成持重的首辅费宏，朱厚熜还是信任的，对费宏长长的奏疏再次采取了留中不发，再次挽留费宏不准辞归！

嘉靖皇帝对首辅费宏的再次挽留，张璁、桂萼也再次慌了神。但张璁不达目的誓不罢休！于是张璁又单独再次上疏嘉靖皇帝："司马光曾说古代圣君大德有三：即仁即明即武。今首辅费宏擅权贪婪，朝臣共愤，陛下虽然已明察，却执意挽留，这是陛下仁明有余、武断不足啊。

"臣今又听说本月陛下经筵，费宏借故推脱参加，群臣们私下就议论说是因为费宏不法事败被锦衣卫拿下诏狱，这些固然是谣言，但臣等也查实谋逆乐工张仁原本与奸臣臧贤，都是叛贼朱宸濠同谋党逆，张仁其实是叛逆朱宸濠心腹。朱宸濠谋逆事败，奸臣臧贤被全家抄没，谋逆张仁逃脱漏网。后来谋逆张仁却又被首辅费宏起用，为此谋逆张仁专一在费宏门下送钱。今谋逆张仁被锦衣卫缉拿，已经招供出私送费宏玉带银两赃物。

"臣近来又听闻锦衣卫查获妓妇李解愁，已招认出与首辅费宏长子费懋贤长期奸宿厮混，另一个淫妇高秋儿，也已招供出与费宏次子费懋良也长期夜宿厮混，李解愁、高秋儿两淫妇每每来到费宏家中，费懋贤、费懋良都用自己衣帽，将李解愁、高秋儿女扮男装，如男子出入费府，还查获费懋贤、费懋良与李解愁、高秋儿两淫妇私通诗信往来，如此藏污纳秽，臣未知真假虚实，但不知锦衣卫是否以此污秽之情秉报陛下知晓？

“臣认为费宏指使龚良臣改译番文一事，胡士绅告发了，陈九川招认了，臣等也上疏奏请了，御史郑洛上疏也弹劾了，既而陛下却宽容费宏，致使臣等效忠无地，至今于心有愧。费宏反而污蔑臣等想夺其位，殊不知这些都是费宏平时奸贪所致，臣等实所不为啊。近来臣还又听说，正德六年大学士阁臣刘忠主持会试科考，费宏时为礼部尚书，费宏想谋取刘忠阁臣之位，便将会录榜标注某句不好，某句不好，托人上奏武宗皇帝诬告刘忠没有学问，致使刘忠去位，费宏遂以得逞。正德十四年大学士首辅梁储主持会试科考，费宏又如法炮制，又想谋夺梁储首辅之位，好在武宗皇帝察觉，密旨着令锦衣卫察究将费宏治罪。而谋逆张仁向费宏泄密，武宗皇帝震怒，于是将谋逆张仁下锦衣卫狱，限令费宏五日内致仕回籍，此事朝野都知道，而费宏却将自己离京回籍，竟假托逆贼朱宸濠陷害所致，这真是弥天大谎，欺天罔人。好在武宗皇帝以刚武之资，使奸贪邪恶随发随灭，方能保全国家神社，传位于我圣明陛下。今陛下圣明如此，像费宏之流岂能再复久居首辅之位啊？所以臣斗胆再进言圣明陛下，宜将费宏罢黜！”

面对张璁的咄咄上疏，嘉靖皇帝一时犹豫不决，对费宏去留一时难以决断，张璁又步步加紧紧逼，嘉靖皇帝纷乱不已。

身处夹缝之中的骆安，面对朝廷奏扰纷纷，更是左右为难。朝廷一时陷入纷扰之中。但沉寂过后即是爆发，纷扰过后自有公论。某一日，骆安突然听说，大理寺御史郑气又再次上疏嘉靖皇帝。郑气，天津人，正德五年进士，郑气也以敢于直谏著称，他与刑部结事中解一贯、都察院御史王正宗并称嘉靖初期京城“三谏”。只听御史郑气上疏奏道：“微臣闻说为臣事奉君主，应该以和衷共济为善，才足以消除结党之争、党朋之私；为人安身立命，应当以节操仁义为贵，才足以消弭营利之私、贪腐之心；这些历来都关乎治国理政的兴衰，官风政风之好坏，为君为臣不可不慎重。

“微臣近来观察礼部主客司平头巾通事胡士绅奏告陈九川一案，虽然表面上看来只是涉及朝堂部属官僚，而实则矛头直指当朝内阁首辅，攻击上奏言词近乎谩骂，编织罗列事实进乎捏造，侮辱大臣诋毁极尽谩骂之能事，不惜辱伤诋毁国体国威。胡士绅何以敢假借回夷贡玉蔑视廷臣重臣，众臣私下都说，小小平头巾通事胡士绅为何敢如此大胆放肆，背后其实都是当朝皇帝新宠翰林学士张璁、詹事桂萼在幕后指使啊！

“微臣也仔细揣摩首辅费宏辩论私受陈九川侵盗贡玉的来历，费宏辩护初衷虽然出于表明自己的清白，然而细细追究费宏辩护情形，费宏私受邓璋赠礼之殷实，终究免脱不了请托的嫌疑；赠送和收取之间近乎掩饰，也终难以逃脱贿赂的嫌疑。天方国使臣回夷跪奏朝廷事件，朝廷开始则追究急猛，最终发落则轻微草率，众臣也私下议论说，如此涉外重情何以快而从轻发落，其实背后都是大学士首辅费宏从中周旋所致。微臣初始听闻也疑云丛生，现在看来并非无中生有啊。

“微臣观察张璁、桂萼弹劾费宏假托邓璋之玉，掩盖私受郎中陈九川侵盗贡玉，实为掩饰惧罪，是为误国神奸，微臣也以为然，因为君子取舍出于大义，圣贤进退出于大节，费宏于此实是有愧于心。微臣也观察费宏弹劾张璁、桂萼结党容私，专尚攻讦，甘为小人，指责张璁、桂萼不能成为皇帝经筵讲官而泄愤，不得参与编撰兴献皇帝实录而报复，不能主持两京乡试考官而攻击，微臣以此观之，则张璁、桂萼之私也实是城狐社鼠、蹊田夺牛之小人。微臣由此看来，胡士绅之辈实为张璁、桂萼结党帮凶。而堂堂首辅费宏的贪婪，也实为大明以来闻所未闻。况且张璁、桂萼与费宏朝廷重臣之间如此互相攻讦，骂詈言词都近乎泼妇骂街，微臣谓圣明雍和之时，竟有如此奸恶贪鄙之辈，实在有损大臣举止、天国威严。是故微臣乞请陛下，伏望费宏令其自辞而归籍田里，以成全大臣节体；伏望揭发张璁、桂萼之流结党营私，告示天下以惩群小，以正体统以敬朝廷！”

嘉靖皇帝见郑气之疏直指朝廷要害，暗刺皇帝心窝，触怒龙颜，大发雷霆，严厉指责郑气妄议朝廷大臣进退，放肆冒犯国体皇威，着令锦衣卫将郑气拿下镇抚司狱治罪，并诏旨此后陈九川之案不准再扰朝廷。

皇帝天威一言九鼎，从此朝廷奏扰渐渐安定了下来。

第十四章　尘埃落定

闹得满朝风雨的九川之案，最终还得要有个了结。骆安从陈九川案中看清了众多官员各怀心思，难以公正，也逐渐悟透了嘉靖皇帝主子驾驭朝臣的伎俩。骆安要排除这件事对朝廷社稷的干扰，要求得一个真相。他横下心来，铁面无私地追求真相，最终查得了陈九川侵盗贡玉案实情：

嘉靖四年初，天方国使臣马黑木等出使大明天国朝贡，马黑木进献贡玉三块，礼部主客司郎中陈九川检验退还两块，留下私藏一块价值银一万两。恰时陈九川得知首辅费宏家需玉石作带，为攀附首辅费宏，又将私藏玉石通过首辅费宏家人费兴贵、费阿义，私送给了费宏。锦衣卫镇抚司把费兴贵、费阿义、玉匠曹春等下镇抚司诏狱，与陈九川等陈词面质，俱从实招来供认不讳。只是马黑木原讦称玉石是九斤，玉匠曹春报称是七斤，数量稍有不同。

据此，骆安据实上疏奏报嘉靖皇帝："参查犯人陈九川，职掌四夷使臣朝务，本应尽事朝廷和睦外夷，却擅权营私结怨外臣，全无柔远之心，对待外夷指勒百端专肆搜求，卖与行商罔上行私，克留进玉辗转高攀，欺君不法莫此为甚。参查礼部会同馆主事陈邦偁专司夷馆，理应合顺夷情，却拘于旧规，刁难货物，积怨回夷，致其跪奏朝廷，讥笑于远方外人。参查兵部武选司郎中张羽惠听允陈九川私托，苟顺私情。参查锦衣卫副指挥使邵辅、镇抚司千户张潮接受请托徇情玩法，追究吏赃包庇纵容。参查翰林院通事序班龚良臣、马良传各不应承内份之责，翻译文字欠明，擅行回护。参查主客司会同馆鲜鸣、叶增、李聪等因话恶传从中调拨，诬捏不实。以上各犯，情虽不同，罪俱难逃。今特奏乞请，合将各犯并陕西都司陈钦等，通送刑部、都察院、大理寺三法司会审，分别情罪从重发落。大学士首辅费宏私受贡玉，刑部侍郎张璁、詹事桂萼结党为朋，也伏请皇上裁夺治罪。”

但骆安始终没有指令锦衣卫镇抚司拘拿胡士绅面证问罪。骆安奏疏呈上嘉靖皇帝，嘉靖皇帝终于龙颜大悦。于是嘉靖皇帝诏旨天下：“罪犯陈九川侵盗贡玉欺君侮法，着令发佩边卫充军，银两追究入国库。罪犯陈邦偁不抚夷情刁难货物，着革职为民。兵部武选司张羽惠于刑理衙门擅行私托，着令降职充边杂职。镇抚司千户张潮职掌刑名徇情回护，着令降职总旗。着令锦衣卫副指挥使邵辅罚俸三个月。翰林院龚良臣、马良传译字欠明，会同馆通事鲜鸣捏词恶传造事，各罚俸三个月，叶增、李聪廷杖各打二十，费兴贵、费阿义等着都释放刑狱……”

嘉靖六年正月十五日，嘉靖皇帝正式宣谕天下。这一天，正好是元宵佳节。这一天，大明天国满朝文武闹得沸沸扬扬的天方国使臣朝贡事件，终于尘埃落定。这一天，离天方国使臣马黑木等出使大明天国，已过去了整整两年。

这一天，离礼部主客司会同馆平头巾通事胡士绅讦奏陈九川侵盗贡玉案，也近一年。

天方国使臣来朝进贡，对明朝来说，本是大明天国与外夷之间的正常往来，实在不过是一件再正常不过的区区小事。但是，一个小小平头巾通事小译员的讦奏，却牵动了巍巍大明皇宫的众多大小衙门众多大小官僚，上至首辅下至平头巾小吏，一班文武大臣不顾国之大体，相互讦告自相攻击，以致群臣分裂，皇帝奏扰不断，永远值得世人自警后人铭记!

嘉靖六年四月，大学士太子太保礼部尚书席书被迫致仕回籍归里，不久郁郁而死。这年五月正德、嘉靖两朝先后三度入阁的大学士内阁首辅费宏被准告老还乡，嘉靖十三年又再度入阁担任首辅，嘉靖十四年去世，终年六十八岁。这年六月翰林兼刑部侍郎张璁，擢升大学士兼内阁首辅兼礼部尚书。这年七月詹事兼礼部左侍郎桂萼，擢升大学士、内阁辅臣兼吏部尚书，入阁参与皇帝机务。

第十五章　再起波澜

这一年，亲身经历和见证了嘉靖初朝以来接连发生的大议礼、大朝贡事件的锦衣卫指挥使骆安，依然在锦衣卫指挥使任上，奔波劳碌。虽然在大朝贡事件之初，骆安曾两次受到嘉靖的严厉指责，骆安也曾一度非常痛苦，徘徊不定，但骆安还是悟透了皇帝主子的诡秘意图。他无法左右求全，索性以正直之心，求得真相。让嘉靖皇帝还是龙颜大悦，骆安依然是皇上主子信得过的心腹和重臣。

这一年，重臣骆安已是五十五岁，天命之年，人生已过了大半。顺天府骆府府邸，家业兴旺家庭和睦，只是骆安这一房仍然没有男丁，眼看骆安即将老去，全家很是焦虑焦急。骆安妻子李氏更是多次催促丈夫，早日把松仪给明媒正娶，早日给骆安生下男丁接续后代。此时松仪也已三十五岁，已苦苦等了骆安近二十年了。虽然松仪依然是毫无怨言，对李氏依然是如母如姐般的和和气气，相敬如宾，对骆安依然是如父亲和恋人般的温温柔柔体贴入微，对骆府上下依然是如长辈般的和和睦睦关系融洽，但毕竟岁月不饶人啊。

骆安心里也很矛盾，他懂松仪的心。骆安也知道他和松仪之间早已经超出了父女的情感。他每每深夜归来，全府上下都已沉沉睡了，可松仪的房里依然亮着灯，他每每早上上朝，都是松仪为他准备好称心的早膳，准备好上朝的衣裳。他也知道岁月不饶人，松仪已三十好几，自己也行将老去，他不是不想松仪给他生下一男半女续上自己的香火，毕竟不孝有三，无后为大啊。但是身处在大明皇宫里的骆安，始终早出晚归地忙碌，面对纷繁复杂的朝廷皇务，面对一波接一波的朝廷纷争，骆安始终战战兢兢地透不过气来。骆安又是固执守旧之人，他的父亲、祖父接连去世，他一次一次地守节守孝。岁月就这样消磨殆尽。

嘉靖六年，祖父去世早已过了三年，这年恰好又是润年，骆安与松仪这年的八字时辰也合，骆安与妻子李氏年初就商量好，年内选择一个吉日，把喜事给办了。正当全府上下都忙碌筹办的时候，八月，骆安妻子李氏却不慎摔倒，从此卧床不起，九月就不幸驾鹤归西了。骆安又得要为妻子守节三年，真是好事多磨，天不遂人愿啊。事情就这样又一次耽搁下来。

此时，嘉靖皇帝已经二十二岁，年轻气盛，英姿勃发。少年老成工于心计的朱厚熜，经过嘉靖初期大礼议、大朝贡事件的洗礼，经过杨廷和、费宏两个首辅以及其他内阁大臣的精心辅佐，变得更成熟了。这个时候，以杨廷和为首的护礼派朝中老臣相继离开朝廷，以张璁、桂萼为首的议礼派新贵逐渐接管和掌控了朝廷大权，朱厚熜率领新任首辅张璁、桂萼等内阁大臣改革政治励精图治，在嘉靖初期呈现出了一派中兴气象。

锦衣卫指挥使骆安也在这一派中兴气象之中，依然日日夜夜地忙碌。可是天有不测风云，人有旦夕祸福。就这样稍为安稳地过了两年以后，忙碌并谨慎着的骆安又被意外地卷入一场政治风波。

嘉靖八年二月，大明开国功勋武定侯郭英玄孙、洪武太祖高皇帝钦赐世袭武定侯郭勋，因为收受贿赂擅自取回发配到隆庆卫充军的知州金辂被人告发。嘉靖皇帝诏旨着刑部尚书高友玑等核查会审。四月初刑部尚书高友玑等会审郭勋擅权取回罪囚金辂案回奏嘉靖皇帝，嘉靖皇帝指责批驳高友勋罪证欠明，令其再审。高友玑接旨重审只是稍稍改了改言词，嘉靖皇帝御览后仍是“罪证不明，仍属朦胧”，嘉靖皇帝怒了，斥责高友玑“恣意隐护，令各对状”。

于是六科给事中赵廷瑞等、十三道御史刘濂等，连续上疏弹劾：

“微臣们近闻武定侯郭勋擅自取回罪囚金辂欺君玩法，无人臣礼节，好在皇上圣明已削去郭勋职掌爵位。但现在不明确的是，郭勋擅自取回罪囚金辂原委，以及指挥孙铎等受贿实情，仍还当据实审问方才明了。今微臣们查高友玑不顾公议，屡屡为其隐藏辩护，开始说郭勋与金辂之父是旧友，金辂父亲行医，曾医救过郭勋之命，郭勋是为报金辂父之恩；等再次审问郭勋又说是受通政使柴义之托付；不久郭勋又改口说是孙铎送赃于郭勋；等再次复审，郭勋则又言是孙铎诬讦诓骗。旬月之内翻来覆去，数易其词顿易成案，成何体统？乞请皇上圣明，宜速罢黜高友玑以为惩戒；都御史熊浃、侍郎许赞、大理寺少卿曾直、锦衣卫掌卫事骆安等漫无可否，欺君罔上，殊非刑官大体，也宜一并核查论处！”

嘉靖皇帝愤怒至极，立即宣诏：“高友玑职掌刑部，奉旨推问狱情始即隐护既又更改，遂致不平公议议拟不当，着令高友玑罢黜致仕。熊浃等又曲意附和，玩忽法守，着令熊浃等各罚俸六月，着令骆安等各罚俸二月。着命金辂等下法司严核再问。”不久三法司会同九卿再审问，郭勋受贿终于成案。郭勋被嘉靖皇帝夺去禄米一半，金辂、孙铎等发配极边永远充军。这就是嘉靖八年惊动朝野的大风波，史称嘉靖八年“金辂案”。

骆安做梦都没有想到的是他竟然被“金辂案”牵连其中！骆安左思右想，他与“金辂案”毫不相干啊！骆安确实不知道“金辂案”原委，也不知道金辂其人。因为此案不在锦衣卫职权范围，骆安也从来没有过问过。

但毫不知情的骆安，竟然就这样被搭进去了，而且还被戴上了“漫无可否，欺君罔上”“曲意附和，玩忽法守”的大帽子！皇恩浩荡！但江湖也险恶啊！

后来有人私下告诉骆安，是因为骆安的高祖父骆以诚在北京的侧室夫人是大明开国元勋郭英的妹妹，骆安与郭勋是第五代世亲！还因为骆安的已离世妻子李氏，是当年骆安父亲骆胜的手下锦衣卫副千户高述庵的义女，而高友玑就是高述庵之子！嗅觉特别灵敏的皇宫御史们把骆安与郭勋、高友玑的世亲情报，偷偷奏报给了嘉靖皇帝。最忌讳皇戚勋贵宦官太监朋党滥权结党营私的嘉靖皇帝，给了骆安一个不大不小的警告！

一个重大的信号！

骆安诚惶诚恐……

始终如履薄冰的锦衣卫指挥使骆安，最终没能逃脱被弹劾革职的命运。

这一天，终于来了。嘉靖九年十二月二十二日，骆安永远不会忘了这一天！这一天，锦衣卫掌卫事都指挥使骆安，被兵科都给事中张润身弹劾，被嘉靖皇帝主子革职了！这一天，明威将军、锦衣卫指挥佥事骆安，戴着“奸贪不职”的帽子，被嘉靖皇帝主子革职回家了！

他几乎穷尽一生之想，最终没有弄清楚张润身弹劾他的原因。他不想再想了。他追随的主子从兴王走向大明的最高权力，他自己看似步步高升，其实始终在权力的旋涡中，落水是迟早的事情。

骆安仰天大笑，从此，他谁也不伺候了。

这一天，骆安永远地离开了大明皇宫紫禁城！这一天，骆安终于真正回到了北京顺天府骆府家邸！

骆安彻底释怀了，彻底解脱了，而高松仪始终久久悬着的那颗心啊也终于安安然然了……

附记（尾声）

嘉靖二十八年十月十三日（1549年11月2日），明威将军、锦衣卫指挥佥事骆安去世，定于当年腊月二十日（1550年1月7日），归葬于京师城南五里祖茔。骆安弟弟骆定、骆寅恭请时任内阁首辅高拱赐撰兄长骆安墓志铭。高拱因素与骆安交情深厚，熟悉骆安生平行事，毫不推辞，慷慨应允，满怀深情撰写了《明故明威将军锦衣卫指挥佥事骆公墓志铭》。高拱在墓志铭最后饱含深情地写道：

“公（指骆安）素峭直，好面折人过，或干以私，即诮让无已。用是群小丛怨，多口肆兴，遂以免。无何皇上追念旧劳，诏与指挥佥事致仕。公自解组归，即闭门谢客，绝口不谈世事。自奉冲约，耳无丝竹之娱，目鲜珍异之玩。惟训子读书，时或与戚党弹棋话旧，余二十年终。距其生成化八年（1472年）某月某日，享年七十有七。

“公慷慨朴实，出于天性，事父母以孝闻，友爱二弟，终其身无间。处乡好义乐施，赴人之急，有烈士风。遇事能断，虽纠纷必解，盘错必利。人以是服公，也以是为忌，卒滞大用，惜哉！

“李淑人无子，生一女，适嫁杨通政子化。侧室高氏，生男曰椿，娶于宣。”

铭曰："骆祖知兴，仗策归义。爰隶燕山，上备宿卫。有子孔武，翊卫文皇。汗马树勋，南北翱翔。再传羽林，爰及群牧。遂以生公，益笃厥祜。惟公雄杰，为国之防。勋庸卓荦，宠荣繁昌。矢心报国，群嫌罔避。用兹立名，用兹召忌。归田却扫，琴尊缔盟。履约茹淡，跻此遐龄。九原式归，厥德靡悔。庆来方隆，宜尔子孙。"

作者因不才，谨录以上以记之。

谢奉生初稿于 2021 年 4 月，成稿于 2021 年 6 月。

附录（排名不分先后）

致身录

（明）史仲彬　撰

洪武三十一年戊寅闰五月辛卯，建文帝即位。【凤麟按：《明史》卷四："恭闵惠皇帝，讳允炆，太祖孙，懿文太子第二子也。母妃吕氏。帝生颖慧好学，性至孝。……三十一年闰五月，太祖崩。辛卯，即皇帝位。大赦天下，以明年为建文元年。"】冬十一月，史仲彬以明经除翰林院侍书。先是洪武二十四年，彬应诏执贪纵官吏，廷见高皇帝，条其若干言，俱赴法司论死。高皇帝主政户部，彬恐钱谷事重，顿首固辞，更访治道，称旨，赐酒馔于廷及钞四百锭，驿舟传归。建文帝即位，越五月，诏起山林才德士，有司以名闻。适监察御史刘有年上《仪礼》十八篇，并叙彬明经，特诏所在，礼请来京。十一月十八日，陛见，试《四书疑》一道，钦授翰林院侍书。

建文元年春正月，遣往衡山，告即位也。元旦，上受朝贺毕，谓侍臣曰："朕奉天地山川之灵，以登大宝，政元伊始，将告五岳神祇。其命儒臣以往。"阁臣拟彬衡山。初六日，陛阅。三月，报命。夏四月，更定官制。疏谏不报，用寿州训导刘亨言，乃与方孝孺等议，大加更定，彬具疏大略，以安静法祖为言。会金华楼琏亦上疏，称引孟庄子之孝。【凤麟按：《明史》卷一四：“成祖既杀孝孺，以草诏属侍读楼琏。琏，金华人，尝从宋濂学。承命不敢辞。归语妻子曰：‘我固甘死，正恐累汝辈耳。’其夕，遂自经。或曰：草诏乃括苍王景，或曰无锡王达云。”】上于楼《疏》批：“此与昨史仲彬疏同意，此正所谓知其一未知其二者，六卿果可卑于五府耶？祭酒果可任太仆下耶？假令皇祖而在，当必以更定为是。”群臣勿复言。

秋七月，廷斥监察御史尹昌隆为奸党，因荐魏国公徐辉祖，上嘉纳之。时燕藩已称兵两月矣，【凤麟按：《明史》卷四：“秋七月癸酉，燕王棣举兵反。”不当言两月。】昌隆手疏面奏，劝上让位守藩，廷臣愕然。彬执笏麾之，曰：“天下乃太祖之天下，非皇上所得私授者。一人逆命，遂举而授之，尤而效之，又何以焉。选得募兵，今日急务。臣窃魏国公徐辉祖，忠义性直，智勇绝人，以当一而燕可平也。昌隆狂言惑世，请速加诛。”上曰：“人臣之义，当以仲彬为正。昌隆素有敢言之气，其勿为罪。”

二年春三月，疏均江浙赋役，从之。时建文帝正值更制，彬乃上疏曰：“国家有杂正之供，赋役不均，非所以为治。江浙本赋重，而苏、松、嘉、湖，又以籍人沈万三、史有为、黄旭、纪定准租起税，此以绳一时之顽，岂得据为定则？乞悉减免，以苏民困，窃照各处起科，亩不过斗，即使江南地饶，亦何得倍之，奈有重至石余者。臣往军而奏先帝赋敛太重，蒙旨嘉劳。特以臣本苏人，而史有为又臣之族属也，恐坐以私，未敢尽言。幸逢皇上明圣，每事从宽，敢竭愚忠，伏听采择。”上诏：“可。”苏、松准各处起科，苏松人仍官户部。

夏五月，改彬为徐王府宾辅，仍兼原官。时三王未遣之国，长史以下诸员直宿内阁，参议事宜，多见亲幸，故壬午削籍尽焉。

三年春正月，副工部尚书严震直，督饷山东。闰三月，彬归报命，转饷已专责严震直矣。副之者曰："敌情虚实并将士强弱，密侦以报。"闰三月十八日，还朝。见上于文华殿，奏："夹河之役，非战之罪也。盛庸智深勇沈，当今将略，还为第一。至庄得、张能、楚智、平元斩将搴旗，力战以死，宜急加恤典，以为风励。燕王用兵，变化不测，用强恃壮，亲勍我阵，幸庸结阵甚坚，屹不可动，复以单骑逼营，越宿鸣角，穿营而去，盖恃勿杀叔父之谕也。"军中众谓皇上失之太仁。帝曰："奈何已有是命，不可返也。"默然者久之，便奏几密事十二条。帝叱左右曰："勿泄。"因诵"君不密则失臣，臣不密则失身，几事不密则害成"之句。叩首而出。

冬十一月，以省亲还乡，随赐敕命。自转饷归，请告凡四，不许。至是得请。适皇少子以十三日生，查京官历三年满者，得一百五十二人。帝亲制词。彬以前二日满考，皇帝敕曰："国家建官，文武殊局，中外分曹等，最辨职难兼也。尔徐府宾辅兼翰林院侍书史仲彬，用明经起家，矢尽忠报国，或校书、或转饷、或密疏、或面陈，文材兼武略俱隆，转藩与襄帝并茂。朕资启沃，实用宏多，阶尔承德郎，妻沈氏，为安人，追厥所自父母，有教育之恩，忠孝本一致之理，尔父居仁，从尔阶；尔母黄氏，从尔妻阶。给假归家，以申宠锡。父母深恩，今已展矣。国家多事，尔毋忘焉。”特敕：“十八日奉旨发，中书誊写与他。二十一日辞朝，限三月以里来京。”

四年三月，彬入京，陛见，口授翰林院侍读。时北兵日迫，诏勤王者分道四出，遂依。限单骑入京，戒其子曰：“而父官秩虽卑，被朝廷恩宠，见几引避，非所愿也。万一有难，守先帝孝悌力田之谕，以成家保身，毋为我虑。”

夏六月庚申，廷议避难。彬请从方孝孺坚守之策。燕兵渡江，李景隆往，许割地。不许，还报。上愕然无措，群臣恸哭。茹瑺等请幸湖湘，王韦等又请幸江浙，方孝孺谓当坚守京城，以待四方之援。众议哗然不决，彬独以方言为是，楼琏亦言效死，勿去为正。上微首肯，群议乃定。

燕兵薄金川门，监察御史魏冕及彬请诛徐增寿，从之。先是，燕兵将薄城下，左都督徐增寿谋降，魏冕廷殴之。至是在左顺门语同列曰：“皇上必面缚出降，乃可。”魏冕与彬亟请加诛，帝怒甚，下殿手刃之。复请诛李景隆，手诏召来，未至而金川门已献矣。【凤麟按：《明史》卷四：“乙丑，燕兵犯金川门，左都督徐增寿谋内应，伏诛。谷王橞及李景隆叛，纳燕兵，都城陷。宫中火起，帝不知所终。燕王遣中使出帝、后尸于火中，越八日壬申，葬之。”】

大内火起，帝从鬼门遁去，从者二十二人。时六月十三日未时也。帝知金川失守，长吁东西走，欲自杀。翰林院编修程济曰：“不如出亡。”【凤麟按：《明史》卷一四三：“程济，朝邑人。有道术。洪武末，官岳池教谕。惠帝即位，济上书言：‘某月日，北方兵起。’帝谓非所宜言，逮至，将杀之。济大呼曰：‘陛下幸囚臣。臣言不验，死未晚。’乃下之狱。已而燕兵起，释之，改官编修。参北征军淮上，败，召还。或曰，徐州之捷，诸将树碑纪功，济一夜往祭，人莫测。后燕王过徐，见碑大怒，趣左右椎之。再椎，遽曰：‘止，为我录文来。’已，按碑行诛，无得免者。而济名适在椎脱处。然考其实，徐州未尝有捷也。金川门启，济亡去。或曰帝亦为僧出亡，济从之。莫知所终。”又《建文纪》(卷四)：“或云：帝由地道出亡。正统五年，有僧自云南至广西，诡称建文皇帝。思恩知府岑瑛闻于朝。按问，乃钧州人杨行祥，年已九十余。下狱，阅四月死。同谋僧十二人，皆戍辽东。自后滇、黔、巴、蜀间，相传有帝为僧时往来迹。”】少监跪进曰：“昔高皇升遐时，有箧，遗曰：‘临大难，当发，谨收藏奉先帝之左。’”群臣齐言急出之。俄而升一红箧至，四围俱固以铁，二锁亦灌铁，帝见而大恸，急命举火焚内。程济碎箧，得度牒三张，一名应文，一名应能，一名应贤，袈裟帽鞋剃刀俱备，白金十锭，朱书箧内，应文从鬼门出；余从水关御沟而行，薄暮，会于神乐观之西房。帝曰：“数也。”程济即为上祝发，吴王教授杨应能，亦愿祝发随亡。监察御史叶希贤毅然曰：“臣名贤，应贤无疑。”亦祝发，各易衣备牒，在殿凡五十六人痛哭仆地，俱矢随亡。帝曰：“多人不能无生得失，有等任事著名，势必究诘；有等妻儿在任，心必挂牵：宜各从便。”御史曾凤韶曰：“愿即以死报陛下。”帝麾诸臣，大恸，引去若干人，九人从。帝至鬼门，牛景先以铁棒启之，若不用力而即瓦解者，而一舟舣岸以待，十人乘舟，舟人顿首。帝问：“汝何人？何为至此？”对曰：“臣乃神乐观道士，即前皇上赐名王升。昨梦太祖高皇帝绯衣南向御奉天门，令两校尉缚臣，诘曰：‘汝提点，秩六品为何？’臣顿首谢不知，曰：‘明日午时，可于后湖舣大舟至鬼门外伺候，汝周旋勿泄，后福未期，不然，难逃阴殛。’臣以是知陛下之来也。今晚憩息观中，徐议行五。”

舟止太平堤畔，王起导前，闲步至观，已薄暮矣。俄而杨应能、叶希贤等十三人同至，共二十二人。兵部侍郎廖平，襄阳人；刑部侍郎金焦，贵池人；翰林院编修赵天泰，三原人；浙江按察使王良，祥符人；四川参政蔡运，南康人；刑部郎中梁田玉，定海人；监察御史叶希贤，松阳人；程济，绩溪人；中书舍人梁良玉、梁中节，俱定海人；宋和，临川人；郭节，连州人；刑部司务冯潅，黄岩人；所镇抚牛景先，沅人；王资、杨应能、刘申，俱杞县人；翰林院侍诏郑洽，浦江人；钦天监正王之臣，襄阳人；太监周恕、何洲及徐王府宾辅史仲彬，吴江人。【凤麟按：《明史》卷一四三：“其后数十年，松阳王诏游治平寺，于转轮藏上得书一卷，载建文亡臣二十余人事迹。楮墨断烂，可识者仅九人：梁田玉、梁良玉、梁良用、梁中节，皆定海人，同族，同仕于朝。田玉，官郎中，京师破，去为僧。良玉，官中书舍人，变姓名，走海南，鬻书以老。良用为舟师，死于水。中节好《老子》《太玄经》，为道士。何申、宋和、郭节，俱不知何许人，同官中书。申使蜀，至峡口闻变，呕血，疽发背死。和及节挟卜筮书走异域，客死。何洲，海州人。不知何官，亦去为卜者，客死。郭良，官籍俱无考，与梁中节相约弃官为道士。余十一人并失其姓名。缙云郑僖纪其事，为《忠贤奇秘录》，传于世。”】上曰：“今后俱师弟称呼，不拘礼教。”诸臣泣诺。廖平曰：“诸人愿随，固也。但随行不必多，更不可多，就中无家室累，并有膂力足扞卫者，多不过五人，余俱遥为应援为便。”师曰：“良是。”于是环坐于地，享道士夜餐，酌定左右不离者五人，比邱杨应能、叶希贤，【凤麟按：《明史》卷一四三：“时又有玉山樵者，居金华之东山，麻衣戴笠，终身不易。尝为王姓者题诗曰‘宗人’，故疑其王姓云。雪庵和尚，人疑其为叶希贤，见《练子宁传》。”又卷一四一：“希贤，松阳人。亦坐奸党被杀。或曰去为僧，号雪庵和尚云。”】道人程济。往来道路给运衣食者六人：冯（漼），时称赛马先生，时称冯翁，时称马翁，时称马二子；郭节，时称雪庵，后称雪和尚；宋和，时称云门僧，时称稽山主人，时称槎主；【凤麟按：《明史》卷一四三：“会稽有二隐者：一云门僧，一若耶溪樵。僧每泛舟赋诗，归即焚之。樵每于溪沙上以荻画字，已，辄乱其沙。人有疑之者，从后抱持观之，则皆孤臣去国之词也。”】赵天泰，适衣葛，称衣葛翁，时称天肖子；【凤麟按：《明史》卷一四三：“河西佣，不知何许人。建文四年冬，披葛衣行乞金城市中。已，至河西为佣于庄浪鲁氏，取直买羊裘，而以故葛衣覆其上，破缕缕，不肯弃。力作倦，辄自吟哦，或夜闻其哭声。久之，有京朝官至，识佣，欲与语，走南山避之。或问京朝官佣何人？官亦不答。在庄浪数年，病且死，呼主人属曰：‘我死勿殓。西北风起，火我，勿埋我骨。’鲁家从其言。”】王之臣，家世补锅，欲以此作生计，号老补锅；【凤麟按：《明史》卷一四三：“补锅匠者，常往来夔州、重庆间。业补锅，凡数年，川中人多识之。一日，于夔州市遇一人，相顾愕然。已，相持哭，共入山岩中，坐语竟日。复相持哭，别去。其人即冯翁也。翁在夔以章句授童子，给衣食，能为古诗。诗后题‘马二子’或‘马公’，或‘塞马先生’。后二人皆不知所终。”】牛景先称东湖樵，时称东湖主人。师曰：“吾今往滇南，依西平侯。”彬曰：“大家势盛，耳目众多，况新主谅不释然，能无见告，不若往来名胜，东南西北皆吾家也。弟子中有家给而足备一夕者，驻锡于兹，有何不可。”师曰：“良是。”于是更举七家：廖平、王良、郑洽、郭节、王资、史仲彬、梁良玉。师曰：“此可暂，不可久。况郊坛所在，明旦必行，将何所之？”众议浦江。郑亦曰：“族俱忠孝，可居也。”

夜分，师足骨度不能行。微明，牛景先与彬步至中河桥畔，谋所以载者，有一艇来焉，闻声为吾乡，急叩之，则彬家所遣以侦彬吉凶者也。与牛大快，亟迎师，且至彬家。诸人闻之，且喜且悲，同载八人，为程、为叶希贤、为杨应能、为牛景先、为冯（潅）、为宋和，余俱走散，期以月终更晤。取道溧阳，依叔松隐所，不纳。八日，始至吴江之黄溪，奉师居之西偏，曰“清远轩”，众出拜，师亦大适。明旦，改题“水月观”，师亲篆文。阅三日，诸弟子至彬家相聚。五日，师命归省，新皇帝追彬敕命，师逸去，时八月十五日也。

新皇帝即位之九日，遍籍在任诸臣遁去者四百六十三人。即日削籍，戒毋齿及。八月，着礼部行文书各州县，追缴革除诰命。至是苏州府差吴江邑丞巩到彬家追夺，且曰：“建文帝闻在君家？”彬曰：“未也。”微哂而去。明旦，师同两比邱一道人入云南，余俱星散，期以来年三月集于襄阳廖平家。

癸未正月，彬往襄阳。正月二十日，为襄阳之行。三月初三日，至廖平家，牛景先已先在矣。阅六日，冯（潅）自云南来，四人相对大恸。冯告：“师告：‘留云南之永嘉寺，亦甚安妥。明年，来游天台，今年无烦往来。'”复居停旬日，诸弟子俱会，惟梁良玉已物故矣，月终告归。

甲申八月，大师同杨、叶、程来家。先是七月牛景先来言，师将至矣。至是八月初九日，天将瞑，一师突至忠孝堂，彬及家人出拜毕，款至重庆堂，已举灯矣。而杨、程、叶亦至。举酒半酣，师曰："我明日当即去。"彬惶悚曰："弟子扫门而俟久矣，即有不肃，师当见原，本意欲留师几月，奈何明晨之云乎？"师泣曰："彼方觅我而图我，昨于四安道中见冠盖来者，瞪目而视，此臣，我曾目善之，彼必有以奏也。东南逋臣，屈指先你；我去，政为汝计。"相对而恸久之，且曰："此近宫阙，不便。"彬曰："亦不妨。"视师，衣履敝甚，固留三日，命家人制衣。师服师用绵绸，大小计十六件；杨、程、叶俱用棉布，大小计三十有六件；白金十两为资。

十三日清晨，彬随师为两浙之行，杭州计游二十三日，天台、雁宕计游三十九日，会马二子、稽山主人、金焦亦来于石梁间，且云诸友俱约于此一会，然终不一见。时天气已寒，师欲返云南，固却诸人而去。

丁亥春三月，同何洲往云南谒师。正月中，遣僮往海洲，请何洲同到云南，三月终才到。留五日，彬携一僮，三人皆道人饰，行二月，得至连州，访郭节，适改翰林，简讨程亨在焉，相持痛哭，徐曰："师在。近来在重庆寺之大竹善庆里，有杜景贤筑室与居，吾四人同往候之。"留二日，遂行，至所谓善庆里，师不在，杜亦不在。时朝廷侦师，密而严，有胡濙、郑和数往来云贵间，【凤麟按：太监郑和本云南人，此言为侦查建文而来往，则七下西洋，不日全球通缉乎？小说可笑如此。《康熙贵州通志》卷六："白云山在（广顺）州城东四十里，层峰叠嶂如奔马渴虹，至此而止。两水界其左右，远望不觉其高，及登临，则众山皆俯矣。山顶常有白云覆罩，阴晴皆见，山因以名。明建文帝常遯迹于此上。有罗永庵，庵前有跪井，汲者必跪，乃可得，相传溪能所献以饮帝者。又有洞流米出以供帝膳，帝去后即止。庵外杉二株，长可数十尺，其一经帝手所摩，至杪绝无附枝，具诸神异。帝常题诗于壁，为同寓僧杨应祥所窃，冒称帝，首诸泗城土官岑瑛，蜚章入告，并逮及帝。应祥论死，从者二十八人戍边。帝在其中，乃以实白，迎入西内，称曰老佛，不知所终。"清吴振棫《黔语·建文遗迹》（卷下）："贵阳城南罗永庵有建文题壁诗，又安顺城东飞虹山、清镇城北伞翠山、安平城东高峰山玉能洞，皆有建文遗迹。按：明人言建文出亡者，王鏊《守溪笔记》、祝允明《九朝野记》、郑晓《吾学编》，及稗官杂说如《致身录》《从亡随笔》诸书是也。靖康之事，《实录》多曲笔，野史尤不足凭，如因杨行祥事而移之杨应龙，王世贞辨之；因史仲彬之名而造为《致身录》，钱谦益驳之。朱检讨彝尊、王尚书鸿绪辨之尤力。近杨椿《明惠帝论》于宫中火一节，指说事情极确，而辑志乘者辄以传讹之词为山水点缀，甚无谓也。"】彬等夜则同宿，日则分行，相与行乞于市者旬有六日。一日，彬于寺舍旁暂息，比邱程济熟而视之，曰："汝在耶？"彬起，彭掌曰："是。"急叩师，程曰："已结庵白龙山深处矣，去此不遥。"两人下泪如雨，不敢出一声。比晚，同诸人以往，程为导。时七月十八日也，月色皎然，上下山阪，逶迤曲折，约行十八九里而庵在焉。天已微曙矣，叩扉而出者为杨应能，旋拜师榻前，师颜色憔悴，形容枯槁。盖夏日患痢，因有戒严，不能时时出山为膳，狼狈至此。相对而恸。随问曰：“汝等带得方物为我尝否？”各为献。彬独有僮而所献丰，况当年职居禁近，知师所嗜若金华火肉、淡菜、金山鱼脍、笋鲞、鹅豆、肉松六味。见之，大喜，即命熟火肉，启床头尊酒啖之，曰：“不尝此已三年矣。”谓于彬家尝后，无之也。翌日，师率游山中，自近而远，日以为常。

甫一月，郭与程以事请行，彬亦以请，师曰：“汝远来，固当久留。”因问：“汝子年几何？”曰：“十六岁矣。”“能办事否？”曰：“尚在书堂。”曰：“欲为官乎？”【凤麟按：建文此时曾泥菩萨之不若，尚能许官？】曰：“必不敢。”相与唏嘘久之。自后屡请屡留，延至明春三月，行之日，师痛哭失声，嘱曰：“今后勿再来，道途阻修，一难；关津盘诘，二难。况我安居，不必虑也。”彬等叩首领命而行。

庚子秋八月，彬往云南。自南游以后，尝有以奸党告者，虽获宥于上官，心常惴惧，十余年来，无日无滇南之思，终不得往。且临行师嘱，恐彼此俱戾。至是革除之禁稍稍宽矣，决中秋携一价以往。始至南康蔡运家，既至襄阳廖平、王之臣家，复至连州郭节家，俱已物故矣。遂至云南，循白龙山庵故道，了不见所为庵者。山旁有一居民，询其老妇，则曰：“向来上司官来，已毁矣。”问僧徒，则曰：“不知所之。”暗中流泪曰：“彬不远万里来，得一面师，死且目瞑；不则，得一音耗，归家亦安。”凡值寺院，靡不拜祷，循游数郡，几两月余。一日在鹤庆，忽一比邱指曰：“汝寻师耶？”彬愕然，比邱曰：“固忘我耶？”彬曰：“汝师何名？”曰：“文大师是也。”亟问曰：“何所？”曰：“在。”随之去。三日。得至师所，师兀坐一室，见之，大喜。庵在平阳，前后深林密树，不下数里，为浪穹所辖地。先是，叶希贤所募建者，甫落成而两人已故，庵之东即埋之。于是师命举所馈献奠之，呼僮沽酒，是夕尽欢，前此戚容愁气，殆消融矣。惟言及杨、叶，则嗟叹久之。流连弥月，遣归。

甲辰秋七月，洪熙改元。八月，彬往云南。八月十三日，自起家行，九月二十五日入湖广界，投宿旅店，主人曰：“内有两道，可与俱。”彬入见，鼾鼾床上，睨之，师也。伺其觉，师喜曰：“来此何为？”曰：“来访师。”彬曰：“师欲何往？”曰：“访汝等。”言及榆木川，皆色喜。彬问汝道路起居状，答曰：“近来强饭，精爽倍常。”明日，即偕下江南，以从陆路，十一月始得抵家。至之日，具酒肴于重庆堂，师位上，程济东列，彬西列。有从叔名宏者，嘉兴县史家村人也，直至堂上，彬不得已，亦与坐。问师何来？彬未及答，即去趋出招彬曰：“此建文皇帝也。”彬曰：“非也。”宏曰：“吾曾于东宫见之，当吾家籍没时，非是，吾无死所矣，活命恩主也。”彬不得已，以实告，宏即稽首涕泣，问来状，师曰：“亏这几个随亡的人，给我衣给我食，周旋夷险之间，二十年来，战战兢兢。”复大恸，恸已，答曰：“今想可老终矣。”宏曰：“师今欲何之？”曰：“欲游天台诸胜。”宏曰：“吾当具一日之积随行。”

居数日，师行，戒彬曰：“有叔在，尔勿往也。”宏从之去。去明年三月，复来，拟往祥符。渡江，彬送之江上，偶有洪熙升遐之闻，师顾曰：“吾心放下矣。今后而可往来，想关津不若昔之有意我也。”且喜且悲，止程济从，彬等观渡而返。【凤麟按：张岱《夜航船》卷三：“建文君自滇还，迎入南内，号老佛，卒葬西山，碑曰‘天下大师之墓’。”】

予少年便喜读书，读《革除遗事》及《革除编年》《逊国记》等书。每叹死节诸臣，多亡其姓名爵里，无从考证。万历中，秀水屠侍御叔方著《建文朝野汇编》二十卷，搜括壁书野史殆尽，虽革朝去今二百余载，而公议之在人心，凛凛犹有生气。焦太史乃于茅山道士房中拾得史仲彬《致身录》，既失矣，旋复得之，即为史氏后裔，亦所不及知，至今日，始传布人间，岂忠义之气，亘古不磨，遂不终于散失耶？【凤麟按：《明史》卷一四三：“及万历时，江南又有《致身录》，云得之茅山道书中。建文时，侍书吴江史仲彬所述，纪帝出亡后事甚具。仲彬、程济、叶希贤、牛景先皆从亡之臣。又有廖平、金焦诸姓名，而雪庵和尚、补锅匠等，具有姓名、官爵。一时士大夫皆信之。给事中欧阳调律上其书于朝，欲为请谥立祠。然考仲彬实未尝为侍书，《录》盖晚出附会，不足信。”】盖齐、黄、方、练，建文君所信任有社稷之寄者也。【凤麟按：齐泰、黄子澄、方孝孺、练子宁，见《明史》卷一四一。】主上有难，以身殉之，谁曰不宜？至于史公，官不过侍书、王府宾辅，秩至卑散也，乃间关万死，三至滇南，卫其故主。而同事诸臣如杨、如程、如叶，四方流落，始终不渝，较之一死，不尤难哉？顾文皇讳禁森严，当时隐闷不传之事何限。即吾郡之叶给事福，守金川门，首犯燕锋，死之。林御史英，闻国祚已移，遂自经死；而妻宋氏，亦自经死。吾郡传之，而革除诸史所不及载，始知逊国之时就死地者如骛，而名湮没不称者多矣。斯《录》为叶师相家孙君锡所藏，予从郑汝交处得睹，遂借而录之，以备革朝遗事之一种云。天启癸亥闰十月二十六日，三山徐（火孛）兴公识。

《明明威将军指挥佥事骆安墓志铭》

（明）高拱　撰

嘉靖己酉十月十三日，明威将军锦衣卫指挥佥事骆公不禄，将以其年腊月二十日归窆都城南五里祖茔之次。于是公弟定暨寅，以其兄僚魏君《状》来乞“铭”。予素辱公交厚，知公懿行为详，胡可以不文？

辞叙曰：“公讳安，字时泰，别号月崖，湖广宁远人也。高大父当元末时归附太祖高皇帝，后遂占籍燕山中护卫，生二子曰寄保、曰寄善。保有战阵功，官济阳卫正千户，死无嗣，善承其官，而传其子广。广改卫羽林，而传其子胜。胜娶于胡，生公。幼岐嶷，不喜嬉弄，有成人体。既就外傅，即笃学好问，闻见日益博。弘治初，献皇帝建国于兴，慎选护从，父往典郡牧所，公遂从如承天。居数年，承荫，仍理所事，实勤慎有声。

辛巳，今上入继大统，周旋扈从，劳勚为多，荷特旨升锦衣卫指挥同知，世袭。仍赠父祖如其官，祖母、母暨配李，赠封皆淑人。且敕有司修其父母葬所，赐谕祭，宠赉甲于时。寻以廷荐，督理内外衢巷池隍诸务，遂查革兼并修理沟渠，氓恃以安。

癸未，升署都指挥使，视卫篆，奉玺书督缉事官校，屡有蟒服佩刀之赐。”公乃叹曰：“予实武弁末流，幸以犬马微劳，受恩至此。自微秉慎持法，夙夜殚厥心力，其何以报称上者。”于是下令戒诸官校曰：“予罔敢纵慝，亦罔敢幸功。惟奸宄罔职惟尔辜，厥或戕于孱良亦为尔辜。惟公惟平，斯称任使。”胥曰：“诺。”自是强者敛，诡者遁，善者无恐，时称清肃。三载奏绩，加升实授一级。

公素峭直，好面折人过，或干以私，即诮让无已。用是群小丛怨，多口肆兴，遂以免。无何皇上追念旧劳，诏与指挥佥事致仕。公自解组，即闭门谢客，绝口不谈世事。自奉冲约，耳无丝竹之娱，目鲜珍异之玩。惟训子读书，时或与戚党弹棋话旧，余二十年终。距其生成化年月日，享年七十有七。

公慷慨朴实，出于天性。事父母以孝闻，友爱二弟终其身无间，处乡好义乐施，赴人之急有烈士风。遇事能断，虽纠棼必解，盘错必利，人以是服公，亦以为忌，卒滞大用，惜哉！李淑人无子，生女一，适杨通政子化。侧室高生男，曰椿，娶于宣。铭曰：

“骆祖知兴，仗策归义。爰隶燕山，上备宿卫。有子孔武，翊卫文皇。汗马树勋，南北翱翔。再传羽林，爰及群牧。遂以生公，益笃厥祜。惟公雄杰，为国之防。勋庸卓荦，宠荣繁昌。矢心报国，群嫌罔避。用兹立名，用兹召忌。归田却扫，琴尊缔盟。履约茹淡，跻此遐龄。九原式归，厥德靡悔。庆来方隆，宜尔子孙。”

（转载自岳金西、岳天雷著《高拱研究文集》，中州古籍出版社 2011 年第 1 版）

百年沉浮：明代锦衣卫世家骆氏兴衰史

高寿仙

一、引 言

被列入第五批“中国传统村落名录”的骆铭孙村，坐落在湖南省永州市新田县金盆圩乡南部，是一个拥有三四千人的骆姓大型村落。该村至今仍保留着几处古建筑，其中有一座上书“锦衣总宪”四字的木制牌楼，相传始建于明朝万历年间。由于时代久远，传闻异词，或说是为骆安而建，或说是为骆思恭而建。骆安在嘉靖初期曾担任锦衣卫指挥使，后降为指挥佥事致仕；骆思恭在万历末年至天启前期掌理锦衣卫事，官至左都督；骆思恭之子骆养性亦官至左都督，是明朝最后一任锦衣卫掌印官。

众所周知，锦衣卫是明代一个性质极为特殊的军事机构，拥有广泛而重要的权力。尽管明代实行军户世袭制，一家数代甚至多代在锦衣卫任职并不鲜见，但一家先后有三人执掌锦衣卫最高权力，还是比较罕见，骆氏或许是惟一的一家。由于官私典籍中的相关资料非常稀少而且不乏舛误，目前骆氏这个锦衣卫世家的基本情况还处于若明若暗的模糊状态。笔者不揣浅陋，尝试缀合相关的片断史料，对骆氏历代职位传袭及履职情形略作梳理，尚望方家补正。

二、崛起行伍：骆安之先世

骆氏任职于锦衣卫的第一代，是嘉靖初担任过指挥使的骆安。骆安去世后，时任翰林院编修高拱应邀为其撰写了一篇墓志铭。此铭收入高拱文集得以保存下来，使人对骆安生平及其先世有了一个概略的了解。此铭开篇谈到：

> 嘉靖己酉十月十三日，明威将军锦衣卫指挥佥事骆公不禄，将以其年腊月二十日归窆都城南五里祖茔之次。于是公弟定暨寅，以其兄寮魏君状来乞铭。予素辱公交厚，知公懿行为详，胡可以不文辞？①

铭中"予素辱公交厚，知公懿行为详"云云，使人觉得骆安与高拱有很深的交情②，其实这可能只是撰写墓志之浮词。从年龄看，骆安卒于嘉靖二十八年（1549年），铭中后文言其"享年七十有七"，回推当生于成化九年（1473年）；而高拱生于正德七年（1513年），比骆安整整小了40岁。从仕履看，高拱嘉靖二十年始登进士第，此时骆安致仕已十

①（明）高拱：《高文襄公文集》卷三《明故明威将军锦衣卫指挥佥事骆公墓志铭》，见《明别集丛刊》，第2辑第91册，111页，合肥，黄山书社，2015年版。

② 岳天雷先生所撰：《高拱与恩师、同年、门生关系考略》（载《辽东学院学报》，2015（1）），即据此铭将骆安列为高拱之"好友"。

余年。再考虑到高拱为文职，骆安属武职，两人交往机会应当不多。但高拱所述骆安及其先世生平，系据骆安同僚魏某所撰行状，而行状内容多由家属提供，具有较高的可信性。铭中述其家世云：

> 公讳安，字时泰，别号月崖，湖广宁远人也。高大父当元末时，归附太祖高皇帝，后遂占籍燕山中护卫。生二子，曰寄保，曰寄善。保有战阵功，官济阳卫正千户。死无嗣，善承其官，而传其子广。广改卫羽林，而传其子胜。胜娶于胡，生公。……弘治初，献皇帝建国于兴，慎选护从，父往典郡［群］牧所，公遂从如承天。居数年，承荫仍理所事，实勤慎有声。辛巳，今上入继大统，周旋扈从，劳勚为多，荷特旨升锦衣卫指挥同知，世袭，仍赠父母如其官，祖母、母暨配李赠封皆淑人，且敕有司修其父母葬所，赐谕祭，宠赉甲于时。[①]

墓志铭没有提到骆安高祖之姓名，但骆铭孙村所藏嘉庆八年（1803年）所纂《骆氏宗谱》记其名“以诚”。据此谱卷二《骆氏始祖承基公世系图编行》记载，该村骆氏开基祖为承基，“由石羊洞而转徙于岛馆，遂为之肇基开籍于斯焉”，传至以诚已是第七代。其传衍世次为：承基生日明，日明生宗骥，宗骥生胜远、腾远等五子，腾远生均述，均述生明可，

①（明）高拱：《高文襄公文集》卷三《明故明威将军锦衣卫指挥佥事骆公墓志铭》，111页。

明可生两子，长即以诚，次为以宾。以宾名旁小字注云："开户名孙，仍居承基公旧宅。"看来明初编制黄册时，骆以诚所报户名为"骆名孙"，后世沿此户名纳税，村落名称遂由"岛馆"渐变为"骆名孙"，后来"名"字又异写为"铭"。

关于骆以诚，该谱卷二《历代宦迹》谈道：

以诚：随征明太祖高皇帝，洪武戊申年克城有功，亡于战阵，未封。

同书卷三《承基公派下世系》有更加详细的记载：

以诚：生于元至正九年己丑四月二十日戌时，随征明太祖，战阵而忘［亡］。

邓氏：生于元至正十一年辛卯十二月十四日巳时，没于大明宣德三年戊申二月初二日。卜葬地名看牛岭，坤山艮向。生一子寄保。

寄保：卜居京师顺天府□□□瓦窑头。

宁远地处湖广南部至两广一带，汉、瑶、侗等族交错居住，元朝末年，瑶、侗与汉人以至地方政府之间曾发生激烈的武力冲突。朱元璋势力进入这一地区后，于甲辰年（1364年）"立湖广行中书省，以枢密院判杨璟为参政"[①]。据宗谱可

①《明太祖实录》卷一四，甲辰年二月乙卯条，181页，中国台北，"中央研究院"历史语言研究所，1962年版。

知，骆以诚生于元至正九年（1349 年），到洪武元年（1368 年）也不过 20 岁。从谱中谓其“洪武戊申年（即洪武元年）克城有功”看，他可能是在明朝建立前夕正式加入朱元璋军队的。

上引宗谱资料，对骆以诚妻邓氏的生卒年及葬地皆有明确记载，而以诚本人只有生年没有卒年，其子寄保更无具体信息。据此推测，骆以诚归附朱元璋军队后，便离开家乡随军征战，族人对其后来情况并不了解，所说“亡于战阵”，当是得之传闻。骆以诚所隶军卫，前揭墓志铭谓其“占籍燕山中护卫”。明太祖于洪武三年（1370 年）封四子朱棣为燕王，洪武十三年燕王就藩北平，“给赐燕山中、左二护卫侍从将士五千七百七十人钞二万七千七百七十一锭”①，骆以诚很可能就是此时随同燕王来到北平的。

骆以诚从军时，其长子骆寄保即使已经出生，年龄也很小，可能是在他移居北平后才自家乡前来投从。民国三十八年（1949 年）所纂《骆氏宗谱》有如下说法：“寄保，邑武生。明成祖时，招募乡勇，扫荡元气，以军功赐爵千户侯。”② 这条记载有点混乱，应当是将明太祖与明成祖时期的事情搅在了一起，而且具体事实不一定准确。但也提供了一些宝贵线索，使我们有理由推测：明朝初期，湖广南部至两

①《明太祖实录》卷一三〇，洪武十三年三月壬寅条，2066—2067 页。

② 参见谢奉生：《新田骆氏锦衣卫世家》，36 页，北京，中国文史出版社，2019 年版。

广一带局势动荡[1]，骆寄保曾招募乡勇保卫家乡，后到北平随侍父亲。父亲去世后，他承袭其职。作为燕山中护卫的军人，他肯定要参加靖难之役。燕王朱棣夺取政权后，原燕山三护卫军人多获升赏，骆寄保也因功升至济阳卫正千户。

骆寄保死后无子，由其弟承袭其官。墓志铭谓其弟名“善寄”，依兄弟排名惯例推测，恐为“寄善”之误。上引嘉庆《骆氏宗谱》载骆以诚妻邓氏“生一子寄保”，而未提及寄善，可能寄善是以诚从军后在外所生，其家乡族人并不清楚。时代较晚《骆氏宗谱》，有邓氏“生二子，长子寄保，次子婆保”之说法，并谓“以诚次子婆保公，开户石羊洞夏源，妣宋氏，生一子法荣”[2]。婆保在家乡生活并娶妻生子，与在北京袭职的寄善显然并非一人。这种说法恐怕是因误会造成的张冠李戴。

骆寄善去世后，其子骆广承袭其职，墓志铭谓其“改卫羽林”，这是一种笼统说法。朱元璋未建国前，曾经设置羽林卫，但在吴元年（1367年）改羽林卫为羽林左、右二卫[3]。到洪武三十五年（1402年），朱棣升燕山中护卫为羽林前卫[4]。羽林左、右、前三卫，均属亲军卫[5]。在明代文献中，羽

---

① 参见高寿仙：《民间记忆中的事实与建构——宁远〈灌溪李氏族谱〉所载李闻举事迹小考》，载中国明史学会、宁远县人民政府编：《第十六届明史国际学术研讨会暨建文帝国际学术研讨会论文集》，北京，九州出版社，2017年版。

② 参见谢奉生：《新田骆氏锦衣卫世家》，55—56页。

③《明太祖实录》卷二五，吴元年九月癸卯条，380页。

④《明太宗实录》卷九下，（建文）四年六月辛未条，136页，台北，“中央研究院”历史语言研究所，1962年版。

⑤ 参见万历：《明会典》卷一二四《兵部七·职方清吏司·城隍一·都司卫所》，637页，北京，中华书局，1989年版。

林三卫皆有简称“羽林卫”之例。考虑到羽林左、右二卫是洪武年间设立的，而羽林前卫系由燕山中护卫升置，而骆以诚原本属于燕山中护卫，笔者推断骆广改属卫分，应当就是羽林前卫。

骆广去世后，其子骆胜袭职，生活轨迹发生了重要转变。当时“亲王出府，例于后府、锦衣卫并在京卫分，拨军校千七百人”，分属仪卫司、群牧所[①]。明宪宗第二子祐杬，于成化二十三年（1487 年）受封为兴王[②]。弘治三年（1490 年）出府[③]，应当就是按这种规制配给官军、校尉，骆胜当在此时被任命为群牧所千户。弘治七年九月，骆胜扈从兴王之国[④]，骆安随同来到安陆。关于骆安袭职时间，高拱并未明言，只是笼统地说“居数年，承荫仍理所事”。据《献皇帝实录》记载，弘治十六年九月，骆胜曾奉兴王之命，赴京祝贺皇太子千秋节[⑤]，骆安袭职肯定在此之后。从铭中所说“敕有司修其父母葬所”，可知骆胜夫妇皆死葬于安陆。

①《明孝宗实录》卷七五，弘治六年五月壬申条，1411 页，中国台北，“中央研究院”历史语言研究所，1962 年版。

②《明宪宗实录》卷二九二，成化二十三年七月戊申条，4942 页，中国台北，“中央研究院”历史语言研究所，1962 年版。

③《明孝宗实录》卷四四，弘治三年十月乙丑条，900 页。

④ 万历《承天府志》卷一《龙飞纪上》，26 页，收入《日本藏罕见方志丛刊》，北京，书目文献出版社，1990 年版。

⑤《大明恭穆献皇帝实录》卷二一，弘治十六年九月丁亥条，天津图书馆藏明抄本。此资料承蒙明显陵管理处周红梅女士提供，谨此致谢。

三、锦衣世官：骆安及其子辈

正德十六年（1521年），明武宗去世，因无子嗣，由兴王世子入继大统，是为明世宗。当时扈从明世宗入京的有承奉张佐、戴永，长史袁宗皋，指挥骆安等40余人[①]。骆安作为群牧所正千户，理所当然成为扈从队伍的武官首领。明世宗一行于四月初二日起程，二十二日抵京，当日即位[②]。五月初五日“录从龙功”，升骆安为锦衣卫指挥同知，令世袭[③]，骆氏从此成为锦衣卫世官。

明世宗“初嗣位，掌锦衣者朱宸”[④]。嘉靖二年（1523年）正月，给事中张原上疏弹劾锦衣卫官员，谓掌印指挥同知朱宸“纳贿徇私，用人不慎”，指挥使周传“素行不谨，秽德彰闻”，指挥同知骆安“贪取略同，才猷未著”[⑤]。明世宗令“宸革任闲住，骆安留用”[⑥]；次月，又“升锦衣卫指挥同知骆安署都指挥使，命掌卫事，提督官校”[⑦]。嘉靖三年十月，“有男子王道携金相珠宝绦环行鬻于市，锦衣卫巡捕官疑其

---

①（明）雷礼等辑：《皇明大政纪》卷二〇，正德十六年四月癸未条，见《四库全书存目丛书》，史部第8册，565页，济南，齐鲁书社，1996年版。

②《明世宗实录》卷一，正德十六年四月癸卯条，3—4页，中国台北，“中央研究院”历史语言研究所，1962年版。

③《明世宗实录》卷二，正德十六年五月丙辰条，75页。

④《明史》卷三〇七《陆炳传》，7893页，北京，中华书局，1974年版。

⑤（明）张原：《玉坡奏议》卷三《论锦衣卫朱宸等罪状》，见《景印文渊阁四库全书》，第429册，381—382页，中国台北，台湾商务印书馆，1983年版。

⑥《明世宗实录》卷二二，嘉靖二年正月丁卯条，645—646页。

⑦《明世宗实录》卷二三，嘉靖二年二月壬午条，658页。

为道［盗］，执之”。王道自称系隰川王府奉国将军，令下礼部验问。王道在押解过程中脱逃，礼部尚书席书与骆安一同奏闻，皇帝“切责安及礼官失贼，俱令对状”①。但这并未影响骆安仕途。是年十二月，骆安等条上所部官校三年捕获功次，明世宗命骆安升一级，兵部认为“厂卫官校侦事缉奸，乃其职分”，不应“一概辄与升级”②。明世宗不但未接受兵部意见，反于次年正月“以缉捕有功”，将骆安由指挥同知升为指挥使③。此后《实录》提到骆安官职，或称“锦衣卫署都指挥使”④，或称“锦衣卫指挥使”⑤，当一为署职，一为实职。明代“武职自都督一品以下，悉系署职，非军功不准实授，实授者不过百中之一”⑥。署职原本是“递加本职一级”，自景泰元年（1450 年）起“作半级，不支俸”⑦。

骆安的任职，持续至嘉靖九年（1530 年）十二月。是月，兵科都给事中张润身言：“锦衣卫堂上官以近侍故，优容不与考选，中间不职甚多。乞如文臣自陈例，取自上裁。有幸免者，听言官指名参奏。”明世宗令“即指名参奏，不必令自陈”，张润身“乃劾掌卫事署都指挥使骆安、指挥佥事刘宗武奸贪不职，宜罢”，明世宗“诏降安指挥佥事，与

①《明世宗实录》卷四四，嘉靖三年十月乙未条，1136—1137 页。

②《明世宗实录》卷四六，嘉靖三年十二月戊戌条，1179 页。

③《明世宗实录》卷四七，嘉靖四年正月戊辰条，1199 页。

④《明世宗实录》卷四八，嘉靖四年二月丁未条，1226 页。

⑤《明世宗实录》卷六〇，嘉靖五年正月辛丑条，1414 页。

⑥《明神宗实录》卷三六六，万历二十九年十二月戊子条，6862 页，中国台北，“中央研究院”历史语言研究所，1962 年版。

⑦ 万历《明会典》卷一一八《兵部一·铨选一·官制》，613 页。

宗武俱闲住”[1]。计其掌印时间，差两月不到八年。关于骆安罢职原因，前揭墓志铭有如下说法：

> 公素峭直，好面折人过。或干以私，即诮让无已。用是群小丛怨，多口肆兴，遂以免。无何，皇上追念旧劳，诏与指挥佥事致仕。[2]

高拱所言，应当只是表面原因。因为明世宗为人刚愎自用，很难被他人所左右。倘若不是他自己对骆安有所不满，恐怕不会因一纸弹劾就将他不但罢职而且降级。从现有资料提到骆安参与审理的两件案子来看，骆安皆令皇帝不悦。一件是嘉靖五年（1526 年），天方国使臣火者马黑木等入贡，礼部主客郎中陈九川、提督会同馆主事陈邦备因拣退玉石、约束过严等因，遭到讦奏，明世宗令锦衣卫逮讯。因牵涉到大学士费宏，“骆安等辞不敢问，请会多官鞫之”，明世宗不允，命“照前旨拷问”。锦衣卫奏上狱辞，“上切责安等展转支调，鞫问未明”，最后竟“谪九川戍边，黜邦备为民”[3]。

另一件是嘉靖八年，刑部尚书高友玑等会问郭勋擅取金辂事罪状欠明，科道官连章劾奏高友玑“不惜公议，曲为隐护”，并谓都御史熊浃、侍郎许赞、大理寺少卿曾直、锦衣卫掌卫事都指挥使骆安等“漫无可否，殊非刑官之体”，明

①《明世宗实录》卷一二〇，嘉靖九年十二月庚午条，2861 页。

②（明）高拱：《高文襄公文集》卷三《明故明威将军锦衣卫指挥佥事骆公墓志铭》，112 页。

③《明世宗实录》卷六二，嘉靖五年三月庚子条，1448 页。

世宗令高友玑致仕，熊浃等各夺俸六月，骆安等各二月[①]。笔者推测，对于骆安不能顺旨定狱，明世宗已深感不满，遂借张润身上言之机将其罢免。

从前引高拱墓志铭开篇，已知骆安有两个弟弟，即骆定和骆寅。墓志铭谓骆安“友爱二弟，终其身无间”。骆定和骆寅具体情况不详，嘉庆《骆氏宗谱》谓骆定“恩授锦衣卫百户”[②]。

关于骆安之子女，前揭墓志铭谈到：

> 李淑人无子，生女一，适杨通政子化。侧室高生男，曰椿，娶于宣。[③]

可知骆安正妻李氏只生了一个女儿，已经出嫁于杨化。侧室高氏则生了一个儿子，名叫骆椿，已经娶妻宣氏，尚无子女。按照墓志铭的惯例，倘若铭主已有孙辈，是应当写上以示子孙绵延的。现存《锦衣卫选簿》中，保存了骆安子辈的两条重要信息。

> 嘉靖二十九年二月，路椿，年二十岁，宁远县人，系锦衣卫故指挥佥事路安庶长男。伊父原袭祖职正千户，随驾升指挥同知，督捕升指挥使。所据随驾并督捕

①《明世宗实录》卷一〇〇，嘉靖八年四月丁亥条，2378—2379页。

②嘉庆《骆氏宗谱》卷二《历代宦迹》。

③（明）高拱：《高文襄公文集》卷三《明故明威将军锦衣卫指挥佥事骆公墓志铭》，112页。

升职，不由军功；推升都指挥使，系流官，俱例无承袭。但随驾职级，奉有明旨世袭。已经论劾，降做指挥佥事。今本舍与袭指挥佥事一辈。

嘉靖四十年四月，路秉良，年三十六岁，宁远县人，系锦衣卫故带俸指挥佥事路椿亲兄。查以祖职正千户从龙，升指挥佥事。弟椿沿袭已经一辈，例应减革。本舍平袭祖职正。[①]

档案略有残缺，录文加“□”者系据文义揣补。从档案所述“路安”履历看，明显应是“骆安”，可知“骆”字均误写为“路”。从中可以确切知道，骆椿生于嘉靖十年（1531 年），是年其父骆安已经 58 岁。嘉靖二十八年骆安去世，次年骆椿以“庶长男”身份袭职。由于骆安所任都指挥使属于不能世袭的流官，所以骆椿只能承袭骆安致仕时的职衔指挥佥事，而且属于带俸而非实职。嘉庆《骆氏宗谱》谓骆椿“袭授锦衣卫指挥使”[②]，当属传闻之辞。

骆椿 20 岁袭职，最多活到 30 岁便早逝，显然没有留下子嗣，由骆秉良袭职。骆秉良生于嘉靖五年（1526 年），比骆椿年长 5 岁。档案中称其为骆椿“亲兄”，当是骆家请求袭职时申报的，实际情况并非如此。其一，高拱墓志铭明确说骆安只有一子骆椿，倘若他还有一个年龄更大的儿子，照

① 中国第一历史档案馆、辽宁省档案馆编：《中国明代档案总汇》，第 49 册，371 页，桂林，广西师范大学出版社，2001 年版。

② 嘉庆《骆氏宗谱》卷二《历代宦迹》。

道理不会漏写；其二，档案明言骆椿为骆安“庶长男”，本身就表明他并无兄长，倘若真有一个“亲兄”，恐怕也轮不到骆椿袭职了。限于资料，其间情况难明，笔者推测，很可能是骆椿死后无子，于是骆家便将骆秉良立为骆安嗣子，并以骆椿“亲兄”名义申请袭职。按照当时通行的承嗣原则，骆秉良可能是骆安之侄，即骆定或骆寅之子。因骆安的指挥佥事职级，已由骆椿承袭一辈，所以骆秉良只能降级袭祖职为正千户，应当也是带俸。现存选簿纂修于隆庆五年（1571年），骆秉良是时尚在世。但选簿竟将其姓氏写错，可知其家族是时已很没落。

四、父子卫帅：骆思恭与骆养性

自万历末年到明朝灭亡，骆思恭、骆养性父子曾先后执掌锦衣卫大印，成为煊赫一时的锦衣卫家族。明代官方典籍并未提到骆思恭之父祖的名字和身份，于是后人只能朦胧地把骆思恭、骆养性视为骆安、骆椿之后裔。如嘉庆《宁远县志·骆安传》云：“（骆）安之裔，有思恭者，袭职锦衣，万历乙卯擢左都督，西司房官旗办事，掌卫事，勋名赫奕，美继前人。”[①]道光《永州府志·骆以诚传》云：“春［椿］后思恭、养性相继袭，皆累官左都督，有能声。”[②]这种朦胧说法

① 嘉庆《宁远县志》卷六《人物志上·名贤》，见《中国方志丛书·华中地方》，第288号，592页，中国台北，成文出版社，1975年版。

② 道光《永州府志》卷一五上《先正传·事功》，见《中国方志丛书·华中地方》，第298号，942页，中国台北，成文出版社，1976年版。

很容易使人把骆思恭、骆养性误认为骆椿之子、孙[①]。如上所述，根据《锦衣卫选簿》推测，骆安、骆椿一系其实绝嗣。

囿于资料，对骆思恭、骆养性父子之家世，目前还只能做些推测。首先是确定其籍贯，因为史籍中有两种说法。一是清初计六奇所撰《明季北略》云：“骆养性，字太和，系湖广永州籍，顺天大兴人。”[②]二是清代官修《骆养性列传》云：“骆养性，湖广嘉鱼人。”[③]翻检现存《嘉鱼县志》，其中没有任何涉及骆思恭父子的记载，而《新田县志》《永州府志》《湖南通志》中均有简要介绍。骆养性之子骆祚昌在《呈王宦占上湖南会馆词》中，也明确说自己“祖籍湖广永州宁远县人”[④]。从这种情况判断，当以《明季北略》所记为确。致误缘由尚难确知，可能与这两件事有关：一是万历四十一年（1613年），骆思恭曾在一份《同乡公揭》上署名，而这份公揭系湖广人为嘉鱼籍官员方逢时请谥所作[⑤]；二是崇祯十五年（1642年），熊开元因疏攻周延儒触怒皇帝，令锦衣卫逮治，史籍谓“卫帅骆养性，开元乡人也”[⑥]，而熊开元恰

① 参见谢奉生：《新田骆氏锦衣卫世家》，32、37、48页。

②（清）计六奇：《明季北略》卷二二《诛戮诸臣》，580页，北京，中华书局，1984年版。

③ 清国史馆编：《贰臣传》卷一二《骆养性列传》，见《清代传记丛刊》，第57册，761页，中国台北，明文书局，1985年版。

④ 民国《骆氏宗谱·骆铭孙传赞艺文·祚昌公》，14页，余庆堂刻本，1949年版。

⑤（明）方逢时：《大隐楼集》卷一七《附录·同乡公揭》，见《四库未收书辑刊》，第5辑第19册，798—799页，北京，北京出版社，2000年版。

⑥《明史》卷二五八《熊开元传》，6671页，北京，中华书局，1974；《御批历代通鉴辑览》卷一一五《明·庄烈帝》，见《景印文渊阁四库全书》，第339册，689页，台北，台湾商务印书馆，1983年版；（清）陈鹤：《明纪》卷五六《庄烈帝五》，见《四库未收书辑刊》，第6辑第7册，136页，北京，北京出版社，2000年版。

好也是嘉鱼人。

确定骆思恭祖籍永州后，便可进一步考虑他与骆安一系之关系。经搜检明代以来各种典籍，均未发现除骆安一家外，永州还曾产生过其他骆姓锦衣卫高官。而从前引嘉庆《骆氏宗谱》可知，骆铭孙之骆氏家族，一直将骆思恭及其后裔列为本族成员。至于骆铭孙村现存的"锦衣总宪"牌楼，考虑到骆安虽曾担任锦衣卫指挥使，但不数年便被罢职降为指挥佥事，故而为官至左都督并掌锦衣卫印的骆思恭修建的可能性更大。综合考虑这些情况，笔者认为《永州府志》《骆氏宗谱》的记载可以采信，只是当地人对具体传袭情况并不清楚，遂凭想象将骆思恭视为骆椿后裔。现在我们可以做出新的假设，即把骆思恭视为骆秉良之子。

如果这种推论成立，那就可以肯定，在骆秉良去世后，骆思恭应当袭职为锦衣卫带俸正千户。目前关于其出生年代和袭职情况，尚未发现相关资料。天启四年（1624 年）御史赵延庆弹劾骆思恭，其中倒是透露了一点信息：

> 独异思恭起家会举，不过一穷猾耳。自兹连云高第，美极一时，侍妾侍臣，恒歌恒舞，日以之明。得意罔知南北交讧，圣主宵衣，财尽民穷，举朝蒿目。是已无人臣礼矣。矧从来抡胄士者，必取桓桓威武，老与疾在所置也。思恭以皓首耆年，不肯引例，是尚解止足之义乎？且动以疾请矣，踉跄病躯，岂堪近御？犹思以侍卫为戏局，以金吾为不拔，以摇尾为便计，终此身不忍

易耳。老与疾合，思恭诚万无再入班行之礼。[①]

带俸正千户虽为正五品，根据万历《明会典》所载俸给标准计算，每年实际收入只有米12石、银21.35两[②]，维持一家生活肯定相当拮据。赵延庆称其“不过一穷猾”，语虽尖刻，倒也合乎实际状况。“会举”是个多义词，与武职“起家”相关者有两种：一是针对两京武学官生的特别考试。《明史·选举志》谓“三岁武举，六岁会举，每岁荐举，皆隶［兵］部除授”；《职官志》谓京卫武学“掌教京卫各卫幼官及应袭舍人与武生，以待科举、武举、会举”[③]，所说“会举”皆属此种。二是对武举会试的俗称。如安国正德三年（1508年）武举会试第一名，史籍谓其“中武会举第一”[④]；俞大猷嘉靖十四年（1535年）武举会试第五名，史籍谓其“登会举高等”[⑤]。现有资料并未发现骆思恭参加武举之痕迹，赵延庆谓其“起家会举”，当是指通过京卫武学会举而得授职升官。从嘉靖年间开始，此种会举每六年一次，逢巳、亥年举行，“序列在三举科武举之前，擢用比会武中式之秩”[⑥]，旨在选拔

①《明熹宗七年都察院实录》卷八，天启四年五月二十九日条，880—881页，中国台北，“中央研究院”历史语言研究所，1962年版。

② 参见万历《明会典》卷三九《户部二十六·廪禄一·俸给》，276—277页。按，文职之折银俸按每石0.65两折给，而武职却按每石0.25两折给，武职实际所得大大低于同品级文职。

③《明史》卷七一《选举三》，1725页；卷七四《职官三》，1817页。

④《明史》卷一七四《安国传》，4651页。

⑤（清）傅维麟：《明书》卷一四一《俞大猷传》，见《四库全书存目丛书》，史部第40册，128页，济南，齐鲁书社，1996年版。

⑥ 中国第一历史档案馆、辽宁省档案馆编：见《中国明朝档案总汇》，第5册，475页，桂林，广西师范大学出版社，2001年版。按，“三举科武举”当作“三科武举”。

功臣后裔、官贵子弟担任京军要职[①]。

骆思恭初授何职，限于资料尚不得知。其最早见于《实录》，是万历三十年（1602 年）十月被补为锦衣卫南镇抚司佥事管事[②]。四十年十一月军政考选时，他已是指挥同知[③]，次月以佥书管锦衣卫堂上事[④]。四十二年十月，以访获假印功升一级[⑤]。四十四年七月，他由锦衣卫指挥使升为都指挥佥事，掌理卫事[⑥]，成为锦衣卫最高长官。四十七年七月，他曾以锦衣卫掌卫事都指挥使的身份上疏言事[⑦]。泰昌元年（1620 年）十一月，明熹宗"以先帝东宫侍卫，加恩锦衣卫都指挥使骆思恭等四百余员名，俱加授职衔有差"[⑧]；次月，骆思恭以三年类奏缉获功，由锦衣卫都督同知升为左都督，仍掌卫事[⑨]，跻身为正一品官员。天启元年（1621 年）十月，明熹宗"以皇祖考妣、皇考妣襄祔礼成"，加恩骆思恭为太子太保[⑩]；二年二月，因明光宗陵工告成，加升骆思恭少保兼太子太保[⑪]。三年十二月，录锦衣卫二年缉获功，荫骆思恭一子本卫百

①参见曹循：《明代两京武学的会举》，载《历史档案》，2018（1）。

②《明神宗实录》卷三七七，万历三十年十月甲寅条，7096 页。

③《明神宗实录》卷五〇一，万历四十年十一月辛卯条，9477 页。

④《明神宗实录》卷五〇三，万历四十年十二月甲辰条，9557 页。

⑤《明神宗实录》卷五二五，万历四十二年十月甲午条，9883—9884 页。

⑥《明神宗实录》卷五四七，万历四十四年七月壬申条，10360 页。

⑦《明神宗实录》卷五四八，万历四十七年七月壬午条，11127 页。

⑧《明熹宗实录》卷三，泰昌元年十一月庚寅条，149 页，"中央研究院"历史语言研究所，1962 年版。

⑨《明熹宗实录》卷四，泰昌元年十二月己酉条，173 页。

⑩《明熹宗实录》卷一五，天启元年十月辛巳条，753 页。

⑪《明熹宗实录》卷一八，天启二年正月辛丑条，907 页。

户；旋以皇子大庆，加升骆思恭少傅兼太子太傅[①]。骆思恭本来家境贫寒，担任锦衣卫高官后，家庭经济状况迅速改观。赵延庆谓其“连云高第，美极一时，侍妾侍臣，恒歌恒舞”，不免大有夸张，但其肯定也聚敛了不少财富。

《实录》最后一次提到骆思恭，是在天启三年（1623 年）十二月末，内容为：“授原任左都督骆思恭男养性……百户世袭。”[②]文中称骆思恭为“原任左都督”，似乎此时他已经离任，但这与其他史料不合。前揭赵延庆弹劾骆思恭，是在天启四年五月，弹疏谓其“皓首耆年，不肯引例”云云，显然此时他仍在职。据徐肇台《甲乙记政录》，骆思恭获准辞职，是在四年十一月二十日：“锦衣卫骆思恭一本，臣病未痊事。奉圣旨：‘骆思恭侍卫有年，勤劳茂著。既告病恳切，准辞任调理。’”到二十五日，田尔耕正式接任：“兵部一本，缺官事。奉圣旨：‘田尔耕着本卫掌印管事，提督东司房官旗，写敕与他。’”[③]《实录》是误衍“原任”二字，还是将四年事误系于三年，囿于资料只能存疑，笔者倾向于第二种可能。崇祯九年（1636 年）八月底，骆养性奏请比照万历时朱希孝例，为其父骆思恭赠谥[④]，骆思恭当在此前不久去世。前揭赵

①《明熹宗实录》卷四二，天启三年十二月甲午、丙申条，2188、2192 页。

②《明熹宗实录》卷四二，天启三年十二月甲寅条，2223 页。

③（明）徐肇台：《甲乙记政录》，天启四年十一月二十日、二十五日条，见《续修四库全书》，第 438 册，225、226 页，上海，上海古籍出版社，2002 年版。顺便指出，《明史·田尔耕传》谓田尔耕“天启四年十月代骆思恭掌锦衣卫事”（《明史》卷三〇六《阉党·田尔耕传》，7872 页），时间略有不确。

④ 中国第一历史档案馆、辽宁省档案馆编：《中国明朝档案总汇》，第 22 册，447—449 页，桂林，广西师范大学出版社，2001 年版。

延庆天启四年（1624年）弹劾疏，已谓骆思恭“皓首耆年”，看来骆思恭得亨高年，去世时可能在八十岁左右。骆思恭有三子，长子即养性，另两子为养心、养志。

骆养性由锦衣卫百户起家，崇祯二年（1629年）九月升南镇抚司佥书[①]。十年九月，杨嗣昌在奏疏中谈道：“兹者南司佥书骆养性缺出，例当推补。”[②]可知骆养性已由南司佥书升迁，所升职务当为都督佥事。十三年八月，锦衣卫堂上官各捐俸一年助饷，郭承昊奏列各官捐银数目如下：

臣郭　　捐俸银八十一两六钱九分四厘

臣孙　　捐俸银九十五两八钱一分二厘

臣黄　　捐俸银三十九两三钱四分

臣骆　　捐俸银六十七两五钱七分六厘

臣许　　捐俸银五十三两四钱五分八厘

臣乔　　捐俸银三十九两三钱四分

臣王　　捐俸银三十九两三钱四分

臣萧　　捐俸银二十九两五钱六分六厘[③]

其中“臣郭”为郭承昊，“臣孙”为孙光先，十一年十月

①（明）谈迁：《国榷》卷九〇，崇祯二年九月丙午条，5495页，北京，中华书局，1958年版。

②（明）杨嗣昌：《杨文弱先生集》卷一九《再奏推举卫员疏》，见《四库禁毁书丛刊》，集部第69册，295页，北京，北京出版社，2000年版。

③ 中国第一历史档案馆、辽宁省档案馆编：《中国明朝档案总汇》，第84册，109—112页，桂林，广西师范大学出版社，2001年版。

初四日召对，锦衣卫就是他们两人参加[①]。而其中的“臣骆”，无疑就是骆养性。可以看出，这份名单是按职务而非品级排列的：以品级论，此时孙光先是正一品的左都督[②]，而郭承昊是从一品的都督同知，但因郭掌卫事，故排名在孙之前。骆养性依职务论排名第四，依品级论他则排名第三，应当是正二品的都督佥事。十五年十月，骆养性由都督佥事进都督同知”[③]。十六年六月，进左都督[④]。后来清朝叙迎顺各官功，称骆养性为“锦衣卫提督东司房太子太傅左都督”[⑤]，可知明亡前他已加太子太傅衔，此外还获得“特赐肩舆”的殊荣[⑥]。

至于骆养性何时掌锦衣卫事，尚未见明确记载。清人赵吉士谈道：“掌金吾事郭承昊罢，骆养性以非次用，由宜兴所拔。”[⑦]李清亦记述说：“骆金吾养性，楚人，周辅延儒特用也。吴辅甡以序不应及，独谓不可。”[⑧]可知骆养性是在郭承昊被罢后由周延儒推荐越次擢用，曾遭到吴甡反对。周延儒

①（明）杨嗣昌：《杨文弱先生集》卷四四《戊寅十月初四日召对》，662页。

②（明）谈迁：《国榷》卷九七，崇祯十三年三月癸未条，5858页。

③（明）谈迁：《国榷》卷九八，崇祯十五年十月壬寅条，5944页。

④（明）谈迁：《国榷》卷九八，崇祯十六年六月辛未条，5980页。按，佚名《崇祯长编》卷一崇祯十六年十一月壬寅条所载兵科给事中傅振铎回奏疏云：“臣于本月十三日，见锦衣卫都督同知骆养性题：为大逆辇金事，奉旨：……著自行回奏。”（32页，北京，北京古籍出版社，1999年版）查疏中回奏事情，发生在该年二月。骆养性题本署衔“锦衣卫都督同知”，可能是进呈于进左都督之前。

⑤《清世祖实录》卷一六，顺治二年五月戊戌条，145页，北京，中华书局，1987年版。

⑥（清）陈僖：《燕山草堂集》卷四《客窗偶谈·锦衣卫》，见《四库未收书辑刊》，第8辑第17册，570页，北京，北京出版社，2000年版。

⑦（清）赵吉士：《寄园寄所寄》卷六《焚尘寄·胜国遗闻》，见《四库全书存目丛书》，子部第155册，223页，济南，齐鲁书社，1996年版。按，明清文献有不少把郭承昊写作郭承吴。

⑧（明）李清：《三垣笔记》中《崇祯》，55页，北京，中华书局，1982年版。

再次担任首辅，是在崇祯十四年（1641年）九月[①]；而吴甡入阁，是在十五年六月[②]。既然吴甡曾反对越次擢用骆养性，则骆养性掌锦衣卫事当在吴甡入阁之后。骆养性掌卫事不久，吴甡奏请清厘锦衣卫冗杂，周延儒也奏罢厂卫缉事，引起骆养性不悦。周延儒对骆养性也越来越感到不满，想用他人代替其职，这自然更引起骆养性怨恨。十六年四月，清军抵达北京附近，周延儒自请视师，却惧敌不战，假传捷报蒙骗皇帝。骆养性等揭发其罪，周延儒于该年十二月被勒令自尽。[③]但此时明朝已是气数将尽，骆养性自己的命运很快也出现戏剧性的转变。

崇祯十七年（1644年）三月十九日，李自成农民军攻入北京，崇祯皇帝自缢。农民军以酷刑向明朝官员们追饷。“是时锦衣卫堂上官九人，刑辱死者四，亡匿四，提督东司房骆养性纳金三万得免死”[④]。骆养性自己虽逃过一劫，但其两个弟弟皆受酷刑[⑤]，其中骆养志肯定遇害[⑥]。农民军对北京的占

①《崇祯实录》卷一四，崇祯十四年九月甲申条，413页，中国台北，“中央研究院”历史语言研究所，1962年版。

②《崇祯实录》卷一五，崇祯十五年六月戊午条，434页。

③ 参见《明史》卷三〇八《周延儒传》，7929—7931页；（明）李清：《三垣笔记》中《崇祯》，55页。

④（清）王源：《居业堂文集》卷二《李若连高文彩传》，见《续修四库全书》，第1418册，112页，上海，上海，古籍出版社，2002年版。

⑤（清）计六奇：《明季北略》卷二二《诛戮诸臣》，580页。

⑥ 王世德《逆贼奸臣录·戮辱》所列遇害官员名单中，有“内阁中书骆养志”（39页），据此骆养志明亡时当任职中书舍人。按，江苏省连云港市花果山三元宫所存《敕赐云台山护国三元宫海宁禅寺碑记》，立于崇祯四年（1631年），碑末载明“儒林郎礼部仪制清吏司主事湘东骆养志书丹”（见《〈敕赐云台山护国三元宫海宁禅寺碑记〉简介》，http://blog.sina.com.cn/s/blog_ac8450140102zarb.html）。此骆养志是否为骆思恭之子，未敢遽断，志此备考。

领并未维持多久。四月十三日，李自成亲率大军前往山海关征讨吴三桂，并挟带明朝太子朱慈烺等人从行。吴三桂投降清朝，两军联合，于二十三日将李自成军击溃。李自成率残部退回北京，于二十九日匆匆登基，旋即撤出北京。当时有传言称，吴三桂将奉太子朱慈烺回京即位。五月初二日，骆养性同吏部侍郎沈惟炳等人在午门设崇祯皇帝灵位，行哭临礼。礼毕，骆养性备法驾迎太子于朝阳门外，结果来者并非明朝太子朱慈烺，而是清朝摄政王多尔衮，众人骇愕而退，发现京城已被清军占领，骆养性遂率众降清。①

在一个多月时间里，北京两易其主，京畿地区陷入混乱，作为北京门户的天津也是“人心不安，盗贼蜂起”。大概是想利用骆养性的旧有威势稳定局势，多尔衮于六月初三日命其以太子太傅、左都督原官，总督天津等处军务。骆养性赴任之后，“收集海舟，招抚土居，安神流寓，惠通商贾”，确实使当地局势迅速稳定下来。②为了安抚人心，骆养性“启请豁免明季加派钱粮，止征正额并火耗”，获得批准③。此举被视为一大善政，著名史学家赵翼评论说：“我国家万年有

① 参见（明）谈迁：《国榷》卷一〇一，崇祯十七年五月己丑、庚寅条，6082、6083页；（清）李天根：《爝火录》卷三，甲申五月初三日条，127页，杭州，浙江古籍出版社，1986年版；（清）徐鼒：《小腆纪年附考》卷五，崇祯十七年五月庚寅条，见《续修四库全书》，第367册，505页，上海，上海古籍出版社，2002年版。

②（清）骆养性：《原任太子太傅左都督骆养性奏本》，见国立中央研究院历史语言研究所编：《明清史料》，首本，第1本，95页，南京，国立中央研究院历史语言研究所，1930；《清世祖实录》卷五，顺治元年五月己未条，61页。

③《清世祖实录》卷六，顺治元年七月甲午条，67页。

道之长，实基于此。”[①]是年八月，南明弘光政权派遣左懋第、马绍愉和陈洪范北上与清廷谈判，于九月抵达骆养性辖区，骆养性根据清廷指令予以接待并严加监管，不料却受到“擅迎”的指责[②]。这反映了清廷对明朝降将既想利用，又不信任的矛盾心理。十月初十日，也就是顺治皇帝颁布即位诏的那天，部议骆养性应革职为民，得旨：“养性有迎降功，革总督任，仍留太子太保、左都督衔。”[③]顺治二年（1645年）五月，“叙迎顺各官功”，加骆养性为太子太师[④]。十月，骆养性疏言：“守候期年，未蒙委任，今升太子太师，何敢坐縻廪禄而不思报效”，皇帝令其“静候简用”；五年八月，吏部“以养性原系武职出身，前已缘事，不应再补文职，请敕兵部降用”；六年二月，“授浙江掌印都司，寻死”[⑤]。清初沿袭明制，“都指挥使称掌印都司，掌漕运卫屯之事，无兵权”[⑥]。骆养性本为正一品的左都督，所授掌印都司为正二品，确实属于“降用”。

---

①（清）赵翼：《簷曝杂记》卷六《骆养性》，见《续修四库全书》，第1138册，349页，上海，上海古籍出版社，2002年版。

② 关于骆养性接待南明使团的情况，参见《弘光实录钞》卷三，崇祯十七年十二月丙寅条，见《中国野史丛书》，第32册，687页，成都，巴蜀书社，2000年版；（明）陈洪范：《北使纪略》，见《中国野史丛书》，第33册，35—36页，成都，巴蜀书社，2000年版；（清）骆养性：《为申明臣功以明心迹疏》，转引自谢奉生：《新田骆氏锦衣卫世家》，87—88页。

③《清世祖实录》卷九，顺治元年十月甲子条，98页。按，据《骆养性列传》，当为“仍留太子太傅、左都督衔”。

④《清世祖实录》卷一六，顺治二年五月戊戌条，145页。

⑤ 清国史馆编：《贰臣传》卷一二《骆养性列传》，765—766页。

⑥（清）章学诚：《章学诚遗书》卷二五《湖北通志检存稿二·平夏逆传》，274页，北京，文物出版社，1985年版。

骆养性有两子祚久、祚昌。骆祚久以监生的身份，于康熙六年（1667年）出任广东从化知县，其任期大约持续至康熙十一年，由浙江余姚人俞嶙接替[①]。关于骆祚昌的身份，他本人在大约写于顺治十五年（1658年）的《呈王宦占上湖南会馆词》中自称"顺天府儒学生员"[②]，但《骆氏宗谱》谓其"授顺天儒［学］正堂"[③]，嘉庆《新田县志》谓其"授顺天府教授"[④]，查康熙《顺天府志》（记事截至康熙二十四年）所列儒学官员并无其名[⑤]，宗谱和县志恐怕是传闻生误。骆祚久、骆祚昌此后情况及其后裔，目前未能找到相关记载，尚待探隐发覆。

五、结语

综上所述，在元末战乱时期，该家族的骆以诚归附明军。他大概终生沉在卒伍，但因被编入燕山中护卫，却为其子骆寄保参加靖难之役提供了契机。骆寄保立功获授正千户，其家从此步入中等武职行列。骆寄保死后无子，由其弟

① 光绪《广州府志》卷二七《职官表十一·从化县知县》，见《中国方志丛书·华南地方》，第1号，455页，中国台北，成文出版社，1975年版。

② 民国《骆氏宗谱·骆铭孙传赞艺文·祚昌公》，14页。按，骆养性离京赴浙江是在顺治六年，从呈词中所说"此馆先贤费无限之金银留遗至今，九年来占住者不修"推测，当写于顺治十五年（1658年）。

③ 嘉庆《骆氏宗谱》卷二《历代宦迹》。

④ 嘉庆《新田县志》卷八《人物志·岁荐表》，《中国方志丛书·华中地方》，第320号，334页，中国台北，成文出版社，1975年版。

⑤ 康熙《顺天府志》卷六《政事·历官》，176—178页，北京，中华书局，2009年版。

寄善袭职，寄善传其子广，改入羽林前卫。骆广子胜袭职后被调为兴王府群牧所正千户，其家随同兴王移居安陆。大约在弘治末年，骆胜子安承袭父职。一次异常的皇位继承，不但使这个家庭重新回到北京，还打开了迅速上升的途径：明武宗死后无子，由兴王世子即位，骆安突然成为从龙新贵，并得以执掌锦衣卫大印。但骆安办事未能使皇帝满意，最终由指挥使降为指挥佥事致仕。死后其子椿袭职指挥佥事，骆椿死后无嗣，由堂兄秉良袭职正千户，家庭经济已落到比较窘迫的状况。万历末期和天启前期担任锦衣卫掌印官的骆思恭，很可能是骆秉良之子，他通过会举获得上升途径，官至少傅兼太子太傅、左都督。其子骆养性亦于崇祯末年掌锦衣卫印，官至太子太傅、左都督。清军入关，骆养性率众归附，被任命为天津总督，但很快又遭罢职，家居数年才降授浙江掌印都司，不久去世。煊赫一时的锦衣卫世家骆氏，从此被彻底湮没在历史烟云之中。

但这个锦衣卫世家的荣光，却一直没有被其乡亲遗忘，这与当年骆思恭和骆养性不忘桑梓大有关系。笔者曾探讨嘉靖年间煊赫一时的锦衣卫掌印官陆炳所在的平湖陆氏家族，指出“家”“族”都是弹性很大的概念，可以随着成员身份或观念的变化而收缩或扩展[①]。锦衣卫世家骆氏的情况显示，地缘和乡缘关系也具有这样的特征。从《骆氏宗谱》的记载看，宁远族人对骆以诚及其子孙情况所知甚少，原籍和卫

---

① 参见高寿仙：《社会地位与亲缘关系的交互建构——以明代科第大族平湖陆氏为例》，载《北京联合大学报》，2016（1）。

所两支骆氏之间恐怕缺乏联系。但这并不意味锦衣卫骆氏久居北京就会淡化其祖籍意识和桑梓感情。骆思恭因会举起家后，虽然距其远祖离开家乡已经二百多年，但他并未忘记自己的祖籍地。为了使家乡士绅到京后有个落脚场所，他主导创建了“上湖南会馆”[①]。所谓“上湖南”，系指湖广南部的衡州府、永州府和郴州[②]。骆祚昌在《呈王宦占上湖南会馆词》中谈道：“昌祖籍湖广永州宁远县人，有先祖名思恭，于明季锦衣卫掌印时，捐银同诸乡绅置得上湖南衡永郴二府一州会馆，坐落草厂十条街胡同，房一连两处，以为到京乡绅停骖之所。先父复捐俸重修，掌管两辈。”[③]骆养性赴任浙江时，将上湖南会馆委托他人看守，后被湖北黄冈人翰林王泽宏占住，骆祚昌回京，具呈官府索要，几经周折，会馆又回到上湖南人手中[④]。现今骆铭孙村有一片古建筑名“京都上湖南会馆”，实际是骆氏公祠，称此名就是为了纪念骆思恭父子在

---

① 民国《骆氏宗谱·骆铭孙传赞艺文·祚昌公》，14页。按，康熙五十二年（1713）《重修上湖南会馆碑记》、雍正三年（1725年）《重修上湖南会馆定议岁修记》谓此馆系万历癸巳（二十一年，1593年）由曾朝节创建（参见李金龙、孙兴亚主编：《北京会馆资料集成》中册，647—648页，北京，学苑出版社，2007年版）。曾朝节系临武人。万历五年进士，二十年升任国子监祭酒，二十二年升南京礼部右侍郎，三十二年去世。笔者推测，此会馆是由骆思恭、曾朝节等共同发起，但骆思恭是主要出资人，其后也一直由骆思恭父子负责管理维修。

② 胡春焕、白鹤群：《北京的会馆》（169—170页，北京，中国经济出版社，1994年版）中曾提到该会馆，因作者“不知上湖南指何地”，解释有误；李金龙、孙兴亚主编《北京会馆资料集成》（中册，642页）称此馆为“湖南会馆”，而将“上湖南会馆”作为其“曾用名”，亦不确。

③ 民国《骆氏宗谱·骆铭孙传赞艺文·祚昌公》，14页。

④ 参见民国《骆氏宗谱·骆铭孙传赞艺文·祚昌公》，14页；唐仕春：《清朝基层社会法秩序的构建：会馆禀请与衙门给示》，见中国社会科学院近代史研究所编：《中国社会科学院近代史研究所青年学术论坛（2007年卷）》，北京，社会科学文献出版社，2009年版。

北京所建上湖南会馆。该村所存“锦衣总宪”牌楼，结合锦衣卫骆氏兴衰史推测，也应当是为骆思恭而建。

（原载《故宫博物院院刊》2020 年第 4 期）

附记：笔者撰写此文时，由于未能搜检到直接资料，只能间接推测骆思恭系骆秉良之子。拙文在“故宫博物院院刊”微信公众号上先行发布后，湖南新田骆祖云先生特地联系笔者，告知山东苍山县（现兰陵县）曾出土骆思恭岳父赵梦祐墓志铭，并帮助笔者联系上赵氏后人赵俊涛先生，赵先生慷慨地向笔者提供了录文。此铭题为《皇明诰封昭勇将军武进士第锦衣卫管卫事都指挥使吉所赵公墓志铭》（藏兰陵县文物管理所），系时任礼部右侍郎兼侍读学士冯琦所撰，但并未收入冯琦《宗伯集》中。赵梦祐万历二年（1574 年）掌锦衣卫事，二十二年去世。墓志铭中记其有四女，“长适锦衣千户骆秉良子思恭”。据此，骆思恭为骆秉良之子已确认无疑。特附记于此，并向骆思恭、赵梦祐二位先生致谢！

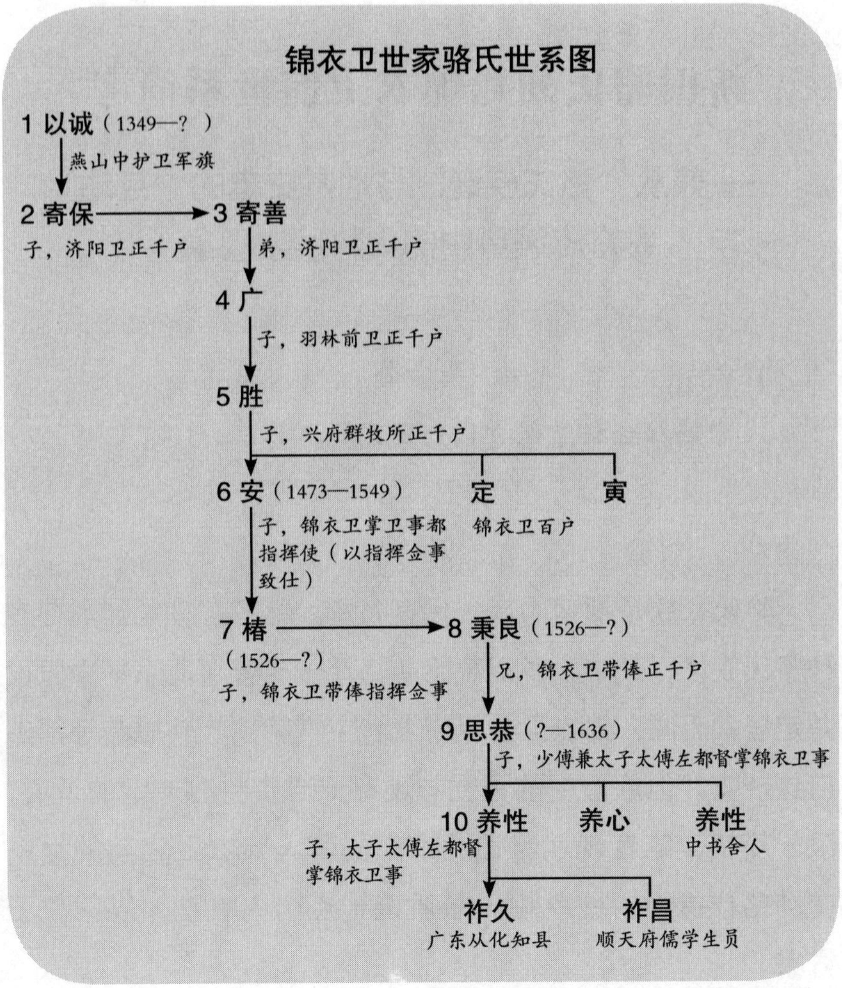

（转载自《明代锦衣卫制度与新田骆氏锦衣卫世家学术研讨会论文集》，北京燕山出版社）

新田骆氏列籍锦衣卫前世系简考

——兼从“骆氏族谱”与地方史志的“互动”看方志编纂中的史料层累现象

张金奎

（中国社会科学院古代史研究所，北京，100732）

骆氏家族是湘南大族，代有名贤。笔者有幸见到现存多种骆氏族谱，其中大多记载明初骆氏一支曾在北京军中服役并定居，后调入锦衣卫，卫中著名主官骆安、骆思恭等都出自这一支。但族谱中的记载与现存史志资料有一定的矛盾，限于篇幅，笔者现就骆氏北京一支调入锦衣卫之前的世系变动略作探讨，并就相关矛盾谈一点个人看法，以就教于方家。

一

常规史料中对骆氏世系最权威的记载莫过于隆庆朝曾任内阁首辅的大学士高拱为嘉靖初一度出任锦衣卫主官的骆安撰写的墓志铭。文中写到：

> 公讳安，字时泰，别号月崖，湖广宁远人也。高大父当元末时归附太祖高皇帝，后遂占籍燕山中护卫。生二子，曰寄保、曰寄善。保有战阵功，官济阳卫正千户，死，无嗣，善承其官而传其子广。广改卫羽林，而传其子胜。胜娶于胡，生公……弘治初，献皇帝建国于兴，慎选护从，父往典郡（当为“群”之误）牧所，公遂从如承天。居数年，承荫，仍理所事①。

按照铭文的记载，骆安病逝于嘉靖己酉，即嘉靖二十八年（1549）十月十三日，“享年七十有七”②。古人计算年龄大体按虚岁，据此推断，骆安应出生于成化十年（1474）前后。

在请人撰写墓志铭之前，骆安的弟弟骆定已聘请同僚魏某撰写行状，行状的有关内容一般由家属提供，可信度较高，至少是家属完全认可的。高拱的墓志铭依据的是行状，可信度与行状大体一样。

根据1993年新编《骆氏族谱》的相关记载来看，骆氏族谱（宗谱）最早修纂于永乐十四年，此后在宣德三年、顺治八年、康熙三十九年、康熙四十四年、嘉庆八年、光绪二十五年、民国三十八年等年份曾续修或新修支谱，总体上没有发生过中断。和现存大部分族谱资料一样，本谱中保

---

①（明）高拱：《明故明威将军锦衣卫指挥佥事骆公墓志铭》，见氏著《高文襄公文集》卷三，《明别集丛刊》第二辑影印本，黄山书社，2015年版，第111页。

② 同上条，第112页。

留了明初的谱序，但此后到清初的二百余年间未见修谱的记载。这其中有战乱损毁、散失的原因，也有某种程度上假托先人撰序的可能。撇开这些因素不考虑，至少从史源上讲，高拱撰写的墓志铭，是目前最可靠的资料。

按照墓志铭的记载，骆家落籍北京的第一代是骆安的高祖，但未记其姓名。对于北京这一支的始迁祖，族谱中在姓名上没有异议，均记载为骆以诚，但具体事迹上有差别。如嘉庆年间重修《骆氏宗谱》卷三《历代宦迹》记载："七世以诚，随征明太祖高皇帝，洪武戊申年（即洪武元年——笔者注）克敌有功，亡于战阵，未封。" 1949 年续修谱记载更详细：

> 当洪武初年，十五世祖以诚公率二子寄保、婆保从明太祖扫荡鞑虏，驱除元室，以诚公捐躯殉难，长子寄保旋卜居顺天府瓦窑头，次子婆保公返里，□卜居厦源。

1993 年续修的族谱则放弃了骆以诚阵亡的说法，称"以诚公，明洪武戊申，任指挥千户侯"[①]。按墓志铭的记载，骆以诚的身份是归附军，这和其出生地在元末是天完（汉）政权的控制区域有关。陈友谅败亡后，大批军队被朱元璋收编或立国后陆续收集，不论是何时成为朱元璋部队的一部分，他们的身份都是归附军。

---

①《骆氏族谱》卷三《骆氏良相公派下历代绅衿录》，良相公派下首届合谱编辑办编印，1993 年版。

燕山中护卫是燕王朱棣的护卫军。朱棣于洪武十三年三月就藩[①]，不过燕山护卫的设置时间要早一些。据《明太祖实录》记载，洪武五年正月，“改龙虎卫为燕山护卫。置西安、太原、广西三护卫”[②]。提前设护卫是为诸王就藩做准备。比朱棣年长的秦王、晋王于洪武十一年先后就藩，其护卫在洪武五年即开始组建就是证明。燕山中护卫的设置时间没有明确记载，但从上述记载推断，骆以诚应该在归附后不久即编入京卫，后该卫改组为燕王护卫，且至少在洪武十三年燕王就藩时仍在世。

按墓志铭记载，骆以诚之子骆寄保因战功授职济阳卫千户。按照明代的武官世袭制度，如果骆以诚如 1993 年续修谱所载已任职千户，骆寄保可直接世袭其职，无须战功。据此推断，骆以诚生前的最高职务应低于千户，或仅仅是流官千户，未获准世袭。济阳卫驻地在北京附近，骆以诚一支从骆寄保开始正式在北京定居下来[③]。

对于骆寄保，1993 年续修谱称其为“邑武生。成祖时召募乡勇，扫荡元气，以军功赐爵千户侯”[④]。嘉庆续修谱亦称他“代领诚职，扫荡元氛，明祖文皇帝锡爵千户侯”[⑤]。

朱棣在位时世袭军户制度已经相当稳固，不再需要临

①《明太宗实录》卷一，中研院史语所校勘影印本，1962 年版，第 1 页。

②《明太祖实录》卷七一，洪武五年正月戊寅条，第 1323 页。

③ 明初藩王仍有更改就藩地的可能，如岷王朱楩洪武二十八年由甘肃改封到云南。藩王迁移封地，护卫军要随同迁徙。一般卫所则不存在这种可能。

④《骆氏族谱》卷三《骆氏良相公派下历代绅衿录》，良相公派下首届合谱编辑办编印，1993 年版。

⑤ 嘉庆重修《骆氏宗谱》卷三《历代宦迹》，嘉庆八年刻印本。

时招募士兵。不过，朱棣确实曾经在靖难之役期间招募士兵，如唐县人马克名，“洪武三十四年招到旗军三百六十余名，当月除授保定左卫右所副千户”①。武安县人曹得云，“洪武三十四年领榜招募民王信等三百九名，钦授保定中卫中所实授百户”②，等等。不过这些招募不仅限于从民户中招募，也包括召集流散敌军官兵，其目的也不是为了“扫荡元氛”，而是为了内战的需要。朱棣举兵反叛时，燕山三护卫军是其基本力量，骆寄保如果确实曾参与招募的话，他的济阳卫千户一职估计也是靠参与靖难取得的。

骆寄保没有后人，死后职务转由弟弟骆善继承，符合武官世袭制度。骆善“传其子广。广改卫羽林”。朱棣夺权后调整亲军卫，于建文四年六月进入南京不久，即“升燕山中护卫为羽林前卫，燕山左护卫为金吾左卫，燕山右护卫为金吾右卫，俱亲军指挥使司”③。骆氏原本在燕山中护卫服役，骆广改入羽林卫，等于回到了原卫。

靖难之役中，大批靖难军士因功取得不同卫所的军职，但战争仍在继续，并不存在实际到任理事的条件。骆寄保不排除是在靖难时获升济阳卫千户，但不久战死军中，由其弟骆善袭职。因某种原因，骆善很快即退出军伍，世职转给其子骆广。靖难之役结束后，朱棣调整亲军卫，事实上并未到任的济阳卫千户骆广借机改到羽林卫任职，从而回到朱棣的

①《保定左卫选簿》,《中国明朝档案总汇》第 68 册，第 279 页。
②《保定中卫选簿》,《中国明朝档案总汇》第 68 册，第 416 页。
③《明太宗实录》卷九下，洪武三十五年六月辛未条，第 136 页。

亲军队伍[①]。不过这些目前都是推测，没有史实依据。

骆善的名字没有出现在《骆氏宗谱》中，不过民国续修谱中提到骆寄保有一个弟弟骆婆保，且是骆氏厦源村一支的始祖。谢奉生先生推断骆婆保可能和骆善是同一个人，笔者认为这种可能基本不存在。因为骆以诚父子定居北京后，死后一定就地安葬。骆寄保无后，守墓职责只能落到骆善及其后人头上，骆善没有理由抛弃父兄墓葬不顾，只身回到原籍。骆婆保的出身需要另外考察。

骆广之子骆胜袭职后有充分的证据可以证明他在弘治七年九月随兴王就藩于湖广钟祥。如《兴都志》记载："（弘治）七年九月癸卯，偕献皇后同起行，从行官属：……群牧所千户骆胜、陈政而下十有四人。"[②]骆胜到钟祥后还曾多次奉命进京办差，如弘治十二年七月，"万寿圣节。先期拜表，差千户骆胜赍捧赴京庆贺"[③]。弘治十六年九月，"皇太子千秋节……差千户骆胜赍捧赴京庆贺"[④]，等等。

按照明代的制度，"凡亲王出府，例于后府锦衣卫并在京卫分拨军校千七百人"[⑤]。为避免过分影响京卫队伍，弘治六年，兵部尚书马文升曾奏准"自令亲王出府，请先拨校尉三百人，军六百人，暂令在京随侍。待之国时，止令原选仪

---

① 济阳卫在永乐年间也进入亲军卫序列，但驻地远离京城，地位不及羽林诸卫。

② 顾璘等纂修：《兴都志》卷一《典制一·肇封以来总纪》，民国二十六年重印本，本书由明显陵博物馆周红梅女士提供，特此鸣谢。

③《睿宗献皇帝实录》卷十四，弘治十二年七月辛酉条。本书由明显陵博物馆周红梅女士提供，特此鸣谢。

④《睿宗献皇帝实录》卷二一，弘治十六年九月丁亥条。

⑤《明孝宗实录》卷七五，弘治六年五月壬申条，第 1411 页。

卫司、群牧所官军、校尉随侍，其余军校八百人，俱于附近卫所拨补”[①]。

兴王在就藩之前，已经于弘治三年十月获准“拨锦衣卫等衙门校尉六百名、军旗一千一百名、厨役一十名赴府供用”，相当于全额拨给。《承天大志》的作者称：“故事：亲王出府，量拨军校。待之国日，乃于本国近卫辏拨。是时，帝在京，已如数拨赐，盖特恩也。”[②]从上引史料可知，兴王获拨校尉、群牧所官兵时，马文升尚未奏准暂拨九百名随侍，“其余军校八百人，俱于附近卫所拨补”，兴王只是运气好而已，谈不上特恩，《承天大志》明显有溢美之嫌。不过骆胜在弘治三年入选兴王群牧所，且出任主官千户，应是没有问题的。

嘉靖二十年三月二十二日，工部尚书兼都察院右副都御史顾璘奉旨主持纂修《兴都志》，以记录兴献王的事迹。次年正月，《兴都志》撰写完成，其中不仅保留了大量兴献王以及嘉靖帝进京即位之前的史迹，而且有大量兴王府官员的资料，包括骆胜在群牧所的副手陈政都有小传[③]，唯独没有骆胜的传记，即便是其子骆安，也仅仅记了一句：“骆安，湖广宁远人。以父胜任卒，安嗣。正德十六年从扈，升锦衣卫指挥使”[④]。据此可知，骆胜应死于任上，但去世时间不明。目前只能确认其死于弘治十六年之后。

---

①《明孝宗实录》卷七五，弘治六年五月壬申条，第 1411 页。

②（明）徐阶等：《承天大志》卷一《基命纪》，民国刊本，重庆图书馆藏。

③ 顾璘等纂修：《兴都志》卷九《典制九・藩贤》：“陈政者，山东武定州人也。以燕山卫副千户改兴邸群牧所副千户，随睿宗皇帝之国……正德己卯卒。以子寅贵，赠后军都督府都督，特进光禄大夫。”

④ 顾璘等纂修：《兴都志》卷九《典制九・旧秩官・群牧所》。

出现这一现象的原因，和骆安的经历有关。骆安随嘉靖帝进京后，先扬后抑，刚进京即获得锦衣卫主事权，但嘉靖二年即因为选人不当，遭到给事中张原的弹劾，虽然获得留用[①]，但在士大夫心目中留下了污点。嘉靖四年，因缉捕有功，骆安升指挥使[②]。嘉靖九年，骆安再遭弹劾。

> 兵科都给事中张润身言：锦衣卫堂上官以近侍，故优容不与考选。中间不职甚多，岂如文臣自陈例，取自上裁。有幸免者，听言官指名参奏。上令即指名参奏，不必令自陈。润身乃劾掌卫事署都指挥使骆安、指挥佥事刘宗武奸贪不职，宜罢。诏降安指挥佥事，与宗武俱闲住[③]。

嘉靖初，因为大礼之争，皇帝和士大夫群体的关系很紧张，骆安等从龙旧臣不免受到牵连，成为士大夫们的打击对象。骆安作为锦衣卫掌印官，更是火力集中点。嘉靖帝于嘉靖九年将骆安降级罢职，某种程度上是对士大夫集团的一种让步，但却从此让骆安远离政治舞台。因为他充当了出头鸟，其他同在锦衣卫的旧臣，如王佐、陆松、陈寅等，则躲过劫难，不仅没有丢官，反而不断获得晋升。

---

①《明世宗实录》卷二二，嘉靖二年正月丁卯条，“兵部覆论锦衣卫掌印指挥朱震宸等不法事。诏宸革任闲住，骆安留用。今后东、西司房办事，毋用查革之人”，第646页。

②《明世宗实录》卷四七，嘉靖四年正月戊辰条，第1199页。

③《明世宗实录》卷一二〇，嘉靖九年十二月庚午条，第2861页。

顾璘等纂修《兴都志》时，藩邸旧臣或其后人陈寅、张锜、赵俊、陆炳等都“钦准采集”[①]，他们的先人自然会被重点关照，像群牧所副千户陈政即是陈寅的父亲。骆安此时则因已远离政治舞台，不仅没有承担提供资料的任务，连获得赏赐的机会都没了。如《明世宗实录》记载，嘉靖二十年六月，“锦衣卫掌卫事、右都督陈寅，都督佥事张锜、张爵、黄秀，正千户张栢龄俱以潜邸扈从来京，愿各分舍余一人往奉隆庆殿香火，请给田舍如例。从之”[②]。作为陈寅等人原来上级的骆安则没有分到一杯羹。

骆安未能参与编写《兴都志》，骆胜因此失去了立传的机会，也为我们考察骆胜的事迹带来了诸多不便。

二

在现存《骆氏族谱》中没有出现骆广和骆胜的名字，1993年续修谱称“寄保公，卜居京都顺天府瓦窑头……生一子骆升。父子生殁俱在瓦窑头宗谱”[③]。骆安则是骆升之子。这和墓志铭的记载明显不同。近二百年只有三代人，显然存在问题。嘉庆续修谱记载骆寄保是第八世，骆安为十三世[④]，中间隔了四代人，比墓志铭的记载又多出两代人。族谱与墓

① 顾璘等纂修：《兴都志》卷首。

②《明世宗实录》卷二五〇，嘉靖二十年六月己巳条，第5021页。

③《骆氏族谱》卷三《良相公派下承基公骆铭孙世系》，良相公派下首届合谱编辑办编印，1993年版。

④ 嘉庆重修：《骆氏宗谱》卷三《历代宦迹》。

志铭对不上，暗示骆氏北京一支和原籍亲族缺乏联系，故乡亲族对他们的繁衍状态并不了解。

不过，这个骆升在地方史志中确有记载。弘治《永州府志》记载宁远县有一岁贡名骆升[①]。隆庆《永州府志》记载详细了一些，称骆升为宣德癸丑年（即宣德八年，1433年）岁贡[②]。康熙《永州府志》没有记载骆升成为贡生的年份，只记载他是宣德年间宁远县的贡士，最后官至“训导”[③]。清嘉庆朝修《新田县志》的记载更为详细：“骆升，南一都人，明宣德二年岁贡。”[④]

总的来看，骆升的事迹在地方史志资料中呈现得越来越具体。顾颉刚先生在探讨上古史时曾提出层累说：

> 我很想做一篇《层累地造成的中国古史》，把传说中的古史的经历详细一说。这有三个意思。第一，可以说明“时代愈后，传说的古史期愈长”……第二可以说明“时代愈后，传说中的中心人物愈放愈大”……第三，我们在这上即不能知道某一件事的真确的状况，但可以知道某一件事在传说中的最早的状况[⑤]。

---

①弘治《永州府志》卷四《科甲·宁远·岁贡》，天一阁藏地方志选刊续编影印本，第265页。新田县系崇祯十二年从宁远县析出，此前的历史人物都记录于宁远县名下。

②隆庆《永州府志》卷五《人物表下·岁贡》，四库全书存目丛书影印本，第590页。

③康熙《永州府志》卷十一《选举上·贡士年表》，日本藏中国罕见地方志丛刊影印本，书目文献出版社，1992年版，第292页。

④嘉庆《新田县志》卷八《人物志·科甲》，中国方志丛书影印本，中国台北成文出版社，1983年版，第328页。

⑤顾颉刚：《与钱玄同先生论古史书》，见氏编：《古史辨》第一册，上海古籍出版社影印本，1982年版，第60页。

层累说虽然一直有争议，但对我们认识历史无疑是有帮助的。骆升在地方志中逐渐清晰的形象和顾先生论述的“时代愈后，传说中的中心人物愈放愈大”颇有相似之处。地方志编纂大多是政府行为，容不得主观造假。那么，和骆升有关的日渐丰富的资料从何而来呢？

1993 年续修骆氏族谱记载骆升是“明宣德二年岁贡，官至训导，载邑志”①。“载邑志”不是当代新修谱牒的习惯用法，应该是从旧谱中直接抄录的结果。新修谱依据的是哪部旧谱暂时不得而知，但可以确定在族谱和地方志之间存在某种资料上的互动。嘉庆《新田县志》把骆升成为贡生的时间提前到了宣德二年，未必不是受族谱的影响。

更明显的例子出在骆以宾身上。按照族谱的记载，骆以宾是骆以诚的弟弟，“明拔贡，特授浙江金华府汤溪县令”②。1993 年续修谱更明确记载“以宾公，生于大元至正十三年癸巳四月十一日酉时。大明洪武十四年辛酉科拔贡，特授汤溪县令，殁于大明宣德四年己酉五月二十八日申时，卜葬地名看牛岭”③。嘉庆《新田县志》中记载了一个骆以宝，“南一都人，明洪武十四年辛酉拔贡，授浙江金华府汤溪县知县”④。但在“宝”字旁另有一个“宾”字，显示志书作者对人名有怀疑（繁体“寶”、“賓”字形接近）。

---

①《骆氏族谱》卷三《骆氏良相公派下历代绅衿录》，良相公派下首届合谱编辑办编印，1993 年版。

②嘉庆重修《骆氏宗谱》卷三《历代宦迹》。

③《骆氏族谱》卷三《良相公派下承基公骆铭孙世系》，良相公派下首届合谱编辑办编印，1993 年版。

④嘉庆《新田县志》卷八《人物志 · 科甲》，第 323 页。

我们先来看族谱的记载是否有问题。汤溪县在浙江西部，地方志记载：

> 汤溪县，在郡城西南五十里，先为婺、处、衢三府金、兰、龙、遂四县边界交冲之地，成化庚寅，金华知府李公嗣以其地僻远，居民犷悍难治，申奏割三府四县边隅，置汤溪县[①]。

《明宪宗实录》亦记载成化七年正月，“开设浙江金华府汤溪县，割金华府之金华、兰溪，衢州府之龙游，处州府之遂昌四县地以隶之，从巡视刑部左侍郎曾翚请也”[②]。可见，洪武年间根本不存在汤溪县。翻阅万历《金华府志》卷十三《官师志·汤溪县》，可知汤溪县令中确实没有骆以宝（骆以宾）这个人，甚至从县令到教谕、训导，都没有骆姓官员。

另外，《实录》记载，洪武十六年二月，明廷才开始“命天下学校岁贡生员”。

> 时谏官关贤言：国朝崇尚儒术，春秋祭享先师，内外费至巨万，尊师之道可谓隆矣。天下生员岁给廪米，亦数万石，养贤之礼可谓厚矣。今又建太学，聚天下英才以教育之，期为国家用也。奈何所司非人，师道不

---

① 万历《金华府志》卷一《建置》，中国方志丛书影印本，中国台北成文出版社，1983 年版，第 52 页。

②《明宪宗实录》卷八七，成化七年正月癸卯条，第 1704 页。

> 立，平居教养既无其法，及至选贡，贤愚混淆，至有员缺。又或府选于州，州选于县，致使为师者不能各任其责。甚至布政司、按察司将俊秀有学问生员选充承差，有乖朝廷育才之意。今宜令府州县学岁贡生员各一人，如考试中式，则赏及所司教官，否则所司论如律，教官、训导停其廪禄，生员罚为吏。如是则士有劝惩，学有成效。从之。命礼部榜谕天下府州县学，自明年为始，岁贡生员各一人，正月至京，从翰林院试经义四书义各一道，判语一条，中式者入国子监，不中者罚之[①]。

可见，洪武十四年，明朝根本没有贡生。族谱和县志的记载都是有问题的。

不过，新田历史上确实有一个“骆宾”。弘治《永州府志》记载骆宾为宁远县岁贡[②]。隆庆《永州府志》则明确称他是永乐丙戌年（即永乐四年，1406 年）岁贡，仕至七品“经历”[③]。康熙《永州府志》大体沿用了隆庆志的提法，只是没有明确年份[④]。估计嘉庆《新田县志》的作者认为这个骆宾和骆氏所称先祖骆以宾未必没有联系，于是采纳了族谱的记载。只是此骆宾的入贡时间明显不是洪武朝，于是只好虚晃一枪，凭空炮制出一个骆以宝，又以旁写“宾”字的方式以示存疑。

---

①《明太祖实录》卷一五二，洪武十六年二月丙申条，第 2387—2388 页。

②弘治《永州府志》卷四《科甲·宁远·岁贡》，第 264 页。

③隆庆《永州府志》卷五《人物表下·岁贡》，第 589 页。

④康熙《永州府志》卷十一《选举上·贡士年表》，第 291—292 页。

其实，新田确实有人做过汤溪县令。这个人叫罗宣。弘治《永州府志》仅记载他是“成化丁酉（即成化十三年，1477年）科”[①]举人，未记录他的宦迹。在隆庆《永州府志》中，“罗宣”被写作“罗瑄”，身份变成了成化丁酉年进士，仕途终点为知县[②]。成化十三年只有乡试，没有举行过会试，隆庆志的记载明显有误。在康熙《永州府志》中，罗瑄的身份恢复为成化十三年举人，且明确为“任汤溪县知县”[③]。

在万历《金华府志》中确有罗瑄出任汤溪知县的记载，但未记载具体任职时间。其前任之前任周立，“弘治四年任”。在其后三任的吴鸾，“正德六年任”[④]。据此推断，其任职应在弘治十年以后到正德初年。

嘉庆《新田县志》也记录着这位乡贤，“罗瑄，南乡人，明成化丁酉科举人，任汤溪知县”[⑤]。在同一部方志中出现两个任职于汤溪县的乡贤，方志编纂者明显有机会做一番具体的考察，至少可以核对一下汤溪县旧方志。显然，编纂者并没有下真功夫。嘉庆志在编纂过程中调用了大批县学生员“采访”，其中包括两位骆氏子弟，骆凌健和骆俊[⑥]。据此可以进一步确认《骆氏宗谱》肯定会出现在嘉庆志编纂者的视野之中。

在嘉庆志中还有很多骆氏谱牒的影子，如记载“骆以

---

① 弘治《永州府志》卷四《科甲・宁远・举人》，第263页。

② 隆庆《永州府志》卷五《人物表下・进士》，第586页。

③ 康熙《永州府志》卷十《选举上・举人年表》，第281页。

④ 万历《金华府志》卷十三《官师志・汤溪县・国朝知县》，第945页。

⑤ 嘉庆《新田县志》卷八《人物志・科甲》，第324页。

⑥ 嘉庆《新田县志》卷一《编修姓氏》，第16—17页。

诚，南一都人，随征明太祖克敌有功，亡于阵”①。“骆寄保，南一都人，代领诚职，明祖文皇帝赐爵千户侯”②。和族谱记载几无二致。又如骆安，嘉庆续修谱记载他，“弘治甲寅年，兴献王出翊南藩，公选，克称其职……”③嘉庆志则记载“骆安，南一都人。祖系羽林卫军旗，以功升本卫百户，历千户。明宏（弘）治甲寅，兴献王出翊南藩，公在选……”④

对于骆安，康熙《永州府志》即称他是“羽林卫军，擢本卫千户，护兴献王入都，升锦衣卫指挥使”⑤。这和高拱墓志铭的记载明显冲突，不排除康熙《永州府志》的编纂者也有借鉴同时期可见骆氏谱牒的可能。只是目前尚未找到明代及清初所修骆氏谱牒，所以究竟哪个是被借鉴者，暂时无法做出准确判断。

结　语

中华民族自古有修史的传统，谱牒家乘是修史的一部分，也是现代历史研究的重要资料。由于编纂者的水平，掌握资料的全面性、准确性等因素的影响，谱牒资料普遍存在记录相对简单和存在一定讹误的现象，给使用者带来一定的困扰。定期编纂地方志是明清两代地方官员的一项重要任

---

① 嘉庆《新田县志》卷八《人物·武备》，第 350 页。
② 嘉庆《新田县志》卷八《人物·武备》，第 352 页。
③ 嘉庆重修《骆氏宗谱》卷三《历代宦迹》。
④ 嘉庆《新田县志》卷八《人物·武备》，第 351 页。
⑤ 康熙《永州府志》卷十《选举上·征辟年表》，第 258 页。

务。修志需要从多层面采集本辖区史料，众多的家乘谱牒无疑为编写者提供了便捷的途径，而方志的记载又为续修族谱提供了带有官方认定意味的依据，因而在谱牒和地方史志之间出现了采集和编纂的互动。由于对先祖的行迹大多存在于口耳相传的记忆之中，谱牒修纂过程中有意无意地出现了类似上古历史层累堆集的现象，进而通过与方志编纂者的互动，逐步走进地方史志之中。续修谱牒则在方志的“鼓励”下开始进一步的“丰富”和“完善”。湘南骆氏家族在对北京锦衣一支亲族的史事记录中出现的问题，无疑是这种互动关系的一个典型样本。

（转载自《明代锦衣卫制度与新田骆氏锦衣卫世家学术研讨会论文集》，北京燕山出版社）

嘉靖初锦衣卫指挥佥事骆安墓志铭发微

胡　凡

骆安，湖南宁远（今属新田县）人，生于成化八年（1472年），卒于嘉靖二十八年（1549年），享年77周岁。他是明代嘉靖二年二月至嘉靖九年十二月锦衣卫的掌卫者，其时的职衔是署都指挥使。锦衣卫是明代的一个特殊机构，既负责皇帝的侍卫、仪仗，又有侦缉、司法等特权，权势甚重，以此执掌锦衣卫的人对明代历史的影响很大。明世宗朱厚熜以"伦序当立"而由藩王入继大统，在宫廷中没有自己的势力，入宫之后必然要对各种要害的权力部门加以调整，锦衣卫的掌卫者势必要用自己信得过的人，遂使一批从龙者跻身权势部门，骆安就是在这一背景下执掌了锦衣卫的大权。那么，作为执掌了七年十个月锦衣卫大权的骆安，他的行实如何？对历史的影响怎样？由于没有传记的记载，使人难窥其详。不过人们在明代名臣高拱的文集中发现了高拱为骆安撰写的墓志铭，遂使我们对骆安的人生历程和他任锦衣卫掌卫事的情况有了大体的认识。本文即拟对高拱所撰骆安墓志铭进行考察，以使我们对嘉靖初叶的历史和锦衣卫的行事有更深入的认识。

一

高拱所撰骆安的墓志铭题为《明故明威将军锦衣卫指挥佥事骆公墓志铭》，收在《高文襄公文集十五种》(清康熙笼春堂刻本)《诗文杂著》卷三[①]第111～112页，这里我们依据高拱撰写的墓志铭，首先对骆安的家世进行考究。

铭文：

> 嘉靖己酉十月十三日，明威将军锦衣卫指挥佥事骆公不禄，将以其年腊月廿日归窆都城南五里祖茔之次，于是公弟定暨寅以其兄寮魏君状来乞铭。予素辱公交厚，知公懿行为详，胡可以不文辞？

这里给我们的时间点是嘉靖己酉，即嘉靖二十八年十月十三日骆安去世，择定的下葬日期是当年的腊月二十日，葬地是都城南五里的祖茔。据此可知骆安从去世到下葬之间有六十七天的间隔时间，高拱撰写墓志铭的时间应该就是在这个期间。锦衣卫指挥佥事是他致仕时的职级，明威将军则是明代授予武官的散阶称号，与骆安的指挥佥事正四品的职级正相对应。来求高拱撰写墓志铭的人是骆安的两个弟弟骆定和骆寅，高拱之所以答应给骆安撰写墓志铭是因为与骆安相

---

① 沈乃文主编：《明别集丛刊》第二辑第九一册。

交甚厚，对骆安的行实深有了解，所以他才说："胡可以不文辞？"

接着，高拱对骆安的家世做了简要的勾勒。

铭文：

> 叙曰：公讳安，字时泰，别号月崖，湖南宁远人也。高大父当元末时归附太祖高皇帝，后遂占籍燕山中护卫，生二子，曰寄保，曰［寄］善。寄保有战阵功，官济阳卫正千户，死无嗣，［寄］善承其官，而传其子广，广改卫羽林，而传其子胜。胜娶于胡，生公，幼岐嶷，不喜嬉弄，有成人体。既就外傅，即笃学好问，闻见日益博。弘治初，献皇帝建国于兴，慎选护从，父往典（郡）［群］牧所，公遂从如承天。居数年，承荫，仍理所事，实勤慎有声。

从这段叙述中我们可知，骆安的祖籍确实是湖南宁远县，其祖居地骆铭孙村现在划属新田县，并有多部保存至今的《骆氏族谱》。从墓志铭的叙述中可知，骆安的曾祖父在元末归附了朱元璋，应该是从那时起离开的家乡，在《族谱》中他的曾祖父名为骆以诚。从其曾祖父算起的世系为二世大祖父骆寄保、祖父骆寄善两兄弟、三世为其父亲骆广，到骆安是第四世。他的曾祖父在元末时归附朱元璋，从历史地理和时间进程两个视角来看，元末的两湖地区是陈友谅的势力范围，有可能骆以诚在元末大乱时先是加入了陈友谅的军队，当朱元璋灭掉陈友谅后陈氏的余部被朱元璋收编，此后就成为朱元璋的军队。朱元璋建立大明王朝后实行了大分封，其第四子朱棣受封为燕王，朱元璋为其设立了三护卫，洪武十三年之藩北平，这些在实录中均有记载：如洪武十年正月，“以羽林等卫军士益秦、晋、燕三府护卫。秦府西安护卫旧军一千四百五十一人，益以羽林卫军二千二百六十四人；晋府太原护卫旧军一千六百三十人，益以兴武等卫军二千二百五十一人；燕府燕山护卫旧军一千三百六十四人，益以金吾左等卫军二千二百六十三人”[①]，从这些记载中可知，秦王的护卫为 3715 人，晋王的护卫为 3881 人，燕王的护卫为 3627 人，反映了分封体制下诸王势力的强大，骆以诚应该是在这个时期归于燕王的麾下。洪武十一年六月，朱元璋“置燕山中、左二护卫指挥使司”[②]，骆以诚的占籍燕山中护卫应该是在这个时期。到了洪武十三年三月，“今上（朱棣）之国，赐给燕山中、左二护卫侍从将士五千七百七十人钞二万七千七百七十一锭”[③]，这时的骆以诚应该是跟随着燕王来到了北平，《族谱》说他“卜居京都顺天府瓦窑头”，那可能就是燕山中护卫的驻防地。到洪武十三年八月，朱元璋“以北平大兴右卫为燕山右护卫”[④]，至此燕王的三护卫设置齐全。

骆以诚在燕山中护卫的职级不详，后修的《族谱》说他

①《明太祖实录》卷一一一，洪武十年正月辛卯条。
②《明太祖实录》卷一一九，洪武十一年六月丙寅条。
③《明太祖实录》卷一三〇，洪武十三年三月壬寅条。
④《明太祖实录》卷一三三，洪武十三年八月庚戌条。

洪武时期是“千户侯”，值得怀疑。他的两个儿子骆寄保和骆寄善，按照明代的军户世袭制度，应该是骆寄保承袭了他的军职，后来积有军功而官为济阳卫正千户。据《明史》记载：济阳卫和燕山中护卫一样是亲军卫，属于“上十卫，永乐中置”[①]，另据《明史·兵志》二的记载：洪武时期的北平都司已有济阳卫，后来在永乐四年升为亲军卫[②]。从历史的进程来看，骆寄保承袭了骆以诚的军职后，应该是参加了靖难之役，立功以后升为正千户，很可能后来在战场上牺牲，因为年轻没有留下子嗣，当朱棣即位后，骆寄善按制度承袭了兄长的正千户之职。后来骆寄善的儿子骆广又承袭了骆寄善的军职，并且改属羽林卫，骆广的军职后来又由其子骆胜承袭。骆胜在职时，正赶上兴献王受封之国，在为兴献王选择护卫时，骆胜作为亲军卫的正千户而被选中，于是在弘治七年九月时跟随兴献王来到了湖北安陆，骆安就这样跟随父亲的脚步到了安陆。

在明代的分封制度下，亲王的地位极高，但是亲王长大后必须到封国去，不许留在京师，于是就要为他们选择护卫。据弘治时期兵部尚书马文升言：“凡亲王出府，例于后府、锦衣卫并在京卫分拨军校千七百人”[③]，可见护卫人数众多，兴王之国时的护卫人数肯定不少，以至于两个月后他的老弟雍王祐枟出府时，“以军校减少，援兴王例以请”，兵部

①《明史》卷七六《志》第五二《职官》五，中华书局 1974 年版，第 1860 页。
②《明史》卷九〇《志》第六六《兵》二，中华书局 1974 年版，第 2205 页。
③《明孝宗实录》卷七五，弘治六年五月壬申条。

建议等雍王"候之国日选外卫者补足"，但是孝宗则"命如兴王例给之"①。骆胜作为亲卫军羽林卫的成员，受命出任兴王的护卫军，掌管群牧所，可知他在亲卫军中还是很受重视的。按明朝的制度规定："自都督府，都指挥司，留守司，内外卫，守御、屯田、群牧千户所，仪卫司，土司，诸番都司卫所，各统其官军及其部落，以听征调、守卫、朝贡、保塞之令。以时修浚其城池而阅视之。"②群牧千户所隶属于兵部，整个明代有"守御、屯田、群牧千户所三百五十九"③，属于明朝军队的基层机构，职级正五品。

几年后，骆胜去世，骆安承袭了骆胜的正千户之职，负责管理群牧千户所事。根据高拱的叙述，骆安在幼年时就聪慧异常，长大后又勤奋好学，见识广博，这些在管理千户所中的体现，使他获得了好评，所谓"实勤慎有声"。

二

高拱在墓志铭中对骆安在锦衣卫时的任职情况作了叙述，这里我们结合史籍记载对骆安的行实做一考究。

铭文：

辛巳，今上入继大统，周旋护从，劳勚为多，荷特

①《明孝宗实录》卷九四，弘治七年十一月丙戌条。

②《明史》卷七二《志》第四八《职官》一，中华书局1974年版，第1752—1753页。

③《明史》卷九〇《志》第六六《兵》二，中华书局1974年版，第2204页。

旨，升锦衣卫指挥同知，世袭，仍赠父祖如其官，祖母、母暨配李赠封皆淑人，且敕有司修其父母葬所，赐谕祭，宠赉甲于时。寻以廷荐督理内外衢巷池隍诸务，遂查革兼并、修利沟渠，氓恃以安。

癸未，升署都指挥使，视卫篆，奉玺书，督缉事官校，屡有蟒服佩刀之赐。公乃叹曰："予实武弁末流，幸以犬马微劳，受恩至此，自微秉慎持法，夙夜殚厥心力，其何以报称上者！"于是下令戒诸官校曰："予罔敢纵慝，亦罔敢幸功，惟奸宄罔职惟尔辜，厥或戕于孱良亦惟尔辜，惟公、惟平，斯称任使。"胥曰："诺。"自是强者敛，诡者遁，善者无恐，时称清肃。

三载奏绩，加升实授一级。公素峭直，好面折人过，或干以私，即诮让无已。用是，群小丛怨，多口肆兴，遂以免。无何，皇上追念旧劳，诏与指挥佥事致仕。

这里给出的第一个时间点是辛巳，即正德十六年（1521）。这年三月明武宗去世，明世宗朱厚熜以伦序当立而入继大统，成为明朝历史上第十一位皇帝。骆安作为侍卫王府的正千户，在世宗入京继统的过程中自然要负责整个的安全保卫事务，是以"周旋护从，劳勩为多"，入京后被特旨提升为锦衣卫指挥同知，这在史籍中都有记载。如在离开安陆时，世宗"以藩卫官校不隶有司，恐为沿途扰，特命从官骆安等严敕之，所过辞谢诸王供馈，屏绝有司珍奇之献”[①]，可见骆安所负的重任。护从世宗入京的有“内臣张佐、戴永，长史袁宗皋，指挥骆安等凡四十余人”[②]，这里说骆安是指挥，显然有误，《明世宗实录》在正德十六年五月五日载道：“录从龙功，升群牧所正千户骆安为锦衣卫指挥同知，仪卫副张镗、石宝、副千户赵俊俱指挥佥事，典仗杨宗仁、刘俊、刘鲸、百户王銮、柳时、许通、张安、柳俊、所镇抚姜雄俱正千户，书办官翟裕、吕钊俱副千户，张爵及冠带总旗于海、王纪、陈昇、吴纶、赵昂、军校乔鉴、范纪俱所镇抚，仍各令世袭”[③]，这些人都是护从世宗入京的侍卫，其中骆安所晋升的职位最高，从正千户连升两级，成为锦衣卫的指挥同知，这显然是世宗在锦衣卫安插自己的亲信，准备将锦衣卫掌控在自己的手中。须知世宗是在四月二十二日才入宫登基，刚刚过了十三天就开始着手锦衣卫人员的调整，就中体现出世宗的政治才能。

第二个时间点是癸未，即嘉靖二年（1523）。史载这年正月二十五日，“兵部覆给事中张原论锦衣卫掌印朱宸等不法事，诏：宸革任闲住，骆安留用，今后东西司房辨事毋用查革之人”[④]。这段记载说明，骆安虽然被任命为锦衣卫指挥同知，但是还不是掌管主要权力的人，掌印者是朱宸，现在朱

①［明］邓元锡：《皇明书》卷十《世宗肃皇帝帝纪》，明万历刻本，载《四库存目丛书》史部第29册，第124页，齐鲁书社1996年版。

②［明］徐学聚：《国朝典汇》卷四《朝端大政》，明天启四年徐與参刻本，载《四库全书存目丛书》史部第264册，第341页，齐鲁书社1996年版。

③《明世宗实录》卷二，正德十六年五月丙辰条。

④《明世宗实录》卷二二，嘉靖二年正月丁卯条。

宸受到弹劾，就给世宗调整锦衣卫的人员带来了机会，所以世宗下令朱宸革任，骆安留用。不仅如此，在二月十一日，世宗就“升锦衣卫指挥同知骆安署都指挥使，命掌卫事，提督官校。署都指挥使王佐提督巡捕，指挥佥事刘宗武、署指挥使王兰、指挥佥事陈寅俱佥书管事。”[①] 从朱宸革职、骆安留用到骆安升为署都指挥使掌管锦衣卫仅仅过了半个月的时间，这也就是高拱在墓志铭中所说“奉玺书”并在以后“屡有蟒服佩刀之赐。”

但是墓志铭没有叙述骆安在掌管锦衣卫的七年十个月期间的行实事迹，只是录了他感恩及严督下属的话语，然后用“时称清肃”加以概括，最后说到他因生性峭直、好面折人过而去职，以指挥佥事而致仕，这是受到文体限制的缘故。

其实骆安执掌锦衣卫期间的行实在史籍中还是有些记载的，如在骆安掌管锦衣卫三个月后，世宗“[命] 司设监更造卤（薄）[簿] 大驾，从指挥骆安等奏也”[②]，这在历史上只能算是极小的事情。嘉靖三年十月，有个叫王道的男子携带一个金箱，里面装着珠宝、绦环等在市面上兜售，锦衣卫的巡捕官怀疑此人是盗贼，把他抓了起来，世宗命令礼部审问，此时已是傍晚，礼部“仪制司官令原官校押出候审，道寻脱亡。礼部尚书席书及锦衣卫掌卫事都指挥骆安以闻，上切责安及礼官失贼，俱令对状，下解官张昇等法司按问，行五城严缉王道，务在必获。既而书、安等各上疏引咎，上皆

①《明世宗实录》卷二三，嘉靖二年二月壬午条。
②《明世宗实录》卷二六，嘉靖二年闰四月甲辰条。

宥之，惟仪制司官罚俸一月。”[①] 这个王道在锦衣卫押解官的手中逃脱，骆安和礼部尚书席书上奏给世宗，世宗当然很恼火，但是也没有对骆安加以处罚。这个事例说明锦衣卫确实担负着缉捕的职责，是以在当年的十二月，“以锦衣卫掌卫事署都指挥使骆安提督官校缉捕有功，升一级，其官校戴昊等亦升一级。”兵部对此提出异议，认为“厂卫官校侦事缉奸乃其职分，苟欲偿其劳勚，自有升赏旧格：凡获妖言者赏而不升，获强盗首三名者升一级，为从者赏。今太监芮景贤、锦衣卫（置）[署]都指挥使骆安、王佐条上所部官校陶淳、谢裕、戴昊、王辅等三年捕获功次，一概辄与升级，非惟有戾祖制，而于初诏亦甚相悖”。但是世宗并不理会兵部的意见，武断地说“已有旨裁定矣”[②]。可见他对锦衣卫的偏爱。到嘉靖四年正月，世宗“升锦衣卫都指挥佥事王佐为都指挥同知，指挥同知骆安为指挥使，以缉捕有功也”[③]。这里实录的记载有误，王佐明明是骆安的副手，却记在了前面，而骆安则被记为由指挥同知升为指挥使，实则应该是由都指挥同知升为署都指挥使，这只要联系实录的前后文就可知道。前面关于骆安是署都指挥使的记载有多处，后面在嘉靖四年二月又载：“修都城，发团营卒五千人，以内官监太监陈材、总兵官保定侯梁永福、工部左侍郎童瑞、锦衣卫署都指挥使骆安督之。”[④] 以此可知骆安的真实职衔是署都指挥使，亦可

①《明世宗实录》卷四四，嘉靖三年十月乙未条。
②《明世宗实录》卷四六，嘉靖三年十二月戊戌，己酉条。
③《明世宗实录》卷四七，嘉靖四年正月戊辰条。
④《明世宗实录》卷四八，嘉靖四年二月丁未条。

知锦衣卫掌管事务的多样，督工修城也是其中的一项，高拱在墓志铭说的也就是这件事。

嘉靖五年正月，御史朱辰就京师总甲问题上奏："极言京师总甲大为民害，请禁革诸弊及议编审之法。"世宗将事由交给兵部廷议，兵部认为"京师总甲本以提防火盗，非为杂差，自役使浩繁，编审益众。夜则与火夫摇铃击柝，昼则同小甲打卯报事，及诸下夜坐季官校等，互有科索，民至夤缘投托，竭财鬻产以规避，虽先朝数禁而蠹弊益深，诚如御史言，禁之便"。至于"总甲火夫，第令于各铺巡更，听兵马点阅、御史稽察。其锦衣卫下夜官校亦可罢，其他无名夫役一切革去，仍榜示禁约，有故犯者，官皆问革，军民皆编戍如律。其编审之法，宜下五城御史会议"。兵部廷议的结果 世宗已经批准实行，但是"锦衣卫指挥使骆安以为官校下夜及总甲报事遵行已久，不宜尽革。上复命校尉下夜如故，第不得科扰地方，并饬五城兵马不得擅役总甲等，有营私犯禁者皆罪之"[1]。这里我们看到，对于兵部已经议行的政策，因为骆安提出异议，世宗马上就作出更改，可见执掌锦衣卫者的重要地位。

最能体现骆安"峭直"性格的事是对陈九川案的处理。陈九川是江西临川人，正德九年的进士，王守仁的学生，正德时期和舒芬、万潮、夏良胜合称"江西四谏"。世宗即位后，官任礼部主客司郎中，其职责是"分掌诸蕃朝贡接待给

---

①《明世宗实录》卷六〇，嘉靖五年正月辛丑条。

赐之事。……凡贡必省阅之，然后登内府，有附载物货，则给直。……凡审言语，译文字，送迎馆伴，考稽四夷馆译字生、通事之能否，而禁饬其交通漏泄。凡朝廷赐赉之典，各省土物之贡，咸掌之”。① 正因为是职责所在，所以陈九川上任后“正贡献名物，节贡使犒赏费数万”②。嘉靖四年，天方国使臣火者马黑木等入贡，“陈九川拣退其玉石，所求讨蟒衣金器皿等奏俱不与题覆，又怒骂本馆通事胡士绅等，提督会同馆主事陈邦偁约束过严，禁其货易，以致回夷商人各怀怨恨，士绅等因诈为夷人怨词，讦奏九川、邦偁等。上怒，下锦衣卫逮讯”。陈九川被通事胡士绅挟天方国贡使给告到了世宗那里，世宗遂命锦衣卫来审理，但是“锦衣卫指挥骆安等辞不敢问，请会多官鞫之”。③ 这是怎么回事？专门为皇帝审案的锦衣卫官居然“辞不敢问”？原来这里的背景很复杂，严从简对此说道：“胡士绅奏称九川、邦偁刚恶浮躁，乞先赐罢黜，以顺夷情，以弭边患。按：是时张璁以言礼合上意，骤进向用，欲因事倾内阁费宏。故夷使之讦奏，实凭借于士绅等，而士绅等之横肆，亦因主之有人也。及九川等下狱，又攀费宏受玉，而其展转谋陷之情见矣。”④ 陈九川本传称：“是时张璁、桂萼欲倾费宏夺其位，乃属士绅再讦九川盗贡玉馈宏制带，词连兵部郎中张羽惠、锦衣指挥张潮

①《明史》卷七二《志》第四八《职官一》，中华书局 1974 年版，第 1749 页。

②《明史》卷一八九《列传》第七七《陈九川》，中华书局 1974 年版，第 5023 页。

③《明世宗实录》卷六二，嘉靖五年三月庚子条。

④ 严从简：《殊域周咨录》卷十一《天方国》，余思黎点校，中华书局 1993 年版，第 399—400 页。

等。”[①] 世宗把这个案子交给锦衣卫审理，锦衣卫指挥邵辅因为和涨潮是同事，奏请回避，世宗不许；案子交给骆安，骆安又“奏请三法司会勘，以杜嫌疑”，并且由于“面审情词不一，乞将番、汉原本发出，并将胡士绅、龚良臣等通提对证，事体方明”，世宗则不许提审胡士绅，反而责怪“骆安等牵搢回护，且不查究，九川、邦偁打问招认来说”。面对世宗的这种态度，骆安“又奏称：国体重大，夷情不轻，若果改译情真，干碍大学士费宏嘱托已行，干碍指挥张潮，俱听该部径自参奏，通行究治，必须宪典昭示，庶使夏夷无词。上怒其展转支调，诏：仍前怠缓，治罪不饶。……胡士绅又奏：九川等致怨回夷等情，讦及大学士费宏受玉是实。上诏：陈九川、陈邦偁照前旨好生打着追问招认”[②]。该案的最终结果是“谪九川戍边，黜邦偁为民，降张羽惠远方杂职，张潮、总旗邵辅、龚良臣等俱罚俸有差”[③]。我们这里主要关注的是骆安在处理案件时的态度，在世宗听信张璁而刻意回护胡士绅的情况下，骆安先是奏请三法司会审，世宗不听；又提出将番、汉原本发出、并提胡士绅、龚良臣对证、会审，世宗不许；骆安再次提出事关国体，要认真对待，以致世宗怒其“展转支调”。从这里我们可以看出骆安的“峭直”性格，他确实是出以公心，要把案件审理明白，使“宪典昭示、使夏夷无词”，甚至不怕惹怒世宗，作为锦衣卫的

①《明史》卷一八九《列传》第七七《陈九川》，中华书局1974年版，第5023页。

② 严从简：《殊域周咨录》卷十一《天方国》，余思黎点校，中华书局1993年版，第400页。

③《明世宗实录》卷六二，嘉靖五年三月庚子条。

掌卫者，能有这样的审案态度，确实难能可贵。

作为锦衣卫的掌卫事者，骆安也很能为自己的部下谋取福利。嘉靖七年十一月，“锦衣卫署都指挥使骆安等言：‘上直侍卫旗校官军寒苦，乞照近日巡捕官军及侍卫红盔官军奏讨衣鞋事例，一体准给。’工部尚书刘麟执奏言：‘胖袄裤鞋原为各边哨了、爪探、架炮、夜不收等项极边官军寒苦之用，其次则征调官军侍卫诸役，岂得滥请？皇上悦悯其宿卫之苦，故有给银之例可举行之。’得旨：‘侍卫军旗人给银七钱，听其自行制造衣鞋，五年一次给赏。’又谕：‘三边官军当此苦寒之际，不时调征，比之在京军士尤为可悯。该部查照，但系该给年分，即差官运送前去给散，勿得视为虚文。’”①在骆安的奏请下，锦衣卫的上值侍卫获得了国家发给的衣鞋，此后，“五载一给为常”②。从实录的记载来看，不止锦衣卫上值侍卫军得到了好处，世宗还能举一反三，想到了三边官军的辛苦，使他们也得到了物资的补充，骆安的一个建议发挥出了更大的效果。当然，骆安在任期间也有受处罚的时候。嘉靖八年二月，武定侯郭勋因为收受贿赂，擅自取回发放到隆庆卫的罪囚金辂，世宗批他“受命提督营务，不修职业，专事诛求，威福自恣，怨声盈路，取回钦发军犯，擅罪边卫军官，却又饰词强辩，无人臣礼”③，郭勋被罢官闲住。到了四月，六科给事中赵廷瑞等，十三道御史刘濂等连

①《明世宗实录》卷九五，嘉靖七年十一月壬子条。
②《明史》卷一九四《列传》第九二《刘麟》，中华书局 1974 年版，第 5152 页。
③《明世宗实录》卷九八，嘉靖八年二月戊寅条。

章劾奏刑部尚书高友玑、都御史熊浃、侍郎许赞、大理寺少卿曾直、锦衣掌卫事都指挥使骆安等，世宗命“友玑令致仕，熊浃等各夺俸六月，骆安等各二月”[①]，但与尚书、都御史相比较，骆安受到的处罚还是很轻的。

嘉靖九年十二月十四日，骆安因受到弹劾而致仕。实录载：“兵科都给事中张润身言：‘锦衣卫堂上官以近侍故，优容不与考选，中间不职甚多，乞如文臣自陈例，取自上裁，有幸免者，听言官指名参奏。’上令即指名参奏，不必令自陈。润身乃劾掌卫事署都指挥使骆安、指挥佥事刘宗武奸贪不职，宜罢。诏降安指挥佥事，与宗武俱闲住。”[②]

三

通过上文的阐释，我们了解了骆安在掌管锦衣卫期间的行实，那么他致仕以后的情况如何呢？高拱在墓志铭中也做了叙述。

铭文：

> 公自解组，即闭门谢客，绝口不谈世事，自奉冲约，耳无丝竹之娱，目鲜珍异之玩，惟训子读书，时或与戚党弹棋话旧，余二十年终。距其生成化　年　月　日享年七十有七。公慷慨朴实出于天性，事父母以孝闻，

①《明世宗实录》卷一〇〇，嘉靖八年四月丁亥条。
②《明世宗实录》卷一二〇，嘉靖九年十二月庚午条。

友爱二弟终其身无间。处乡好义乐施，赴人之急，有烈士风。遇事能断，虽纠纷必解，盘错必利，人以是服公，亦以为忌，卒滞大用。惜哉！

李淑人无子，生女一，适杨通政子化，侧室高生男曰椿，娶于宣。

这段文字可以分为两个部分。第一部分是对骆安退休后生活的描述，可知他安度余生二十年，得以善终。说到骆安闭门谢客，绝口不谈世事，这说明骆安是个非常聪明的人，深谙皇权专制时代的特点，避免祸从口出，给自己惹来不必要的麻烦。同时他自己在生活上也能做到简朴，耳无丝竹之娱、目鲜珍异之玩，摒绝了声色狗马，只有日常的训子读书以及和亲戚朋友的弹棋话旧，这在曾经居于权势顶端的人来说确实难能可贵。第二部分是对骆安人品的高度赞美及对其后嗣的叙述。这里我们看到高拱描述的骆安是个慷慨朴实、孝友亲人、好义乐施、处事公平的人，这既是骆安的优点，也是骆安的缺点，以此招忌，以致影响到自己的宦途，可惜呀！骆安的“足滞大用”说明此时的明朝整个体制已经腐败了，腐败得容不下正直的人，在这种体制中的人只有两种出路：要么跟着腐败的体制腐败下去直到崩溃，要么被腐败的体制淘汰出局。骆安就是最后出了局的人，不过他的家庭生活还是不错的，妻生一女，侧室生一男，都成家立业了，也算是人生无憾。

墓志铭的最后是高拱所撰的铭，铭曰：

骆祖知兴，仗策归义，爰隶燕山，上备宿卫。有子孔武。翊□文皇，汗马树勋，南北翱翔，再传羽林，爰及群牧，遂以生公，益笃厥祜。惟公雄杰，为国之防，勋庸卓荦，宠荣繁昌，矢心报国，群嫌罔避，用兹立名，用兹召忌。归田却扫，琹尊缔盟，履约茹澹，跻此遐龄，九原式归，厥德靡悔，庆来方隆，宜尔孙子。

这段铭是对骆安身世的概括，因为前面都已叙过，我们就不再对其进行阐释了。

从以上对骆安行实的考究中，我们感到高拱的墓志铭还是真实地概括了骆安的一生。他在任群牧所千户时能做到“勤慎有声”；在任职锦衣卫掌卫者时能做到“惟公、惟平”，不“纵慝”、不“幸功”，确实难能可贵；致仕后杜口、谢客、简约生活，是一个值得肯定的人物。

（转载自《明代锦衣卫制度与新田骆氏锦衣卫世家学术研讨会论文集》，北京燕山出版社）

（作者单位：黑龙江大学黑龙江流域文明研究中心）

明朝锦衣卫使骆安墓志铭补证

滕新才

（重庆三峡学院，重庆 404020）

一、墓志缘起

明世宗嘉靖二十八年十月十三日（1549 年 11 月 2 日），锦衣卫指挥佥事骆安去世，定于腊月二十日（1550 年 1 月 7 日）葬京师城南祖茔，其弟骆定、骆寅向翰林院编修高拱求墓志铭。高拱与骆安交情颇深，熟知其平生行事，毫不推辞，慷慨允撰《明故明威将军锦衣卫指挥佥事骆公墓志铭》，全文如下：

> 嘉靖己酉十月十三日，明威将军锦衣卫指挥佥事骆公不禄，将以其年腊月廿日归窆都城南五里祖茔之次，于是公弟定暨寅以其兄寮魏君状来乞铭。予素辱公交厚，知公懿行为详，胡可以不文辞？叙曰：
>
> 公讳安，字时泰，别号月崖，湖广宁远人也。高大父当元末时归附太祖高皇帝，后遂占籍燕山中护卫。生二子，曰寄保，曰寄善。保有战陈功，官济阳卫正千户，死无嗣。善承其官，而传其子广。广改卫羽林，而

传其子胜。胜娶于胡，生公。幼岐嶷，不喜嬉弄，有成人体。既就外傅，即笃学好问，闻见日益博。弘治初，献皇帝建国于兴，慎选护从，父往典郡（群）牧所，公遂从如承天。居数年，承荫仍理所事，实勤慎有声。

辛巳，今上入继大统，周旋扈从，劳勚为多，荷特旨升锦衣卫指挥同知，世袭。仍赠父祖如其官，祖母、母暨配李赠封皆淑人。且敕有司修其父母葬所，赐谕祭，宠赉甲于时。寻以廷荐督理内外衢巷池隍诸务，遂查革兼并，修理沟渠，氓恃以安。

癸未，升署都指挥使，视卫篆，奉玺书督缉事官校，屡有蟒服、佩刀之赐。公乃叹曰："予实武弁末流，幸以犬马微劳，受恩至此。自微秉慎持法，夙夜殚厥心力，其何以报称上者！"于是下令戒诸官校曰："予罔敢纵慝，亦罔敢幸功，惟奸宄罔职惟尔辜，厥或戕于孱良亦惟尔辜。惟公惟平，斯称任使。"胥曰："诺。"自是强者敛，诡者遁，善者无恐，时称清肃。三载奏绩，加升实授一级。

公素峭直，好面折人过，或干以私，即诮让无已。用是群小丛怨，多口肆兴，遂以免。无何，皇上追念旧劳，诏与指挥佥事致仕。公自解组，即闭门谢客，绝口不谈世事。自奉冲约，耳无丝竹之娱，目鲜珍异之玩。惟训子读书，时或与戚党弹棋话旧，余二十年终。距其生成化□年□月□日，享年七十有七。

公慷慨朴实，出于天性，事父母以孝闻，友爱二弟，终其身无间。处乡好义乐施，赴人之急，有烈士风。遇事能断，虽纠棼必解，盘错必利。人以是服公，亦以为忌，卒滞大用，惜哉！李淑人无子，生女一，适杨通政子化。侧室高生男曰椿，娶于宣。

铭曰：骆祖知兴，仗策归义。爰隶燕山，上备宿卫。有子孔武，翊□文皇。汗马树勋，南北翱翔。再传羽林，爰及群牧。遂以生公，益笃厥祜。惟公雄杰，为国之防。勋庸卓荦，宠荣繁昌。矢心报国，群嫌罔避。用兹立名，用兹召忌。归田却扫，琴尊缔盟。履约茹澹，跻此遐龄。九原式归，厥德靡悔。庆来方隆，宜尔孙子。

四百多年后，以挑剔的眼光来审视这篇墓志铭，竟可发现一些疑窦。比如文中明确提及骆安卒年77岁，而高拱生于正德七年（1513年），时年37岁，小骆安40岁整，属于后生小辈，何来“素辱交厚”？高拱于嘉靖二十年（1541年）中二甲第十二名进士，选翰林院庶吉士，始登仕版，其时骆安已罢职12年，悠游林下，不问世事。何况骆安武职，高拱文官，职掌不一，守土有责，所谓“知公懿行为详”，恐系受人所托的虚饰之词。然则此铭是否毫无价值呢？答曰：不然。客观地说，骆安作为藩邸旧臣、政坛新贵，在嘉靖初可谓风云际会；而高拱也是一代名儒，嘉靖四十五年（1566年）拜文渊阁大学士，隆庆五年（1571年）任内阁首辅，成为炙手可热的政坛显要，“练习政体，负经济才”，“才略自许，负气凌人”，于繁忙的政务之暇，笔耕不辍，勤于著述，“其文才经济之详，具载《全集》中”，“业公《全集》，则忾然如见其人”。以高拱的“负气”和“自许”，当不至于为相知未深的骆安曲意奉承，何况文前小序明确说到骆定、骆寅是带着骆安同僚魏某某所撰行状前来求文的，言必有据，所述事实和评议有很大的采信度。

这篇墓志铭虽是骆安个人传记，却涉及明朝一个显赫的锦衣卫世家[①]兴替史，也透露出锦衣卫特别机构的诸多信息，未可小觑，故就官修文献所见，补证如次。

二、骆安史事辑补

图 1 传为万历皇帝钦赐的“锦衣总宪”匾（滕新才摄）

① 有明一代，新田骆氏先后六辈供职于锦衣卫，骆安、骆思恭、骆养性三人担任锦衣卫都指挥使，是名副其实的锦衣卫世家。

“楚南望族”骆氏始祖为后晋御史中丞、宣抚使骆良相（895 年 4 月 8 日—986 年 7 月 2 日），原籍会稽（今浙江省绍兴市），天福五年（940 年）迁居临阳（今湖南省临武县）沙坪，筚路蓝缕，以启山林。其孙骆安邦（971 年 8 月 15 日—1044 年 4 月 22 日）为避兵乱，再徙宁远岛馆洞（今湖南省新田县骆铭孙村），踵事增华，派衍蕃昌。又历十二世，至元末骆以诚（1349 年 5 月 7 日—1368）时，群雄崛起，兵燹连年，随朱元璋“起兵克敌”，“从征行间，有功”，洪武元年（1368 年）授指挥千户侯，占籍燕山中护卫，殁于战阵。育有二子，长曰寄保，卜居京师顺天府瓦窑头（今北京市丰台区卢沟桥乡瓦窑头村），明成祖时以军功授济阳卫千户侯，无嗣，弟寄善（又名婆保，1368 年 11 月 19 日—1440 年 10 月 14 日）袭职，传子骆广。改羽林卫千户，传子骆胜，即骆安之父。

弘治七年九月十八日（1494年10月17日）[①]，明孝宗异母弟兴王朱祐杬（1476 年 7 月 22 日—1519 年 7 月 13 日）陛辞，之国安陆（今湖北省钟祥市）。扈从官属有承奉李稷等 10 人、伴读张佐等 42 人、长史张景明等 24 人、仪卫李翔等 9 人、群牧所千户骆胜等 14 人。骆胜是因兴献王远离帝都，前往偏远的安陆藩邸，特别留意“慎选护从”而被看中的，职司群牧所，负责牧养马匹，约正德十五年（1520

---

① 焦芳：《明孝宗实录》卷九十二：“（弘治七年九月）癸卯，兴王之国。上御奉天门受朝毕，退坐宝座后。王冕服，内引二人导至御前，行五拜礼。上赐王果酒，王饮讫，叩头辞至门东阶上，及丹陛下，及午门外，皆叩头。上目送出午门，还宫。”中国台北：“中研院”史语所校勘影印本，1962：1697。

年）去世。子骆安袭职，时年 49 岁。

骆安（1472—1549），字时泰，号月崖，湖广宁远人。关于其籍贯，后人因崇祯十二年（1639 年）永州知府晏日曙以“山峦起伏，民杂瑶俗”为请，建议分宁远南北二乡十五都别置县，获朝廷允准，治新田堡，因为县名，属永州府[①]，骆氏遂以新田为祖籍焉。

图 2 “楚南望族”门楼细部（滕新才摄）

骆安此派，借高拱所撰墓志铭之褒扬，官私著述颇多关注，事迹最为丰富，世系亦最明了。据说他少年老成，不事嬉戏，启蒙后笃学好问，识见广博。23 岁随骆胜护送兴献王

① 张廷玉：《明史》卷四十四《地理志五》：“新田，（永）州东北。崇祯十二年以宁远县之新田堡置。”北京：中华书局，2011：1091。

就藩，父死子继，袭职群牧，克勤职守，有政声。正德十六年三月十四日（1521年4月20日），明武宗驾崩，无嗣，遗诏以兴献王世子朱厚熜即位，即明世宗。

正德十六年四月初二日（1521年5月7日），朱厚熜在定国公徐光祚、吏部尚书梁储等人护送下由安陆启程前往京师，随行扈从有承奉张佐、长史袁宗皋、仪卫司群牧所千户骆安等四十余人，“朝夕供事”。四月二十二日（5月27日）在紫禁城奉天殿举行了隆重的登基大典，改元嘉靖[①]。12天后，五月初五（6月9日），骆安以护驾有功，升锦衣卫指挥同知[②]，从三品，成为新皇帝亲信近侍。父、祖赠官，三代女眷封淑人；又敕官府修缮其父母坟茔，赐祭如故，宠赉有加。

表面上看，骆安骤登膴仕，似乎是因潜邸旧人，攀附龙鳞，未必有真才实能。其实不然。从高拱所撰墓志铭来看，此公居官清廉，持身谨行如玉雪，随时保持着清醒的政治头脑，告诫自己“秉慎持法”，随时铭记“殚厥心力”，恪尽职守；约束部下遵纪守法，首先是自己以身作则，“予罔敢纵慝，亦罔敢幸功”，有崇高的官品和峭直的人格；个人生

① 张居正：《明世宗实录》卷一：“是日日中，上由大明门入……御奉天殿，即皇帝位。遂颁诏大赦天下，诏曰：‘朕承皇天之眷命，赖列圣之洪休，奉慈寿皇太后之懿旨、皇兄大行皇帝之遗诏……谨于四月二十二日祇告天地、宗庙、社稷，即皇帝位……其以明年为嘉靖元年，大赦天下，与民更始。”中国台北：“中研院”史语所校勘影印本，1962：9—10。

② 张居正：《明世宗实录》卷二：“丙辰……录从龙功，升群牧所正千户骆安为锦衣卫指挥同知，仪卫副张镗、石宝、副千户赵俊俱指挥佥事……仍各令世袭。”中国台北：“中研院”史语所校勘影印本，1962：75。

活淡泊节俭，无声色之娱，却乐善好施，急人之难；孝敬父母，友爱兄弟，家庭关系和谐。这些优秀品质在任何时候都是积极的、正能量的美德，值得子子孙孙世代弘扬。以故偌大一部《明世宗实录》，经常可以看见他忙碌的身影。

嘉靖二年正月二十五（1523 年 2 月 10 日），锦衣卫掌印使朱宸遭言官弹劾不法，被革职。骆安经受住了考验，以指挥同知身份继续留任，事实上成为锦衣卫统领。

兵部覆给事中张原论锦衣卫掌印朱宸等不法事，诏宸革任闲住，骆安留用，今后东西司房辨（办）事，毋用查革之人。

半个月后，嘉靖二年二月十一日（1523 年 2 月 25 日），骆安受命代理锦衣卫都指挥使，掌管卫事，秩正三品。

升锦衣卫指挥同知骆安署都指挥使，命掌卫事，提督官校。

此职非同小可，全面负责警卫、治安、刑侦等事务，“皇帝出行，他负责侍从警戒；皇帝上朝，他掌管仪仗；皇帝在宫里，他也要派人轮流值宿警卫。由于他担任了保卫皇帝的任务，对皇城周围的治安情况以及关系皇帝安全的一切问题就需要经常注意”；并介入司法，遇有重大案件，协同刑部、都察院、大理寺三法司审问查验；五城兵马司操练军队，还要与兵部长官亲临现场。由于职责重大，往往以勋戚要员或都督一级的大将担任。《明史》载："锦衣卫，掌侍卫、缉捕、刑狱之事，恒以勋戚、都督领之，恩荫寄禄无常员。凡朝会、巡幸，则具卤簿仪仗，率大汉将军（共一千五百七员）等侍从扈行。宿卫则分番入直。朝日、夕月、耕耤、视牲，则服飞鱼服，佩绣春刀，侍左右。盗贼奸宄，街途沟洫，密缉而时省之。凡承制鞫狱录囚勘事，偕三法司。五军官舍比试并枪，同兵部莅视。"如此禁垣重地，骆安自然不敢懈怠，勤勤恳恳，兢兢业业，"凡奉诏狱，一切尊用朝廷宪典德音，无不协乎人情，合乎公论。及情有可矜，法有可悯，必曲为开辟，务必允当，以弼成一代英明仁厚之治"，懋绩突出，于嘉靖四年正月初九日（1525 年 1 月 31 日）实授锦衣卫都指挥使，名正言顺成为锦衣卫的最高领导人。

> 升锦衣卫都指挥佥事王佐为都指挥同知，指挥同知骆安为指挥使，以缉捕有功也。

总管皇帝出行的车驾仪仗，特别是规格最高、规模最大的卤簿大驾，是骆安的职责之一；高拱所撰墓志铭提到的"督理内外衢巷池隍诸务"，修筑京师城防，这些事迹在《实录》中亦有反映：

> 司设监更造卤簿大驾，从指挥骆安等奏也。
>
> 修都城，发团营卒五千人，以内官监太监陈材、总

兵官保定侯梁永福、工部左侍郎童瑞、锦衣卫署都指挥使骆安督之。

骆安严于律己，却宽以待人，体贴部属，呵护有加。嘉靖七年十一月十四日（1528 年 12 月 25 日），正值京师隆冬盛寒时节，骆安为轮值侍卫奏讨衣鞋。这本是无足轻重的一个请求，做得好的话倒不失为恤下善举，没想到却为工部尚书刘麟梗阻，只是象征性地补助些微银两，自行解决，这多少令骆安有些气沮。

锦衣卫署都指挥使骆安等言："上直侍卫旗校官军寒苦，乞照近日巡捕官军及侍卫红盔官军奏讨衣鞋事例，一体准给。"工部尚书刘麟执奏言："胖袄裤鞋，原为各边哨瞭、爪探、架炮、夜不收等项极边官军寒苦之用，其次则征调官军，侍卫诸役，岂得滥请？皇上倘悯其宿卫之苦，故有给银之例，可举行之。"得旨："侍卫军旗人给银七钱，听其自行制造，衣鞋五年一次给赏。"

锦衣卫这个差使，表面上看是皇帝身边的近宠，鲜衣怒马，威权显赫，实际上是负有特殊任务的"特种组织"，作为明朝"厂卫政治"的代言人，竟有许多难言之隐和无可奈何之处。其工作任务非常艰巨，工作性质也相当复杂，稍有闪失，祸即随之。嘉靖三年十月初四日（1524 年 10 月 30

日），骆安因锦衣卫羁押嫌犯逃脱，险些受到牵连，于是主动上疏，引咎自责。所幸明世宗践位不久，还表现出宽宏大量，皇恩浩荡，不予追究。

乙未，有男子王道携金相、珠宝、绦环行鬻于市，锦衣卫巡捕官疑其为道（盗），执之，道自称本名为隰川王府奉国将军聪溋。有旨下礼部检问。会日暮，仪制司官令原官校押出候审，道寻脱亡。礼部尚书席书及锦衣卫掌卫事都指挥骆安以闻，上切责安及礼官失贼，俱令对状，下解官张升等法司按问，行五城严缉王道，务在必获。既而书、安等各上疏引咎，上皆宥之，惟仪制司官罚俸一月。

但骆安不会总是这么幸运，政治斗争从来都是波谲云诡。以他的爱岗敬业、克勤无怠，受到嘉奖乃属情理中事。嘉靖三年十二月初八日（1525 年 1 月 1 日），骆安因缉捕盗贼有功，品秩晋升一级，即高拱所撰墓志铭称“三载奏绩，加升实授一级”，所部官校亦晋升一级。

以锦衣卫掌卫事署都指挥使骆安提督官校缉捕有功，升一级。其官校戴旻等亦升一级。

但仅仅过了十天，嘉靖三年十二月十九日（1525 年 1 月 12 日），此事即遭兵部微词，仍赖明世宗圣裁搪塞过去。

兵部奏："厂卫官校侦事缉奸，乃其职分，苟欲偿其劳勚，自有升赏旧格：凡获妖言者赏而不升，获强盗首三名者升一级，为从者赏。今太监芮景贤，锦衣卫置都指挥使骆安、王佐，条上所部官校陶淳、谢裕、戴昊、王辅等三年捕获功次，一概辄与升级，非惟有戾祖制，而于初诏亦甚相悖。"上曰："已有旨裁定矣。"

甚至锦衣卫的工作制度也被无事生非的言官挑刺，兵部顺水推舟提出诸多变更措施，这不啻是对骆安的公然挑衅。骆安据理力争，其事遂寝。

御史朱辰上疏，极言京师总甲大为民害，请禁革诸弊及议编审之法事。下兵部议言："京师总甲，本以提防火盗，非为杂差。自役使浩繁，编审益众，夜则与火夫摇铃击柝，昼则同小甲打卯报事，及诸下夜坐季官校等，互有科索民，至赍缘投托、竭财鬻产以规避，虽先朝数禁，而蠹弊益深。诚如御史言，禁之便。自今地方有事，第诣东厂西司房及坐城御史白之，事关街道者，诣报所属。其打卯月二次，皆可罢。且今盗贼稍息，宜令都督桂勇益严督巡视，仍填注后府佥书，以便行事。总甲火夫，第令于各铺巡更，听兵马点阅御史稽察。其锦衣卫下夜官校亦可罢。其他无名夫役一切革去，仍榜示禁约，有故犯者，官皆问革，军民皆编戍如律。其编审之法宜下五城御史会议。”上皆允行之。已而锦衣卫指挥使骆安以为官校下夜及总甲报事遵行已久，不宜尽革。上复命校尉下夜如故，第不得科扰地方，并饬五城兵马不得擅役总甲等，有营私犯禁者皆罪之。

然而更大的麻烦还不止于此。嘉靖五年三月十七日（1526年4月28日），因天方国入贡使者求讨不遂，明朝接待官员陈九川、陈邦偁、胡士绅等处置失当，惹得明世宗龙颜大怒，将一干人等逮下锦衣卫诏狱。此事背后其实有很大的政治阴谋，詹事府詹事兼翰林学士张璁、桂萼欲借机打击内阁首辅费宏，篡夺其首辅职位，却将骆安挤在其中受夹板气，各方均不讨好。“是时张璁、桂萼欲倾费宏夺其位，乃属士绅再讦九川盗贡玉馈宏制带，词连兵部郎中张聰、锦衣指挥张潮等”，“璁、萼朝夕谋辅政，攻击费宏无虚日”。骆安洞悉其奸，强调依事实办案，传唤当事人调查清楚，绝不能冤枉清白之人。“指挥骆安请摄士绅质讯，给事中解一贯等亦以为言，帝不许。”由于明世宗的插手，骆安无力回天，最终陈九川被戍镇海卫（今江苏省太仓市），陈邦偁削职回籍，其余人等相应处罚，骆安本人也受到“展转支调，鞫问未明”的斥责。

初，天方国使臣火者马黑木等入贡，礼部主客郎中陈九川拣退其玉石，所求讨蟒衣、金器皿等奏俱不与，题覆又怒骂本馆通事胡士绅等。提督会同馆主事陈邦偁约束过严，禁其货易，以致回夷商人各怀怨恨。士绅等因诈为夷人怨词讦奏九川、邦偁等。上怒，下锦衣卫逮讯。礼部尚书席书等言："九川等行事乖方，不能抚顺夷人，致生怨谤，罪诚有之。然有进上之物，不得不辨验精详，而拘泥旧规，严禁夷人出入，至待通事人等礼貌过琚（倨），遂使胡士绅挟夷情以快私忿，所属小吏蔑视部官。二臣固不足惜，恐夷人效尤，愈肆桀骜。"上曰："九川等恣肆妄为，堂官不行举奏，反为论救，岂大臣事君之道？"士绅又奏："九川浼兵部郎中张璁，转与镇抚司指挥佥事张潮嘱托，及番本奏'郎中'字样，通事龚良臣听大学士费宏令译作'兰州'字样，九川因以贡玉馈费宏制带。"于是锦衣卫指挥骆安等辞不敢问，请会多官鞫之。上不允，命士绅免逮，九川等照前旨拷问。于是刑科给事中解一贯等言："治狱当服人心，今不逮士绅等，不发番汉原本，独将九川等拷掠，势必诬服，治狱之道，恐不当如此！"上责一贯等恣意回护。已，锦衣卫奏上狱辞，上切责安等展转支调，鞫问未明，革理刑邵辅回卫带俸，命并逮张璁、龚良臣等验问，而以夷人求讨蟒衣等奏下礼部查覆。其后竟坐九川侵盗贡玉及番货刀皮，陈邦偁不抚夷情，刁难货易，及张璁等听嘱张潮回护，于是谪九川戍边，黜邦偁为民，降张璁远方杂职，张潮、总旗邵辅、龚良臣等俱罚俸有差。

高拱说骆安性格“素峭直”，绝非溢美之辞。他为人刚直，一身正气，疾恶如仇，看不惯徇私舞弊的勾当，是一个眼里容不得半粒沙子的清官，“用是群小丛怨，多口肆兴”。虽然高拱闪烁其词，未透露“群小”究系何人，但从官修《明实录》《明史》等文献中仍可看出，除了党争幕后策划者张璁、桂萼外，还有心术不正的四夷馆通事胡士绅、吹毛求疵的给事中赵廷瑞、危言耸听的监察御史刘濂、落井下石的给事中张润身等人，以及兵部一些从中作梗的小人。而明世宗嘉靖皇帝，也是一个刚愎自用的人，喜欢干预司法诏狱，即位之初就表现出这一点，往往把河水搅得更浑，铸成冤案。嘉靖五年（1526年）陈九川案如此，嘉靖八年（1529年）借张福案打击孝宗、武宗外戚也是如此，而同年会审武定侯郭勋擅取知州金辂案，把骆安卷进了更大的政治旋涡。

初，刑部尚书高友玑等会问郭勋擅取金辂事，罪状欠明，上批驳责其隐匿回护，令再问。玑等复会问，稍易其词。上曰：“友玑等所问终属朦胧，令各对状。”于是六科给事中赵廷瑞等、十三道御史刘濂等连章劾奏曰：“郭勋擅取边军，欺君玩法，无人臣礼，已莫逃于圣鉴之明，削其衔而褫其柄矣。今所未明者，惟勋所以取辂之故，及指挥王臣被虐之实、孙铎通赂之情，所当按鞫耳。高友玑不惜公议，曲为隐护，始言勋以辂父业医之旧而取辂，及再问，则言勋听通政使柴义之嘱；始言孙铎过送赃私于郭勋，及再问，则改拟孙铎指称诓骗。旬日之间，顿易成案，岂古所谓‘刑罚之用，一成而不可变者’哉？乞显黜友玑，以为治狱无状者之戒。都御史熊浃、侍郎许赞、大理寺少卿曾直、锦衣掌卫事都指挥使骆安等漫无可否，殊非刑官之体，亦宜并论。”上曰：“友玑职掌邦禁，奉旨推问狱情，始既隐匿，既又更改，遂致公议不平，议拟不当。熊浃等又从而附和之，法守安在？友玑令致仕，熊浃等各夺俸六月，骆安等各二月，全辂等下法司再问。”已，法司会九卿再问，得勋受贿状。上切责勋夺禄米三之一，辂、铎各发极边，永远充军。时柴义已故，宥之。

本案中骆安被诿过的名目是“漫无可否”，脂韦取容，说穿了就是没有旗帜鲜明地支持明世宗对郭勋的清算，做一个墙倒众人推的势利眼，被罚俸两个月。嘉靖九年十二月十四日（1531 年 1 月 2 日），给事中张润身的一道奏疏，终于给骆安的政治生涯画上了句号。

（嘉靖九年十二月庚午）兵科都给事中张润身言：“锦衣卫堂上官以近侍故，优容不与考选，中间不职甚多。乞如文臣自陈，例取自上裁，有幸免者，听言官指名参奏。”上令即指名参奏，不必令自陈。润身乃劾掌卫事署都指挥使骆安、指挥佥事刘宗武奸贪不职，宜罢。诏降安指挥佥事，与宗武俱闲住。

两顶帽子都很吓人，一是“奸贪”，即邪恶贪贿；二是“不职”，即不作为，“遂以免”。说实话，当时奸佞当道，肖小尸餐，英雄末路，志士悲哀，骆安退出官场是非，洁身自好，也未必不是一件幸事。很快明世宗良心发现，追念骆安毕竟是兴藩耆旧，鞍前马后追随其父子38年，没有功劳也有苦劳，动了恻隐之心，令以指挥佥事致仕赋闲。

此后，骆安便从官修《实录》中消失了。高拱说他闭门谢客，绝口不谈世事，优游林泉19年，直至寿终正寝；赞赏他“勋庸卓荦，宠荣繁昌，矢心报国，群嫌罔避”的政治品格，“真实再现了骆铭孙骆氏锦衣卫世家的历史渊源和承袭演变，从中还原了一个真实的骆氏锦衣卫世家史实，也颠覆了过去我们对骆铭孙骆氏锦衣卫世家的一些历史认知”。

（转载自《明代锦衣卫制度与新田骆氏锦衣卫世家学术研讨会论文集》，北京燕山出版社）

有关骆思恭生平的两个疑问

杨海英

奉读谢奉生先生所著《新田骆氏锦衣卫世家》(中国文史出版社，2018年版)一书，感觉确如序言作者毛佩琦先生所云本书“弥补和验证了正史关于锦衣卫的记载，同时大大充实、丰富了新田的地方史”(页1)，对地方文化发展功莫大焉。尤其是2011年与谢武经合编《赛武当山与建文帝之谜》(北京燕山出版社出版)及画册，被誉“出来最晚，材料最硬”，为推动建文帝新田踪迹的故事传说成为永州非物质文化遗产作出的贡献，令人敬佩。此外，对骆氏发展脉络的梳理，天下骆氏发祥于河南内黄郡，浙江会稽骆氏是河南内黄郡骆氏南下的主支，湖南、广东等地骆氏都把内黄、会稽世尊为郡望，楚南骆氏也是从浙江会稽孝江巷世祖家分派而来(页18)等都富有价值。本书更多的成就，在此不赘，惟欲就骆思恭生平的两个疑问，就教于谢先生和各界方家。

一、骆思恭出身“会举”之疑

有关骆思恭的出身，《明实录》曾提供了一条线索。天启四年五月二十九日，湖广道御史赵延庆疏发奔兢可厌之习，内云：“锦衣骆思恭，狼籍赃私，臣姑不暇胪列，以辱白简，独异思恭起家会举，不过一穷猾耳，自兹连云高第，美极一时；侍妾侍臣，恒歌恒舞，日以之明，得意罔知，南北交讧。”① 透过字面看，政治对手的攻击颇具火力，皓首耆年的骆思恭此后离职锦衣卫掌印。天启四年十月二十日，“同日锦衣卫骆思恭一本：臣病未痊事，奉圣旨骆思恭侍卫有年，勤劳茂着。既告病恳切，准辞任调理。该部知道”。② 其中，最值得注意的是：骆思恭起家“会举”，这究竟是一种什么身份呢？

查看多种历史专业词典，均未收录“会举”一词③。而学界对这种特设的制科研究，也尚未形成普遍清晰的认识。④ 最新研究成果显示：“明朝特设会举制科，考取两京武学官生，选充京军要职，以拱卫明皇室。”⑤ 会举考试的范围，仅限于系籍两京武学的功臣后裔、达官子弟，因竞争不足，规制不严，成为特权阶层出任军职的捷径，故对明代军政的影

①《明熹宗七年都察院实录》卷八，天启四年五月二十九日，中国台北“中央”研究院历史语言研究所 1966 年刊本（以下《明实录》各版本均同），第 880—881 页。

② 徐肇台：《记政录不分卷》，明崇祯刻本。

③ 如：杨学为主编的《中国考试大词典》未收（上海辞书出版社 2006 年版），郑天挺等所编的《中国历史大辞典》（上海辞书出版社 2000 年版）、翟国璋《中国科举词典》（江西教育出版社 2006 年版）、吕宗力主编《中国历代官制大词典》（商务印书馆 2016 年版）等都未收。

④ 学界的理解也存在混乱。虽然郭培贵《明史选举志考论》（中华书局 2006 年版，第 389—390 页）中已有论及，有关武学研究的论文也有将“会举”制单列专论者（如黄谋军《明代京卫武学研究》（福建师范大学 2014 级硕士学位论文），但也存在不清楚“会举”制而将之与武举混为一谈的，如陈珊《明代武举与武举研究》（云南大学 2017 年硕士学位论文）第 101 页；“所谓四四二分法，即四分武科、四分世职、二分三科武举会举，要求务必在三年内推用完。”视四四二提法中的“武举会举”为一事，将会举理解为三科武举考试的过程；把孙勘归为“会试”中武举等（57 页）。

⑤ 曹循：《明代两京武学的会举》，《历史档案》2018 年第 1 期，第 69—73 页。

响总体上说是负面的，这也是政治对手攻击骆思恭“起家会举”不够名誉的原因。

明代京卫[①]武学，创立于正统六年。在继承宋代武学形式的基础上，经洪武至宣德年间萌芽、酝酿后正式创立，立有武学《学规》；再经成化至嘉靖年间对京卫武学制度的改革、损益而渐臻完备——通过科举、武举、会举等途径，为明廷输送了大量军事人才，“但开设武学，或虑其创始之难，优免之多，窃以为各郡公所之余者，似可改用，而青衿冒滥无穷，稍捐有余以补不足，是亦通变之一术也”[②]。

推用武官武将的“会举”制，首次举行于成化二十三（1487）年，之后十年一次，逢丁□年举行；嘉靖以后为六年一次，逢巳、亥年举行。嘉靖六年（1527）三月庚寅，兵部议上武学六年会举事例：“本部会各营提督官通阅在学幼官、武生平昔谙策略熟、弓马累试高等者，量送各营卫，俟坐营、把总、掌印军政缺，自此历试有将略、堪任裨将、守备者，另行疏补。其余十年以上不堪教养者，悉黜之。”兵部由原来会同各营总兵官改成会同各营提督对武学生员进行考核举送，并将历试有将略、堪任裨将、守备者另行疏补，扩大了会举的任官职位。同时又题准：“武学会举官生，如遇武举开科之年，除已推用守备以上，其余照岁贡生员事

① 五军都督府共有33卫，亲军卫共26卫，还有执行某项专门事务的卫，如武功中卫、武功左卫、武功右卫；永清左右卫、彭城卫、长陵卫、献陵卫、景陵卫、裕陵卫、茂陵卫、泰陵卫、康陵卫、永陵卫、昭陵卫、定陵卫、庆陵卫、德陵卫、奠靖千户所、牺牲千户所等。

②《明熹宗实录》卷四，泰昌元年十二月壬申，第227页。

例，听兵部会同各营提督官，严加考选应试。”[1]

会举原意为公同会推、举荐。据曹徇的研究，包含两层含义：一是形式上由兵部、京营文武大臣会同考校，但在实际运作中，武库司主事扮演了重要角色；二是参加考选的武学官生，原则上须“或策略可观，或弓马闲熟，屡居优列”，“肄业久而屡试高等者”，有会考、通考的性质。如“将材荐举：诏会举将才……况先时会官所举将才，选用将尽，宜行在京在外官，各举所知长于谋略、闲于武艺者，以备他日之用”[2]。会举也有“三科”，即骑射、步射、策论共三场会举考试，其规格高于武举乡试而略低于会试。

由兵部武库司主事主考的会举，初衷虽是为培养、重用京卫武官的一项举措，但兵部尚书往往“多徇情或例外”奏闻，使会举成为特权阶层出任军职的捷径，“京卫纨绔就室庐之便，愿居之”[3]，达官贵人家属冒籍武生参加会举之事也层出不穷。如正德年间王琼废革会举，将武学官生选拔全部纳入武举的合理举措，就因损害勋贵利益遭诋毁，并取消。

明代中叶，京营名将俞大猷“嘉靖中，登会举高等，以千户守金门”[4]。另一位是余姚人孙堪：“孙文恪陞及第，而子铤乡荐第一，鑨会试第一，陞弟堪武会举第一，至都督。”[5]

---

①《明会典》卷一五六，《兵部》三十九，《武学》，中华书局 1989 年版，2007 年重印，第 801 页。

②《明宪宗实录》卷一七一，成化十三年十月癸亥，第 3101 页。

③ 张萱：《西园闻见录》卷六三《兵部十二・京营》，《续修四库全书》第 1169 册，第 478 页。

④ 陈元素：《古今名将传》卷一七《明・俞大猷》，明天啓刻本。

⑤ 王世贞：《弇州史料后集》卷四三《一门高第》，万历四十二年刻本。

这都是被人津津乐道的实例。从这两个事例看，会举也不是十分不名誉，尤其是越到后期，愈甚。如金陵上元许塘，字鉴之，别号勿斋，“由武学生中会举人，娶腾骧右卫指挥王君女”[①]；又如义兴叶向高为宫允周延儒父母作墓志铭，称其母徐安人、父警余公“有六子：胤儒、素儒、延儒、缵儒、崇儒、肖儒。延儒即宫允，举南宫、廷试皆第一；素儒以会举，授锦衣镇抚；缵儒武举；胤儒、肖儒俱诸生。”[②]崇祯朝阁臣周延儒与其兄周素儒的会举出身必有内在关系，且任锦衣卫镇抚司镇抚也是恩荫结果。据曹循估计，整个明代，两京会举录取人数总计约在两千人左右，也是一个不容忽视的群体。

启、祯之际，长洲人陈仁锡谈到京营构成时，曾言京营“标下官员以五百计，世胄百人耳，武举廿余人耳，会举三科各四、五十人耳。其纳级指挥、加级中军、征东、西千总遥授镇抚、名色把总、冠带舍人，持马牌差票听用者，纳级镇抚，尤冒滥甚多”。[③]京营标将的出身，世职袭替占25%，武举占4%，会举出身占30%，可见会举出身占比最大。除世职、武举和会举这三种途径外，还有纳级即交纳钱粮或以其他物质支出换取任职资格等多种来源。京营三途中，会举占比最大，这种说法是否可靠呢？

---

① 余有丁：《余文敏公文集》卷九《云骑尉锦衣卫百户勿斋许君墓志铭》，明万历刻本。

② 叶向高：《苍霞余草》卷十《明封承德郎右春坊右中允兼翰林院编修警余周公墓志铭》，明万历刻本。

③ 陈仁锡：《无梦园初集》，《车集一・京营论》，明崇祯六年刻本。

万历二十四年，兵部尚书石星谈及武臣推用资格，言“夫本部推用将领，率取诸世职，次及武举，此外，如会举三科、武举等项，卽中系实职者，亦必据有各该抚按保荐，然后推举二、三，是本部何尝不论资”？[1] 明确兵部推用将领的原则，第一重世职，第二重武举，第三才是会举三科，可见万历中期会举尚不见重。

天启元年，兵部“查原疏改缺者，四用世职，四用武科，而三科武举及会举居二焉”[2]，明末会举名额实为十分之一，所谓“四四二分法”是将武举和会举混为一谈，实际是理解有误的“四四一一”法，将武举、会举合二为一了：“宜将兵部选除推用员缺，以十之四尽武科，四待世职，二待三科武举、会举各途。之听用、咨用者，查有荐先行擢用，未荐者与世职、间推、三科武举等额，量行搭推，务期三年内通融推完。其间或新旧微加分别，或武科、世职与听用各途，设法牵搭，或三科武举，与六年会举，酌量低昂……武科四分，数内庶科目不致淹抑，真才亦无遗落。部覆除世职、武科及三科武举、会举分搭推用外，余一切停罢。”[3] 可见，选用武将的方法除武科、世职外，还有武举、会举、听用、咨用、保举、行伍、纳级等方式。

参照以上史料，分析骆思恭以会举入仕，推测其当非骆家嫡长子。或者是其父未能继承上辈世职——这从侧面说明

---

① 吴亮辑：《万历疏钞》卷三七《戎务类》石星《覆枢筦善后事宜疏》，万历三十七年刻本。

②《明熹宗实录》卷三二，天启三年三月戊午，第1673—1674页。

③《明熹宗实录》卷一四，天启元年九月丁未，第699—701页。

家谱所谓骆思恭继承父辈"锦衣卫指挥佥事"世职的说法需慎重对待，尤其是家谱所载首任骆氏锦衣卫都指挥使骆安之子骆椿"袭指挥使"（指挥使佥事），子思恭、孙养性"相继袭"的说法，与骆思恭从武生通过"会举"途径入仕的史实存在矛盾。高寿先根据《锦衣卫选簿》中路以诚、路椿－路秉良的世系传承，推断骆椿无子，可能是以侄子秉良为嗣子，称为"亲兄"，承袭骆椿正千户之职；而思恭为秉良之子，这进一步捋清了骆氏世系，可谓最新的重要发现。[①]

这里也牵涉世系是否准确的问题。骆氏先祖骆以诚是跟随明太祖朱元璋起兵反元的开国功臣，明成祖永乐年间骆寄保"世隶羽林卫"为正五品千户，寄保之后骆安曾充兴献王护卫千户，明世宗时因"护驾有功"任锦衣卫指挥使。骆氏家族，自明洪武初年起家到清初280余年间，若按30年为一代计算，至少也有九代，若按20年为一代计算，则有十四代。而编写家族谱，世系是否准确，实在关键的问题，也是最易出错之处。

万历三十三年十月，补骆思恭、王允廉为锦衣卫南镇抚司佥事管事[②]；四十年底，以佥书骆思恭管锦衣卫堂上事[③]；四十四年七月，升锦衣卫指挥使骆思恭为都指挥佥事掌理卫事[④]。还可补充一项履历：万历四十一年二月，"锦衣衞指挥

---

① 高寿先：《明代锦衣卫世家骆氏之世系仕履》，2019年9月湖南新田锦衣卫世家讨论会发表文，参见论文集第267—270页，所引路氏选簿见载：《中国明代档案总汇》第49册《锦衣卫选簿》，第371页。

②《明神宗实录》卷三七七，万历三十年十月甲寅，第7096页。

③《明神宗实录》卷五百三，万历四十年十二月甲辰，第9557页。

④《明神宗实录》卷五四七，万历四十四年七月壬申，第10360页。

同知骆思恭”列名都察院右佥都御史张涛、翰林院左春坊左庶子兼侍读何宗彦为首的33位六部九卿官员共上的《同乡公揭》，这是为故少保兵部尚书方逢时请谥，以“布公道、录奇功以光謚典、以重国宪事”。方逢时卒于万历二十四年，鉴于“会时有不慊于公者，其家不敢以谥邺请，越今十余年矣”，而蒙古边疆之患，“自把汉降、不害款、贡市通而边人始帖席……首是谋者，方公也。而记嘉隆间事者，一以功归王公崇古，史氏之失实也”[①]。于是朝堂上的湖广籍官员联合起来上揭呼吁其事。可见，骆思恭此时已可作为湖广籍官员的代表，在处理朝事方面建议发声了。

在其仕宦顶峰，骆思恭对增加冗官的规模颇有贡献。泰昌元年八月，锦衣卫署卫事骆思恭言：“祖宗朝设旗校十万备法驾，万历初尚有二万，今止一万有奇，乞下部酌补，命部议之。”[②]“锦衣卫掌卫事骆思恭请选补旗尉，从之”[③]。可见，他的建议都得到了批准。又如天启元年，锦衣卫添设佥书一员。先是嘉靖间掌印佥书十员，万历中减至七员，左都督骆思恭等请增一员，从之。[④]“锦衣卫旂力军校，在万历年间止以一万六七千为常。乃自天启等年，骆思恭题增三万后，田尔耕陆续滥收至三万四千四百名有零。”[⑤]到崇祯五年，户部尚书毕自严疏议锦衣卫军校因较万历四十六年的16000名尚

① 方逢时：《大隐楼集》卷一七《同乡公揭》，清乾隆四十二年滋元堂刻本。

②《国榷》卷八四，泰昌元年八月。

③ 庄廷鑨：《明史钞略》不分卷《贞皇帝本纪》，四部丛刊三编景旧钞本。

④《明熹宗实录》卷一五，天启元年十月丁丑，第747页。

⑤ 孙承泽：《山书》卷五《仓庾糜耗》，崇祯五年七月戶部尚书毕自严疏言，清抄本。

多 14950 员，月增米 15959 石，岁约增米 179400 石，建议以 25000 为定额，可见朝廷冗官负担沉重。

至于骆思恭的“连云高第”和“狼籍赃私”，则意味着他有来钱门道。其孙已故骆养性之男、顺天府儒学生员骆祚昌呈文曾称“先祖名思恭，于明季锦衣卫掌印时，捐银同诸乡绅置得上湖南衡永郴二府一州会馆，坐落草厂十条街胡同，房一连两处，以为到京乡绅停骖之所。先父复捐俸重修，掌管两辈”①，能主持办起会馆的骆思恭，财力自然不薄。

骆思恭的财富规模可从其子骆养性在明清易代之际降闯“先输银三万两，免夹”②可见一斑。当时，镇抚司顺天人梁清宏也被夹累日，四月初八日放还“遂死”。可见骆养性善于审时度势，事先给李自成部将输银三万两得以免死。此事在明末清初几乎是众口一词。③但骆氏家财，似乎也尽于此，骆养性的两个弟弟就没有这样幸运，任职锦衣卫的骆养心和内阁中书骆养志崇祯十七年都因李自成陷京师受夹刑殉难，当是家已无藏银。

---

① 骆祚昌：《上湖南会馆传书》卷二《呈约书札》，中国社会科学院近代史所藏，转引自唐仕春《清朝基层社会法秩序的构建：会馆禀请与衙门给示》，载《中国社会科学院近代史研究所青年学术论坛（2007 年卷）》，社会科学文献出版社 2009 年版，第 7—29 页。其中会馆禀请与衙门给示在第 1—3 页。万历四十四年骆思恭任锦衣卫掌印，故湖南会馆第二种说法“始建于万历乙卯（四十三年 1643）”较为接近真实。

② 参见东村八十一老人《明季甲乙汇编》卷一、《甲申纪事》卷一三、钱囗撰《甲申传信录》卷四《锦衣》等均载该同源史料。

③ 王世德：《逆贼奸臣录》卷一《贿脱》：“皇亲嘉定侯周奎，献银七十万；太监王永祚献银一百万，王德化、栗宗周、齐本政、王之俊、周礼、马云程、魏济民各献银三、五万不等，锦衣卫掌印都督骆养性献银三万，堂上指挥王鹏翀、乔可用、廵捕提督崔继光、驸马都尉齐赞元、刘有福各献银二、三千，数百两不等。”可见骆养性出银三万两确切无疑。

《新田骆氏锦衣卫世家》第 75 页言骆思恭配妻赵氏，系明万历锦衣卫管卫事都指挥使赵梦祐长女，见《皇明诰封昭勇将军武进士第锦衣卫管事都指挥使赵公墓志铭》[①]，生三长，长骆养性，次子骆养心，季子骆养志。如果材料确切，或许还能对骆思恭的人际关系网络做进一步的追踪。

万历年间有种看法，认为锦衣卫职是“粗官”，但以“大堂掌印”为贵。“嘉靖末年分宜相之孙严绍庭、今上初年江陵相之子张简修，俱仅理南镇抚司，二相何等权势，不闻乃嗣登大堂也”，嘉万间“锦衣帅最著者”有起自卒伍的王佐、起自兴邸的陆松及子炳，荫叙的朱希孝等。万历初，楚人刘守有掌卫印，是张居正提拔的刘天和之孙，为牙爪特擢之，在张居正死后，还“与政府及厂榼张鲸交结用事，赫濯者几二十年，卒以善去”。自是世家子孙求绾卫篆如登碧落兼领铜山，曰讲，曰攘，曰抢，以至明攻暗击……以余所见，如许忠节之后名茂橓者，孙忠烈之后名如津者，皆以地位逼近，次当掌印而终不得，愤恨如不欲生，他无赖者又无论矣。最后则王襄毅（崇古）孙（之祯）擅卫十余年，穷极贪狡，与同列周尚书（咏）之子（嘉庆）争权，起大狱，几族灭之，为天下切齿。然则锦衣固蛇虺之窟，祖制不欲清流握柄，意深远矣。余见二、三缇帅谈金吾近例，以从列校夺者为贱隶，即贵至极品，不许南司理事，况登大堂？又称中贵子北荫者为传升官，视同唐之斜封墨敕，禁不使大用……

① 案：据谢奉生先生见告《皇明诰封昭勇将军武进士第锦衣卫管事都指挥使赵公墓志铭》，出自山东碑刻集，具体待查。

此又起于今上中年，正与旧制相反。[①]这与明代后期官僚体制的败坏有直接关系。

骆养性最引人注目的是与吴昌时、周延儒案的关系，至“细刺昌时与延儒通贿诸款”[②]，引发举用吴昌时的郑三俊引罪回籍，周延儒就逮时，将所居楼阁三楹尽行焚毁，生平宝藏咸集于此，焚时火焰皆作五色云等，可见骆养性之用事。

二、骆思恭与万历朝鲜战争（1592—1598）之疑

有关骆思恭与万历朝鲜战争问题，是本书的薄弱环节。谢先生也坦言“骆思恭在万历朝鲜之战的征伐活动资料甚少”（63 页）但仍然认为在万历朝鲜战争中，“都指挥使骆思恭带卫队深入朝鲜战场，收集了大量日军情报”（10 页）并撰写了《骆思恭与万历朝鲜战争》这节内容（63—70 页），其中所引《明史》列传卷 194 载“骆思恭万历十年（1582 年）刘守有倒台，以南镇抚司锦衣卫指挥佥事，升锦衣卫指挥使，万历二十年（1592 年）援朝抗日战争中，带队出征朝鲜，搜集军事情报，为明史以来锦衣卫第一次正式出国出征战场”，来历不明，令人有凿空之感。

首先，“《明史》列传 194”的版本、内容不清楚。查看《新田骆氏锦衣卫世家》书末第 228 页所列参考书目列有沈

① 沈德潜：《万历野获编》卷二一《世锦衣掌卫印》，中华书局 1959 年版，2017 年印，第 536 页。

② 文秉：《烈皇小识》卷八，清钞明季野史汇编前编本。

起堂所著《明史》是否即《明书》之谓？刘守有倒台之事，史载万历十六年[①]，或可推测骆思恭是在万历十六年后进入锦衣卫？但也仍需佐证。

其次，如果骆思恭确实出征朝鲜，那么，东征第一阶段的经略宋应昌的奏疏中，应该不会遗漏其名，也就是说其文集《经略复国奏议》中当有所体现。但现有网络数据资料库的宋应昌奏疏中并没有查找出骆思恭之名，甚至检索“锦衣卫”的关键字，都没有结果。因此，在战争的前期即1592-1593的第一阶段，锦衣卫是否出征朝鲜仍需存疑。

来自朝鲜的唯一一条有关锦衣卫的材料，是万历二十八（1600年）年现役锦衣卫“铁殿将军官潘思见”的毛遂自荐，上疏《为精忠破倭以显天威，以振华事》：

> 思见闻倭奴跳梁，欺毁朝鲜，见辞朝东征，扫净倭奴，以安朝鲜，天下太平。一会下水，坏舟破倭奴法；二会打造天遮身、护手又竝拔天关兵器；三会地理，暗藏刚钻、搅刀伤贼法；四会下万倭自死之毒药；五会造隔铅丸、铳、矢不透无敌甲；六会造地雷，看似坟形百步以外伤贼法；七会造战车，内藏兵药、不现人形、陆地为车遇水为船法；八会教习军士壮胆，大刀精勇之奇法；九会遇木石而为砲贼法；十会取城过门如走平路法。如是教习军士，押檐牌十面：一要勇，二要泼，三

① 《明神宗实录》卷二百五，万历十六年十一月壬戌，第3828页。

要舍命，四要谋，五要随机应变，六要昼夜精神，七要昂昂志气，八要生法铥马，九要刃快兵齐，十要护国心处，不贪嗜酒淫欲事，可为干城之将。①

这条材料虽然与骆思恭无关，但至少透露了明代锦衣卫将官中有掌握多种技艺的人才，很像现代武艺高强、身手绝妙的全能特种兵。《朝鲜宣祖实录》解释“此是天朝本部考中东征倭奴将材手本”，也就是说潘思见的自荐信是他考中了“东征倭奴将材”后发出的手本，应当是作为具备多方面才能（天地水陆全面型）的人才而被吸收到锦衣卫中，他的“十会”技能包括下水、遮天蔽、埋雷、制毒、造弹、造车、穿墙过水，陆车变水船等，这在《武备志》等兵书中也能得到佐证。可惜潘思见的具体情况不得而知，按情理推测或许是实地到达朝鲜，只不过是在战争后期（第二阶段），而非前期。

通过这条材料还能看到一点，那就是帮助朝鲜练兵抗倭，在明朝已成一种风潮，甚至是明朝锦衣卫将官的日常功课。虽然万历二十八年，战争已经结束，但这个锦衣卫现役军官潘思见的出现，至少透露了东征期间，明朝锦衣卫并非毫无动静，毕竟锦衣卫的职能之一是有关外事和战争的。②

①《朝鲜宣祖实录》卷一百一，宣祖三十一年六月十九日壬辰 2 条，汉城：探求堂 1973 年影印本，第 23 册，第 449 页。

② 参见张金奎：《锦衣卫职能略论》，载《明史研究论丛》第 8 辑，紫禁城出版社 2010 年版，第 169—186 页；廖元琨：《明代锦衣卫行为研究》，西北师范大学文学院 2007 年硕士学位论文；孙志虎：《〈锦衣卫选簿〉整理与研究》，陕西师范大学 2013 年硕士论文等。

至于在战争爆发之初，是否有锦衣卫官兵随大军入朝或更早于大军入朝，仍需等待实证材料的出现。

再次，骆思恭东征之事，虽史无明文，但骆氏同宗、浙江南兵参将骆尚志却驰名异域，他写给朝鲜相臣柳成龙的七封书信至今仍保存在韩国，为我们研究东征援朝的南兵和南兵将，留下了宝贵的第一手材料，骆尚志本人也以十六世纪明朝东征军著名炮兵队长的身份名垂青史。

骆尚志，号云谷，浙江绍兴府（慈溪县今横河镇洋山岗村）人[①]，万历十五年任大同东路左参将，十九年“革任听调”[②]，随以钦差统领浙直调兵神机营左参将率兵入朝，膂力绝伦，能举千斤，故号“骆千斤”，“体甚肥大”，凡事躬亲，“造车之时，亲持其役”，虽然性急但“为人表里如一”[③]。在明代遗存的档案卫所《选簿》中，有一份左军都督府浙江定海卫选簿，其中载有“世袭百户”骆尚志祖孙九辈的履历[④]，可见骆氏家族是一个与明同休的世袭军卫家族。

据此推测骆尚志东征之时，其成年嫡子骆大陞已承袭百户，嫡孙骆应魁则在天启二年出幼袭职百户。考乾隆刊本《广西府志》之《弥勒州·吏目》载有“骆应魁，江西吉安

---

① 郑心雨：《戚继光抗倭史迹与余姚的武术运动》有云“在平定倭寇之后，戚家军的一些将士有的荣归故里，有的在余姚横河等地定居落户，于是戚氏长拳就在余姚传播发展开来”，载《浙江档案》1997 年第 11 期，第 41 页。

②《明神宗实录》卷一九一，万历十五年十月癸未，第 3604 页：“以大同入卫游击骆尚志为大同东路左参将”；卷二四一，万历十九年十月己酉，第 4495 页：“革游击杨登山等回卫，卢应奎准听用，骆尚志等革任听调……从曾乾亨请也。”

③《朝鲜宣祖实录》卷二九，宣祖二十五年八月十三日庚子 4 条，第 21 册，第 532 页；卷三六，宣祖二十六年三月四日己未 3 条，第 21 册，第 652 页。

④《中国明朝档案总汇》第 54 册，第 392—393 页。

府吏员”[①]，可见骆尚志之孙经过易代鼎革，终以江西吉安府吏员的身份在广西弥勒州做了一个吏目，当是顺、康间人。但选簿自第五辈起，骆钦就注籍“合肥县人”，因此东征的浙兵南将骆尚志不被认为就是这个家族的骆尚志，他们直到第八辈骆大陞都注籍合肥县，这应该与明人的注籍习惯有关。

现有研究已表明：明人对籍贯的表述并无明确而统一的标准，出生地、居住地和役籍所在地或合一、或分离：“在不涉及服役、科举等与籍贯密切相连的事项时，人们往往更倾向于认同自己的祖籍，一个人常常出现两个甚至更多的籍贯。即使是在科举等需要严格确认籍贯的场合，考生的理解也大不相同”；而史籍在著录人物籍贯时也往往随意取舍，如清修《明史》的人物传记，籍贯问题就比较混乱。至热衷搜罗本地名人的地方志，问题更多：“要想弄清某人的真实籍贯，必须结合传记资料加以判断。”[②]高寿仙研究了明人注籍的两种习惯：一以占籍地为籍贯，一以原籍地为籍贯，在骆尚志家族的选簿材料中都有表现。

故按照明人习惯来看，骆尚志既可称为定海卫人，也可以称合肥人，或以合肥为原籍、祖籍：定海卫是占籍地、役籍。总归，万历九年时骆尚志长子骆大陞已经29岁，那么1592年东征时，长子已经40岁的骆尚志应该超过了60岁

① 李绶撰：《广西府志》卷一六，《弥勒州·吏目》，乾隆刊本。

② 高寿仙：《关于明朝的籍贯与户籍问题》载北京联合大学学报（人文社会科学版）2013年第1期，第25—35页。

（如以 20 岁结婚生子计），若按常情推测大约为 65 岁左右或以上比较合理，这与朝鲜人提供的细节也吻合。万历二十一年冬安康之战后，朝鲜人证明吴惟忠说过“吾恨不听老将之言”①，这个“老将”是指骆尚志。而当时吴惟忠（1533—1613）也已 60 岁，或许他说的是“不听老人言”之类的俗语，朝鲜人记为“老将”也不错。骆尚志确实比吴惟忠年长，这些细节都没有矛盾。因此，基本上可以认定东征骆尚志就是选簿中祖籍合肥县的骆尚志，他们是同一个人。

最后，我们还可以再看一条与援朝东征有关的锦衣卫史料，也是出自选簿。是援朝东征第二阶段，万历二十六年的监军御史陈效在查勘过程中，因为触动了某些人或集团的利益而身亡（朝鲜材料记载是被毒死），神宗皇帝也不想事情闹大，就大事化了，批允陈效之孙陈澥为试百户。选簿载：“万历四十八年三月题授锦衣卫衣中所试百户一员陈澥，年 16 岁，四川成都府井研县人，有祖陈效原任辽海朝鲜监军御史，万历二十六年荡平倭寇，万历二十七年二月卒于朝鲜。本部会同都察院题覆：‘奉圣旨陈效忠勤身殒，可悯。着荫一子与做锦衣卫试百户，世袭，该部从优议恤来奏，钦此。’今据报送伊孙承荫前来，所称伊父业儒，不愿赴荫。澥系嫡孙，伦序应及。文查原题相同，应准题授锦衣卫衣中所试百户，世袭。本部太子太保尚书黄等，三月初六日具题，初十日奉圣旨：是，钦此。”②

①［朝鲜］郑琢：《龙湾见闻录》，《宋经略书》，首尔奎章阁藏本，第 67—70 页。
②《中国明朝档案总汇》第 49 册，第 263—264 页。

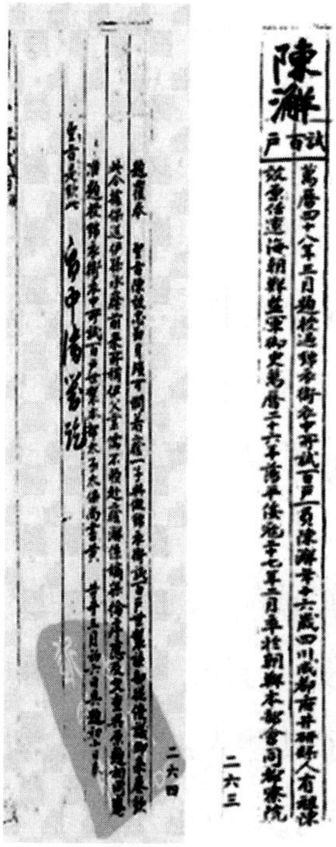

二六四

陳灘 試百戶

萬曆四十八年三月……

二六三

可见陈效之子因为业儒，不愿承袭武荫，故将祖荫转由其孙世袭，这也是明朝照顾身死国事的官员后代的一种酬勋之举。

综上所述，骆思恭参加万历朝鲜战争的可能性不大。所以，这个问题无法定谳。

（转载于《明代锦衣卫制度与新田骆氏锦衣卫世家学术研讨会论文集》，北京燕山出版社）

（作者单位：中国社会科学院古代史研究所）

新田锦衣卫骆氏研究三题

秦　博

湖南省新田县骆铭孙等村落留存的明清骆氏锦衣卫世家建筑群形制完整、世所罕见，曾引起前辈明史学者的高度重视，其历史文化价值自不待言。深入发掘这批文物古迹及其承载的骆氏锦衣卫家族信息，对推动明史研究，尤其是明代政治史与锦衣卫制度研究、明代世家文化研究、明清易代研究等重大议题意义非凡。笔者在2017年春夏之际曾应邀至新田探访骆氏锦衣世家文化遗存，接触到部分乡邦文献，并与当地学者深入沟通交流。基于此，笔者认为有三个与骆氏锦衣卫密切相关的历史问题尤其值得学界关注，现逐一介绍并作初步探究，以盼海内同志督教。

一、骆氏作为兴邸锦衣军官的典型与非典型性

骆氏家族贯穿明代始终，特别是明代中后以后，骆氏以兴邸旧臣身份在锦衣卫系统中高官辈出。从整个锦衣卫制度沿革，尤其是锦衣卫内部权力更迭的层面来看，骆氏的崛起反映了特定时期的历史面向，既有兴邸。

自嘉靖朝始，一批兴邸故臣出身的锦衣卫军官集中涌

现，其中以陆炳、戴经及骆氏家族最为典型。关于锦衣卫陆氏的崛起，徐阶在《世经堂集》卷一七《明故太保兼少傅后军都督府左都督掌锦衣卫事赠忠诚伯谥武惠东湖陆公墓志铭》中云：

东湖陆公讳炳，字文孚，浙江平湖人，唐宰相宣公之系也。成化间有讳墀者，选充锦衣卫小旗，献皇帝之国，选充兴府仪卫司总旗，传子松，事今上于藩邸。上之登级，松以扈从功升锦衣卫副千户世袭，典诏狱，历升指挥使管卫事，官至都督佥事，卒赠都督同知，则公考也。①

与陆炳一样，戴经祖籍浙江，后迁湖广安陆，其父戴文润原系兴献王府医士，逢世宗继统，戴经以兴邸旧人随侍入京，得推恩为锦衣卫军官世袭。②骆氏家族的发迹轨迹一同于陆、戴两家，据高拱为第一位骆氏锦衣卫指挥骆安所撰《明故明威将军锦衣卫指挥佥事骆公墓志铭》云：

弘治初，献皇帝建国于兴，慎选护从，（骆安）父往典郡牧所，公遂从如承天。居数年承荫，仍理所事，

①［明］徐阶：《世经堂集》卷一七《明故太保兼少傅后军都督府左都督掌锦衣卫事赠忠诚伯谥武惠东湖陆公墓志铭》，《四库全书存目丛书》集部第 79 册，济南，齐鲁书社，1997 年版，第 736 页。

②［明］归有光：《震川先生集》卷二六《戴锦衣家传》，上海，上海古籍出版社，2007 年版，第 607—608 页。

> 实勤慎有声。辛已，今上入继大统，周旋扈从，劳勋为多，荷特旨升锦衣卫指挥同知世袭。……寻以廷荐，督理内外衢巷池隍诸务，遂查革兼并修理沟渠，氓恃以安。癸未，升署都指挥使，视卫篆。①

陆炳执掌锦衣卫时最突出的一个行事特征就是尽量亲近朝中缙绅文士，以在文官中的人脉资源为依托，构建严密的权力庇护关系，稳固自己的地位并不断施展政治影响，这种影响力主要体现在参与朝臣党争、影响中枢决策、自我粉饰以遏制不利舆论等多个方面。《明实录》即有陆炳“折节广交以笼取声誉，故终嘉靖之世无发其奸者”的记载。与陆氏近似，戴经亦以文学自诩，并极力结交文士。据王世贞言，其任刑部尚书时，同锦衣卫指挥戴经“间过从谈艺甚适”②。管理锦衣诏狱期间，戴经也常保全士大夫，并乐与逮系狱中的缙绅文士问学。③逢故大学士夏言“忤旨系当死”，严嵩“恨之甚”，嘱咐戴经暗中处置夏言，戴氏拒绝了严氏。兵部尚书聂豹“以平阳守事逮”，戴氏却“师事之”，与其谈王守仁良知之学。

此后，戴经因先后受知于聂豹与大学士徐阶、赵志皋等大员，“得稍迁而大帅”。由于晋升途径相仿，戴经的腾达

①［明］高拱：《高文襄公文集》卷三《明故明威将军锦衣卫指挥佥事骆公墓志铭》，《明别集丛刊》第 2 辑 91 册，合肥，黄山书社，2015 年版，第 111 页。

②［明］王世贞：《弇州四部稿》卷六八《戴金吾御戎策序》，景印《文渊阁四库全书》第 1280 册，上海，上海古籍出版社，1987 年版，第 180 页。

③［明］归有光：《震川先生集》卷二六《戴锦衣家传》，第 608 页。

引起了陆炳的高度警觉。见戴经在锦衣狱中亲近士绅，陆炳就试图加以阻止，戴经“亦弗为动”。戴氏曾汇集边策要旨，上疏言事，而陆炳认为戴经言政的行为威胁到自己在御前的荣宠地位，故极力压制戴氏，“阴恫喝”其“毋遽上书”[①]。

明代前中期旧锦衣官校、贵戚内臣恩荫出身的锦衣大帅一般少与文臣缙绅亲密，甚至有与文士为敌者。而陆炳、戴经家族自外藩入京，与久在京师的旧锦衣军官世家关系疏竦。但他们又被皇帝骤升至高位，所以更有机会与必要结交在朝中影响力更大的文臣，以巩固权位。陆炳、戴经等管事的同期及嗣后一个阶段，锦衣卫军官亲近文臣并与朝士相互党援的现象逐渐形成一种惯例，嘉靖一朝至有“金吾贵人多结客缙绅”的说法。依据《万历野获编》卷五《勋戚·陆炳扈驾功》所载，继陆炳掌锦衣卫的成国公朱希忠之弟都督朱希孝亦“爱乐士大夫，延礼加等，皆近代贵幸所罕睹”[②]。《谷山笔麈》称希孝“豁达有文，交游深广，一时朝士莫不倾慕”[③]。相比陆炳，朱希孝恭谨而更具儒者气韵。至晚明时期，锦衣卫内部文荫子弟纷纷崛起，兵将校尉、内臣弟侄甚至渐趋边缘化，《万历野获编》中《禁卫·世锦衣掌卫印》一节对此有云：

---

①[明]王世贞：《弇州四部稿》卷六八《戴金吾御戎策序》，景印《文渊阁四库全书》第1280册，第180—181页。

②[明]沈德符：《万历野获编》卷五《勋戚·陆炳扈驾功》，北京，中华书局，1959年版，第143页。

③[明]于慎行：《谷山笔麈》卷六《勋戚》，北京，中华书局，1984年版，第62页。

以余所见，如许忠节之后名茂橓者，孙忠烈之后名如津者，皆以地位逼近次当掌印，而终不得，愤恨如不欲生，他无赖者又无论矣。最后则王襄毅（崇古）孙（之祯）擅卫十余年，穷极贪狡，与同列周尚书（咏）之子（嘉庆）争权，起大狱，几族灭之，为天下切齿。然则锦衣固蛇虺之窟，祖制不欲清流握柄，意深远矣。余见二三缇帅谈金吾近例，以从列校奋者为贱隶，即贵至极品，不许南司理事，况登大堂。又称中贵子北荫者，为传升官，视同唐之斜封墨敕，禁不使大用。①

此又锦衣卫内部权力形势之一变。

不过，从笔者现在掌握的历代骆氏锦衣卫军官的资料来看，骆氏子弟并没有像陆炳等人一样致力于构建与缙绅士大夫的政治庇佑，但也长期立身朝堂而不败。骆氏家族的第一代锦衣卫指挥使骆安有女嫁“杨通政”子，但骆安没有显著的比附文雅，结交文士的活动。天启朝骆思恭曾支持东林党“移宫”，但这只是突发性的一时之协作，也未见他与东林群臣有进一步的过从。可以说，在“金吾贵人多结客缙绅”的大历史背景下，骆氏家族并未见出现与朝臣护卫奥援的政治倾向。骆氏家族或确实不善节纳朝士，或仅是相关记载缺漏不详，这值得学者进一步深究。

①［明］沈德符：《万历野获编》卷二一《禁卫·世锦衣掌卫印》，第536页。

二、骆养性所领总督衔在明清制度沿革中的意义

末代骆氏锦衣卫掌印都督骆养性在清兵入关时开门迎降，沦为贰臣。顺治元年二月，顺治皇帝命骆氏“仍以原官总督天津军务”[①]。明朝自万历二十五年（1597）始添设巡抚天津一职，初为加强海防，配合援朝战争。[②]天启年间又于巡抚天津职上增督理辽饷事权，[③]至此天津巡抚又称“督饷部院”，例由户部侍郎兼都察院宪职的官员充任，专办粮草筹措诸事。查阅史料可知，骆养性在天津总督任内的主要职责也是督办粮饷：

> 天津总督骆养性启请豁免明季加派钱粮。[④]
>
> 国朝顺治元年七月，天津总督骆养性请疏通盐课，部覆盐包觔（斤）数太重，则秤掣为艰，钱粮款目繁多，则朦混易起，今将明朝包索余盐割没辽饷各项。[⑤]
>
> 总督骆养性题长芦盐额，除一切新增停免外，共二十三万九千八百五十引。[⑥]

---

①《清世祖实录》卷五，顺治元年二月己未，北京，中华书局1985年影印本。

②《明神宗实录》卷三一四，万历二十五年九月壬辰，中国台北“中研院”史语所校勘影印本。

③《明熹宗实录》卷三〇，天启三年正月甲辰。

④《清世祖实录》卷六，顺治元年七月甲午。

⑤ 乾隆《天津府志》卷一三《盐法》，清乾隆四年刊本，天津图书馆藏。

⑥ 乾隆《沧州志》卷六《盐政》，乾隆八年刊本，《中国方志丛书》华北地方第495号，中国台北，成文出版社，1975年版。

可知骆养性所任总督天津军务沿袭自原明代天津巡抚一职，因此清代方志也多将骆氏也归为“督饷部院”行列。[①]不过，明代职官体制中文武两途分化严重并呈僵化之势，文官以科举选任，武官具有世袭身份性，地方总督、巡抚皆系文官所领钦差职衔，武官绝不可领受。骆养性受命以原官锦衣卫都督充任天津总督，这虽是清初草创之时的应急任用，但也反映出清代统治者在继承明代官制的基础上又可打破前朝成规，对制度进行灵活变通。清廷之所以如此破格启用骆氏，也是看重他曾执掌禁卫衙门，熟悉明代各类科则规制。

骆养性以武官任文职的情况在清初并非个案。在顺治年间，同样投降清朝的前明勋爵恭顺侯吴维华，曾屡被清廷不拘文武分野，授予招抚、总兵、总督之职，甚至直接加授部、院职衔总督地方，若以明代制度衡量，这更属超擢异典之类，相关事例如下：

> 应袭恭顺侯吴惟华，请招抚宣大、山西自効。许之。[②]
>
> 以招抚山西应袭恭顺侯吴惟华有剿寇功，命以原职充镇守太原等处总兵官。[③]
>
> 命恭顺侯吴惟华为太子太保兼右副都御史，总督军务，招抚广东。[④]

---

① 康熙《天津卫志》卷二《官职》，清康熙刊本，天津图书馆藏；乾隆《天津府志》卷二四《职官四》。

②《清世祖实录》卷五，顺治元年五月己酉。

③《清世祖实录》卷一〇，顺治元年十月下壬申。

④《清世祖实录》卷二六，顺治三年五月己酉。

命恭顺侯吴惟华兼户部右侍郎、右副都御史总督淮扬等处。[①]

纵观整个清代历史，清廷至少在旗人任用方面不甚强调文武身份之区别，而是有较灵活的职务换授、兼授制度。这些制度的创设既源自满洲贵族政治传统，也在一定程度上是针对明代体制弊端进行的调整。

实际上，上溯至晚明时代，已多有先见之士意识到僵化的武官世袭、文武相隔及“以文统武”体制阻碍了军事人才的选拔，遏制了武将军政能力的发挥，进而影响整个军队的战斗力。他们对此提出“诸边自将权之移而边政日废”[②]及“当世固多良将，忠在牵掣”[③]等观点。明清之际大儒黄宗羲更发出“苟如近世之沈希仪、万表、俞大猷、戚继光，又未尝不可使之内而兵部，外而巡抚也”[④]的批判性质疑。在明代后期，朝廷也偶做变革之举，授予某些大将近似文职督抚的职衔，但皆碍于时弊皆无法贯彻。例如戚继光在隆庆初年被特授一般为文臣钦领的“总理”职衔练兵蓟镇，“节制与总督同”，即被诸将所“不奉命”，又被朝臣指摘为“太阿之柄不假武人”。继光终“以上言边事得失，遂改镇守”，虽兼而

①《清世祖实录》卷三四，顺治四年十月癸未。

②［明］万表：《玩鹿亭稿》卷五《杂言》，《四库全书存目丛书》集部第76册，济南，齐鲁书社，1997年版，第85页。

③［明］唐顺之：《荆川先生文》卷一二《叙广右战功》，杭州，浙江古籍出版社，2014年版，第578页。

④［清］黄宗羲：《明夷待访录》《兵制三》，长沙，岳麓书社，2008年版，第140页。

保留总理之衔，但练兵之权被朝廷隐而削弱[1]。与之类似，“己巳之变”中大将马世龙临危受命，加“总理”衔“不受中制”，却为兵部尚书梁廷栋“恨之”而阻挠。[2]

可以说，骆养性以都督职衔总督天津，虽是清廷对降臣的一种权宜授职，但同时反映出明末清初之际职官体制的演化趋势。

三、“锦衣总宪”牌匾的含义

今新田骆铭孙村保留有“锦衣总宪”匾额牌楼。这座牌楼是目前仅见的与明代锦衣卫相关的大型地面建筑遗存，其历史文物价值不可估量。按照新田地方学者的介绍，该牌匾中“锦衣总宪”四字系明神宗亲撰御赐，或称赐予骆安，或称赐予骆思恭，经文物专家鉴定“锦衣总宪”牌楼也符合明末建筑风格。不过，所谓“总宪”一词，在明代系官场专有用语，有比较固定的含义和用法，其与“锦衣”搭配题写，有文献所见违一般规律，“锦衣总宪”一语的意义需进一步探讨。

揆诸史料“总宪”在明代有如下几种基本词义与用法：

第一，指都察院都御史“总宪政”“总宪纪”“总宪纲”的职权。

---

①［明］戚祚国等撰：《戚少保年谱耆编》卷八，隆庆三年己巳，北京，中华书局，2003年版，第240页。

②［明］钱谦益：《牧斋初学集》卷四七《特进光禄大夫左柱国少师兼太子太师兵部尚书中极殿大学士孙公行状》，上海，上海古籍出版社，2009年版，第1213页。

1. 于谦"屡镇大藩，两总宪政"。①

2. 宣宗敕行在都察院右都御史王彰："尔国之大臣，寔总宪纪。"②

3. 都御史职在总宪。③

第二，由职责转用作官称，代指都察院左右都御史，这种情况在私撰文献中最为普遍。

1. 大总宪考吾林公。④

2. 总宪公完名去矣，协院公以巧成拙。⑤

第三，指都察院衙门。

1. 题为留都总宪久缺署篆，江务有妨，恳乞圣明蚤赐补，以肃台纲，以专职任事。⑥

2. 在政府、在冢宰、在总宪、在督抚。⑦

第四，代指地方按察使。

1. 由治兵使，一参番政，再总宪司，由总宪拜大中丞。⑧

2. 自山西总宪迁广右藩使。⑨

---

①《明英宗实录》卷二七四，天顺元年正月丁亥。

②《明宣宗实录》卷一七，宣德元年五月庚戌。

③《明世宗实录》卷三四七，嘉靖二十八年四月辛亥。

④［明］蔡献臣：《清白堂稿》卷一三《明通政使致仕赠右都御史考吾林公神道碑》，明崇祯刊本，中国科学院图书馆藏。

⑤［明］高攀龙：《高子遗书》卷八上《答吴安老三》，景印《文渊阁四库全书》第1292册，上海，上海古籍出版社，1987年版，第491页。

⑥［明］丁宾：《丁清惠公遗集》卷一《留都总宪久缺乞赐点补疏》，《四库禁毁书丛刊》集部第44册，北京，北京出版社，2000年版，第31页。

⑦［明］蔡献臣：《清白堂稿》卷九《与郑崑岩开府》。

⑧［明］敖文祯：《薜荔山房藏稿》卷七《寿少司马大中丞春宇贾公序》，《续修四库全书》集部第1359册，上海，上海古籍出版社，2002年版，第260页。

⑨［明］戴鱀：《戴中丞遗集》卷六《连城县儒学教谕茂宣戴公行实录》，《四库全书丛书丛书》集部第74册，济南，齐鲁书社，1997年版，第82页。

总而言之，“总宪”一词在明代专门指代与风宪部门相关的职权、机构与官名，最常为都察院左右都御史的代称。而骆铭孙牌楼所题“锦衣总宪”之“总宪”，必定不能代指具体的都察院左右都御史、地方按察使等职官，因为无论骆安、骆思恭都未曾也不可能兼领这类官衔。若此“锦衣总宪”有“总领宪政”或“总领宪纪”之意，似更合乎情理，但也是将锦衣卫的职权与都察院衙门相提并论，这又夸大了锦衣卫衙门在官僚体制中的地位与作用。

明清牌坊建筑多用华丽文雅之辞藻以尽褒扬之能，有些题词会有在一定程度上有违当时制度，这种情况甚至出现在一些敕建建筑上。如山东蓬莱嘉靖本朝所建戚景通、戚继光“父子总督”牌坊额书中，将戚景通的官职列为“诰赠骠骑将军护国都指挥使前总督山东备倭戚景通”，其中“护国”二字就属夸大溢美之词。但明代中后如“总宪”这样的官场惯用雅称仍有比较固定的用法，朝野不会乱用，军职衙门称“总宪”就有严重违制之嫌。依地方学者所介绍，“锦衣总宪”四字出自神宗钦赐，这或出于皇帝对骆氏的家族世代执掌侦缉的特别褒赞，或在此处别有其他含义，需要进一步论证。

联系到骆养性曾在顺治朝领“总督”职衔，而总督在明清两朝一般由都察院官充任，又牌额中并无明确的落成时间的标识，故该“锦衣总宪”牌匾是否与骆养性存在某种关联，也在此做一初步疑问而提出。

余 论

除骆氏政治动向、骆养性结衔、“锦衣总宪”牌楼意义之外，仍有诸多有关骆氏锦衣世家的历史疑难未能得到深入的剖析与解决。例如新田地方学者就曾发现各类文献对骆氏前几代的家族世系的记载存在隐晦不明，互有出入的情况，有些记载反应的家族活动轨迹还与现存骆氏地面文物的分布状况形成矛盾。新田锦衣骆氏的家族文献、相关史料以及地面文物遗存形成一整套亟待整理、探研的丰富学术资源。充分开发这一历史资源，对推动明代锦衣卫研究乃至明史研究的意义非凡，同时也有益于新田地方文化事业的长足发展。

（转载于《明代锦衣卫制度与新田骆氏锦衣卫世家学术研讨会论文集》，北京燕山出版社）

（作者单位：中国社会科学院古代史研究所）

君臣际遇：关于骆安父子与嘉靖父子

周红梅

有明一代，锦衣卫世家骆氏家族，从明初，八代军籍就有四代任锦衣卫高职，直至明末。从骆安墓志可知，骆氏家族祖籍为湖广宁远（今湖南新田县），高祖骆以诚元末时跟随太祖高皇帝打天下，随后定居燕山的中护卫。之后，因成祖迁都北京，从此骆氏一族定居北京效忠皇室。从明洪武初开始，共有骆以诚 — 骆寄保、骆寄善 — 骆广— 骆胜 — 骆安 —骆椿、骆秉良 — 骆思恭 — 骆养性八代[1]，经历两百余年，构成了谱系完整的军籍世家，而且没有断代、断流，子子孙孙承受皇恩浩荡，两百余年家族富贵繁荣。

明初，朱元璋为加强中央集权统治，设置锦衣卫，成为皇帝身边的特权机构。锦衣卫的前身是明太祖朱元璋设立的拱卫司，后改称亲军都尉府，统辖仪鸾司，掌管皇帝仪仗和侍卫。洪武十五年（1382 年），裁亲军都尉府与仪鸾司，改置锦衣卫。作为皇帝侍卫的军事机构，锦衣卫主要职能为“掌直驾侍卫、巡查缉捕”，是一个特殊机构可以逮捕任何

① 高寿仙：《百年沉浮：明代锦衣卫世家骆氏兴衰史》，载于《故宫博物院院刊》2020 年，第 4 期。

人，包括皇亲国戚，并进行不公开的审讯，其首领称为锦衣卫指挥使，正三品，一般由皇帝的亲信武将担任，直接向皇帝负责。

写这一文也是应湖南新田县谢奉生先生的邀请。他曾经为了弄明白骆安父子到钟祥任职情况，不远千里特意到湖北钟祥考察。之后，曾多次与我交流探讨过，还撰写《新田骆氏锦衣卫世家》一书，学习后很有收获。本文主要是想说说，骆安父子与嘉靖父子之间的知遇之恩，可谓君臣际遇只言“忠”。

一、骆安之父骆胜随兴献王就藩安陆

兴王朱祐杬为宪宗次子，成化二十三年（1487 年）七月册封为兴王，因年幼没到受封之地。弘治七年（1494 年），兴王朱祐杬 18 岁，将至封国湖广安陆（今湖北钟祥），在挑选护卫人员时，骆安的父亲骆胜以“秉性持重、办事谨慎”被选中，因此，其家眷也跟随到了湖广安陆（嘉靖十年升承天府）。根据《兴都志》记载，当时扈从兴王、王妃蒋氏南下的官属有“承奉李稷、金畋，典宝杨琇等，……群牧所千户骆胜、陈政等人”[①]共计千余官员。骆胜来安陆时的身份为群牧所千户（正五品）。之后，深得兴王信任，曾多次被派遣进京呈奉表笺和礼物。

①［明］《兴都志》卷一，《典制一 · 肇封以来总纪》，弘治七年九月癸卯，民国二十六年钟祥县志局重刊，第 4 页。

按明王朝规定，亲王一旦封爵到藩国之后，非召不得入京。主要是因明朝开国初期，朱元璋为了保卫国土及牵制地方官僚，陆续将自己的儿子们分封到边疆及重要属地为王，并且给予了很大的权力，其中就包括兵权，有兵权的藩王，不经请示而进京，威胁是不言而喻的，但为了防止藩王干政，故不允许其参与宫廷政治和科举考试，也不允许藩王之间联络。远在安陆的兴王不能回朝面圣太正常不过，每到皇室有重大活动，比如皇帝皇后的圣诞，皇室宗族婚丧嫁娶等，只能先期派遣最信任的官员进京朝贺或者举哀。可见，骆胜当时在兴王藩府是一位举足轻重的人物，曾多次被派遣进京。

《承天大志》记载，每年春秋两季收成完毕，兴王都会派人向京城输送“嘉鱼香稻”，均由骆胜及内官护送。如弘治八年（1495 年）四月二十九日，是孝惠皇太后的圣诞，兴王又“先期遣内官赴京庆贺，并进国中所产香稻、嘉鱼等珍味。是日早，帝于宫中露台上，设香案望阙行礼，自后岁以为常”[①]。孝惠皇太后邵氏为宪宗宸妃，因生兴王朱祐杬及岐、雍二王，后进封贵妃。嘉靖入继大统，邵氏已因年老双目生翳。她听说自己的孙子当了皇帝，拉着朱厚熜到自己跟前，从头摸到脚，祖孙俩高兴得泪流满面，这位少年天子当场就以“皇祖母”相称。嘉靖元年（1522 年）尊为“太皇太后”，上尊号“寿安”，十一月十八日去世。弘治十五年（1536 年）

①《承天大志》卷二《基命纪二》，弘治八年四月壬午，民国二十五年钟祥县志局重刊，第 35—36 页。

随葬茂陵。

《睿宗献皇帝实录》又记载:“弘治十二年(1499年)七月初三日是万寿圣节,兴王朱祐杬便先期差千户骆胜带着表笺和所贡的礼物赴京,代兴王表示祝贺。[①] 表笺,是朝廷每逢大的节日、庆典,内外臣工向皇帝、皇后祝贺时的专用文书。弘治十六年(1503年)九月二十四日,皇太子千秋节,又先期差千户骆胜赍捧表笺和礼品,赴京祝贺。[②] 这是何等的荣耀。骆胜在兴王府内供事以克己奉公,部属畏服,不强取民财,深得兴王的赏识。数年后,以体迈退休,由儿子骆安承袭职位。”

二、骆安扈从新君

骆安,字时泰,别号月崖,生于明成化八年(1472年)。弘治七年(1494年)随其父骆胜移居湖广安陆,护卫兴王藩国事,时年22岁。自幼勤学好问,不喜欢嬉戏,有一股少年老成的味道。在王府供事勤勤恳恳,尽心竭力。到明正德十六年(1521年)三月十四日,因明武宗皇帝驾崩,无子继承皇位,慈寿皇太后与首辅大学士杨廷和以“兄终弟及”之祖训,宣诏湖广安陆兴献王世子朱厚熜嗣皇帝位,而骆安以护驾官员被入选进京。朝局的变换,同时改变了骆安的前途和命运。

①[明]《睿宗献皇帝实录》卷十四,弘治十二年七月辛酉,第2页。
②[明]《睿宗献皇帝实录》卷二十一,弘治十六年九月丁亥,第8—9页。

三月十五日，奉太后懿旨，朝廷派遣内阁大臣梁储与礼部尚书毛澄偕同徐光祚、驸马都尉崔元等一行人马，前往湖广安陆迎接新君朱厚熜。身为王府千户的骆安，此时已近年半百，办事“老练稳重，深谋远略”受嘉靖母子的倚重，自然是最佳人选之一。四月初一，朱厚熜拜辞兴献王陵，次日与母亲辞别启程，轻车简行，带藩邸官兵车驾星夜兼程，直奔京师。同时，在赴京的途中，为预防不测，新君朱厚熜命令扈驾官骆安、张佐等人对所有随从人员传达旨意，严禁扰乱地方，所经之处一律不得接授地方官员的宴请和迎来送往，下榻之处也不许过于奢华。新君安全抵达京城，一路尽心尽力、护卫左右的骆安，自然得到了新天子的赏识。

新君朱厚熜对礼部所拟的“登基仪注”很是不满，所以即位不久他就大胆启用过去被排挤的老臣，并以所谓的“从龙功臣”提拔重用了一批藩邸的旧属，借助他们的力量来张扬皇权的威严。武宗无子，朱厚熜以宗室藩王身份入继大统，似乎给人一种势单力薄、无人依靠的感觉。但是从嘉靖初年因“从龙”升秩的藩邸旧臣来看，就可证明他在增强皇权实力上是有所谋划的，并非处于孤立无援的局面。新君朱厚熜从藩邸所带的169名扈从人员，进京后先后都荣升为有品秩的官员，其中进入锦衣卫的有44名[①]。同样，从《明世宗实录》中可看出，这位新天子在即位的一个月内，对王府

① 周红梅:《明世宗藩邸“从龙功臣”考》发表《中原文物》河南博物院主办，2008年增刊。

旧属进行了突击性提拔，先后有五批 78 人得到了升迁。第一批升职的王府旧属有 23 人，这是嘉靖皇帝登基之后第 12 天，正德十六年（1521 年）五月四日作出的决定。第二批升职的王府旧属也是 23 人，时间仅迟一天，其批文中就有升“从龙功臣”群牧所正千户骆安为锦衣卫指挥同知，并予以世袭。按照世袭制，骆安的祖父、父亲也得到了赠封，祖母、母亲和妻子李氏也都赠封为淑人。同时，拨款修缮其父母的坟墓，享用谕祭。这样的恩宠赏赐，在当时很遭人妒忌。

嘉靖朝锦衣卫指挥使换得勤，开始是朱宸，不久便是骆安，然后是王佐、陈寅，中期为嘉靖奶娘之子陆炳，都是安陆兴王府的旧人。这是少年天子“集权”运作的一部分。明代吕毖的《明朝小史》中记载：

> 帝以藩邸迎即大位，凡兴府旧僚，夤缘迁叙。至庖匠厮役，多寄录锦衣卫，阶资隆懋殆数百人。①

嘉靖二年（1523 年），骆安就提拔为都指挥使，掌管锦衣卫大印，以皇帝的旨意监督缉事官校。因此，多次得到蟒袍、佩刀的赏赐。骆安却说：“我只是一介武夫，侥幸有些小功劳，却得到如此恩遇。如果我不能谨小慎微，秉公守

①［明］吕毖：《明朝小史》（上）卷十二《嘉靖纪·阶资隆懋》，第 1 页。

法，时时刻刻尽心尽力，又怎能报答皇上的大恩呢？”[①]于是，告诫部下官校说：“我不敢放纵包庇不尽职的人，也不敢轻易表功。你们如果渎职不作为，那是你们自己招罪；或者有损于百姓，也是你们自己招罪。只有公正平心，才叫尽了责，称了职。”从这以后，锦衣卫官员都有所收敛，诡诈者也销声匿迹，而好人也不用担心受怕，一时誉为风清气正。

骆安，官至明威将军、锦衣卫指挥使，锦衣卫指挥使直接向皇帝负责，下级为锦衣卫指挥同知、指挥佥事以及镇抚使、千户等。但明代中后期，绝大多数获得锦衣卫指挥使官衔的武官系带俸指挥使，这一官职成为官僚、勋贵、外戚等荫子或者奖赏给予世职的禄官，而这些人可以不到任，不理事，仅借此名义领取俸禄，所以锦衣卫的首领多数时间并不一定是“锦衣卫指挥使”，或者说并不能按照“锦衣卫指挥使”这个官衔来判断锦衣卫的主官。在兴王府时，骆安也是承袭其父骆胜之职，当然他后来不但有胜于父亲，而且掌握的还是实权实职，并从他之后就御赐为世袭。

事实上，由于锦衣卫的特殊地位，常见的是以更高的军职加“掌本卫堂上印”“掌本司印”“掌印管事”“堂上佥书管事”等名义成为锦衣卫主官。例如骆安之后，权势最大的锦衣卫主官陆炳，初掌锦衣卫时官衔为“都指挥同知掌锦衣

①［明］高拱著，岳金西、岳天雷编校：《高拱全集·诗文杂著》卷三《明故明威将军锦衣卫指挥佥事骆公墓志铭》，郑州，中州古籍出版社，2006年版，第754—756页；谢奉生：《新田骆氏锦衣卫世家》，中国文史出版社，2019年版，第042—043页。

卫事”，其后他的官衔逐步升高为后军都督府都督佥事、都督同知、左都督。但本职依然是“掌锦衣卫事”，管理锦衣卫。当然也有以较低的官衔掌管锦衣卫的例子，如万历四十年，骆安之孙骆思恭以堂上佥书管事管锦衣卫事。

骆安为人直率，喜欢当面批评指责人家的过失，有人想请他开开后门，他会反复责问。因而招来小人们的怨恨，诽谤攻击四起，不得已嘉靖将其免职。不多久，皇帝回想起骆安当年的功劳，下诏给予指挥佥事的官衔退休。骆安从辞官回家后，便杜门谢客，绝口不谈世事。生活淡泊俭约，每日只是教儿读书，或与亲朋好友聊天下棋。这样闲适的生活有20年，于嘉靖二十八年（1549年）十月十三日病故，享寿七十七岁，腊月二十日葬于京城南五里的祖坟中。

三、得到嘉靖父子信任的原因

从骆安墓志可知，志文为明代大学士高拱撰写，其中不吝啬“誉美”之词，并自称与骆安“交厚”，显然关系是密切的，但也不缺乏“隐意”。文中又提到，撰写此墓志是根据骆安的两个弟弟骆定、骆寅提供的信息而写，其墓志文中对履历的撰写可信度较高。

从以上均可以看出，骆安父子得到嘉靖父子信赖的原因，从最基本、最朴实的思想中体现了以下三点：一是实为忠诚厚道之人。据《骆安墓志》记载：“其人慷慨朴实，出于天性，侍奉父母以孝顺闻名；友爱两个弟弟终身不改；

和睦邻里，好义乐施；敢于作为，有烈士之风。遇事能果断处理，再难的纠纷也能理顺。时人对他很是敬重，但也招来忌恨，最终因弹劾而解职。”可不多久，皇帝知道骆安当年的功劳及人品便下诏给予指挥佥事的官衔退休，仍然享受家族世袭。二是实有新旧近侍关系。从“扈从”人员的资料来看，有不少人是兴王从京城带到安陆藩国的老臣，或者是王府老臣之子。他们之间存在着一定的亲缘、乡缘和业缘关系，均与嘉靖父子构成了近侍关系，其渊源深厚，自然彼此之间有信任可言，这帮旧臣成为新天子最信赖之人，而对这批出身低微，文化层次并不高的旧臣子来说，实有“近水楼台先得月”的优势，但与嘉靖的关系反映在他们身上就是一种复杂的政治关系，虽然突击提升滋生了政治腐败的一面，可它也在国家政局中起到了平衡和稳定的作用。三是实为时局所需。嘉靖是以藩王身份继承大统，刚入朝中，孤立无援。当他提出要追尊父亲一个名号时，遭到朝中大臣和皇室宗亲的反对，而引起了嘉靖初年政治事件“大礼议”之争，让这位少年天子苦不堪言，他只能韬光养晦，逐渐将自己从藩府带来的人员均提拔到重要部门。特别是锦衣卫一干人，如骆安、陆炳等人均立下汗马功劳，得到皇帝的恩惠，也在情理之中。这些藩府旧臣官至极品，掌控锦衣卫及各要害部门，为天子的心腹和耳目，他们所起的作用不可低估，同时也是这位少年天子的精神支柱。

总之，这些藩府旧臣官至极品，掌控锦衣卫及各要害部门，为天子的心腹和耳目，他们所起的作用和能量是不可低估的，同时也是这位少年天子的精神支柱。而骆安父子得到嘉靖父子的信赖，用孟子的话说是“君臣之道，恩义为报”，正因为骆安父子尽心尽责维护嘉靖父子，才有骆氏家族后世子孙享受世袭，且成为明代唯一不断代、任锦衣卫高位的世家，直到明朝灭亡，至清初废除锦衣卫制度为止。

（转载于《明代锦衣卫制度与新田骆氏锦衣卫世家学术研讨会论文集》，北京燕山出版社）

（作者周红梅　湖北省钟祥市明显陵管理处）

后 记

明朝，是中华民族历史演进中一个十分重要的朝代。

大明一朝很炫，大明一朝很酷。

明朝那些事儿很特别，很有趣，很精彩，很好玩。明朝锦衣卫那些事儿很独特，很威风，很给力，很诡秘。

明代新田京籍骆氏锦衣卫世家那些事儿很真实，很传奇，很出彩，很悲歌。

挖掘、整理、研究、宣传、再造、转化、利用新田骆氏锦衣卫世家历史文化，让湖南新田这一全国独有的历史文化现象走得坚实，走得更远，走向全国，以光大一方大地，造福一方百姓，始终是我的初心，我的梦。

继我的文史拙著《新田骆氏锦衣卫世家》2019 年 3 月经中国文史出版社出版后，2019 年 9 月，中国明史学会在湖南新田召开全国性“明代锦衣卫制度与新田骆氏锦衣卫世家学术研讨会”。在浮躁的碎片化阅读的时代，如何将枯燥的、静止的、生涩的研究成果通过故事创作和艺术再造，让六百年前赫赫于有明一朝的新田骆氏锦衣卫世家史复活起来，生动起来，形象化起来，大众化起来，再造再现出来，我一直在苦苦地思考着、谋划着、策划着。

在经历百年不遇之大变局叠加新冠世纪大疫情之际，2020 年末、2021 年上半年，我静下心来，把思绪穿越到六百年前朱元璋及其后代帝王子孙开创的大明皇朝里去，把自己的情感融入到明代新田骆氏锦衣卫世家列代先人的人生悲欢离合中去，重新敲起手中的键盘，历时六个多月，敲下了计划中《锦衣总宪》四部系列故事的前两部，即《独乳夫人》和《锦衣将军》，共计近二十万字。应广大读者的期盼，现将它们作为《锦衣总宪》第一季集结出版，以飨读者。

《锦衣总宪》第一季集结得以问世，一路走来，得到了众多全国著名史学大家、全国知名作家、文学评论家，以及众多剧作家、编剧、导演、制片人、出版家、资深媒体人等等业内前辈贤达和知名人士的倾心赐教、无私帮助和大力关怀。

中国人民大学历史教授、博士生导师、央视《百家讲坛》名师、中国明史学会首席顾问毛佩琦先生，从我探究建文帝新田踪迹之谜、挖掘研究新田骆氏锦衣卫世家起，十多年以来，一直默默精心赐教于我，不遗余力支持我，悉心面提耳训我。在我挖掘、整理、研究史学专著《新田骆氏锦衣卫世家》过程之中，毛先生作为全国明清史学泰斗，多次对我这个愚生小辈的登门求教欣然接纳，悉心传道授业解惑，并亲自为我初创的史学拙著题词撰言，使我醍醐灌顶、受益匪浅。此次在我首次尝试《锦衣总宪》系列长篇历史小说创作过程之中，尤其让我深深感恩感怀的是在北京新冠肺炎疫情稍显宽松的特殊时期，毛先生亲自召集在京的有关编剧、导演、制片人、出版人、资深媒体人等，高屋建瓴地为我的书稿悉心把脉，使愚钝晚生受教受惠良多。此次我初创的文学故事拙作即将面世之际，已近八十高龄的毛老先生，又不辞辛劳再次亲赐书名宝墨，再次亲自撰献金序良言，晚生情不自禁感怀涕泪，永生铭记！

北京燕山出版社原资深编辑、出版人马明仁先生，是我一生中又一个终生感怀、终身铭记的良师益友。马明仁先生自十多年前为我与他人合著出版的《赛武当山与建文帝之谜》起，就一直满腔热情、尽心竭力、无私无悔地为我的梦想指引着我，牵扯着我，操持着我。在我思考谋划《锦衣总宪》系列故事的过程之中，反反复复、不厌其烦地给予我专业上的指导和指引。特别在2020年新冠肺炎疫情阴霾还未散去的时节，马明仁先生先后两次从北京组织全国知名明清古建专家胡汉生先生、首都报业集团资深媒体人薛延平先生、中国戏剧文学学会北京分会秘书长王军先生等，千里迢迢不辞辛劳，莅临新田实地考察调研，他们共同为锦衣卫世家故里文物文化保护利用献计献策，为我的故事创作会商把脉，撑腰打气，为我的梦想奔波劳顿，穿针引线。马明仁先生、薛先生、胡汉生等前辈的倾心倾力之情，愚辈难以言表于万一！

全国知名作家、著名文学评论家黄自华先生，湖北省作家协会会员、著名作家、编剧周震亚先生，在马明仁先生的引荐下听闻我的历史长篇小说专注于大明锦衣卫重大历史题材，而且与湖北省历史文化有深厚的历史渊源联结，两位文学老前辈表示出了浓厚兴趣和极大关注，对我的文学初创给予了热心的指导、悉心的指教和极大的支持，黄自华老先生还以八十高龄不辞辛劳为我的拙作欣然劳心赐墨，令我的文学初学之旅受益良多，给晚辈愚生以莫大的鼓舞和鼓励！

在集结《锦衣总宪》系列第一季时，我按照“文史同源”的文学创作与史学治学研究结合的传统之道，还先后得到了中国明史学会领导和专家学者们的大力支持，遵循专家学者们的意愿，原文附录了七位专家学者对新田骆氏锦衣卫世家史实研究的宏篇论述，以供参考，以作补证。这七位友情支持奉献的专家学者，他们分别是：中共北京市委党校（北京行政学院）教授、校刊编辑部主任、《新视野》主编、兼 任中国明史学会常务副会长、北京大学明清研究中心研究员高寿仙先生，中国社会科学院历史研究所研究员、中国明史学会理事、副会长、副秘书长张金奎先生，黑龙江大学历史教授、博导、兼任中国明史学会副会长胡凡先生，重庆三峡学院民族学与公共管理学院院长、教授兼中国明史学会副会长滕新才先生，中国社会科学院历史研究所研究员杨海英女士，中国社会科学院历史研究所助理研究员秦博博士，明显陵管理处党委委员、明史博物馆副研究员、中国明史学会会员周红梅女士等。

在集结出版《锦衣总宪》系列长篇历史故事第一季过程中，中国光大证券公司办公室副主任、新田县委常委（挂职）、2021 年被湖南省委省政府授予全省脱贫攻坚先进个人称号的李东山同志，自 2019 年对口扶贫入驻新田以来，对新田脱贫攻坚、乡村振兴、文化振兴等事业亲力亲为不遗余力，对新田骆氏锦衣卫世家这一独特历史文化品牌现象给予了高度的重视和关注，对我的史学研究和文学创作之梦给予了倾心帮助和友情支持，在此我深表感谢！

还有许许多多给予我关心关怀的良师益友，在此不一一列表。

谨让我怀揣一颗谦卑的感恩感怀之心，向所有关爱指引我的众多良师益友和伯乐们，一并表达衷心的谢意！

创作《锦衣总宪》文学历史长篇故事，这是我的文学道路上的初创，文学创作的首次尝试之旅，人生路上的再次涉滩。

我惴惴不安，心怀忐忑！

是为记！

谢奉生

2021 年 7 月 21 日